헬로우 웨딩

백묘 장편소설

1

dream
books
드림북스

헬로우 웨딩 1

초판 1쇄 인쇄 / 2013년 6월 3일
초판 1쇄 발행 / 2013년 6월 15일

지은이 / 백묘

발행인 / 오영배
책임편집 / 편집부
펴낸 곳 / (주)삼양출판사 · 드림북스

주소 / 서울특별시 강북구 솔샘로67길 92
대표 전화 / 02-980-2112 팩스 / 02-983-0660
편집부 전화 / 02-980-2116 팩스 / 02-983-8201
블로그 / blog.naver.com/dreambookss

등록번호 / 제9-00046호
등록일자 / 1999년 3월 11일

ⓒ 백묘, 2013

값 10,000원

ISBN 978-89-542-5324-6 (04810) / 978-89-542-5323-9 (세트)

* 지은이와 협의하에 인지는 생략합니다.
* 잘못된 책은 구입한 곳에서 바꾸어 드립니다.

이 도서의 국립중앙도서관 출판시도서목록(CIP)은 서지정보유통지원시스템 홈페이지(http://seoji.nl.go.kr)와
국가자료공동목록시스템(http://www.nl.go.kr/kolisnet)에서 이용하실 수 있습니다.
(CIP제어번호: 2013007464)

Hello
Wedding

헬로우 웨딩

백묘 장편소설

1

dream
books
드림북스

차례

번외편

이야기 하나.

1

성공하고 싶다. 하지만 성공보다 더 바라는 것이 있다.

결혼정보회사에 취직해서 커플 매니저가 되면 바라는 것, 그것을 이룰 수 있을 거라고 생각했다.

제일 가고 싶었던 곳은 〈로운 클럽〉이란 이름의 결혼정보회사였다. 하지만 그곳은 유명한 만큼 문턱이 높았다.

그래도 어쨌든 국내에서 내로라하는 결혼정보회사에 취직을 했고, 이대로 열심히만 하면 언젠가 바라는 그것을 이룰 수 있으리라 믿었다.

"우리 회사에 이렇게 예쁜 아가씨가 있었어?"

준 VIP 고객을 위한 파티 중, 술을 몇 잔 걸쳤는지 볼이 붉은 남자가 와서 치근거렸다. 그 남자가 현재 다니고 있는 결혼정보회사 〈파스텔〉의 사장인 줄은 꿈에도 몰랐다.

"고객님, 취하신 것 같습니다. 제가 편한 자리로 안내해드릴까요?"

시현은 최대한 상냥한 미소를 지으며 말했다.

"편한 자리? 오, 좋지. 그래, 편한 자리 좋지."

남자가 몸을 기대어 왔다. 고객을 확 뿌리칠 수도 없어서, 시현은 어색하게 몸을 틀어 남자에게서 벗어나려고 애썼다. 어깨를 더듬던 남자의 손이 더듬더듬 가슴으로 내려오는 걸 느낀 시현은, 자신도 모르게 "꺅!" 하고 소리를 지르며 남자를 떠밀고 말았다.

취한 데다가 시현에게 비스듬히 기댄 상태였던 남자는 시현의 힘이 강하지 않았는데도 비틀거리다가 벌러덩 쓰러졌다. 바(Bar)나 테이블에 앉아 와인잔을 기울이던 고객들이 깜짝 놀라 이쪽을 쳐다봤다.

"아, 고객님. 죄송합니다. 제가 너무 놀라서. 죄송합니다."

정중하게 사과하며 일어나는 걸 도와주려는 시현의 손을 남자가 거칠게 뿌리쳤다. 허우적거리면서도 혼자 힘으로 일어난 남자는 마침 지나가던 웨이터의 손에서 누군가 마시다 남긴 와인잔을 낚아채 시현의 얼굴에 끼얹었다.

깨끗한 연회색 정장에 붉은 와인이 얼룩졌다. 시큼한 냄새의 와인은 머리카락에까지 묻어 얼굴을 타고 뚝뚝 떨어졌다.

"너, 내가 누군지 알아? 내가 여기 사장이야, 사장. 이 회사 사장 성대영."

"사장님……이셨어요?"

"그래. 이제야 눈이 번쩍 뜨여?"

"죄송합니다. 제가 입사한 지 얼마 되지 않아서 몰라 뵙고 실수를 저질렀습니다. 정말 죄송합니다."

잘못한 쪽은 다짜고짜 가슴을 만지려고 든 대영이었지만, 그래도 시현은 사과를 할 수밖에 없었다. 어쨌든 저쪽은 밥줄을 잡고 있는 '갑'이고, 이쪽은 월급을 받아야만 하는 '을'이니까.

하지만 대영은 여러 사람 앞에서 망신을 당한 분이 풀리지 않는지, 커다란 손으로 시현의 뺨을 세차게 내리쳤다.

철썩!

시현의 마른 몸이 비틀거릴 정도로 센 타격이었다. 하지만 뺨을 맞았다는 고통보다는 견디기 힘든 수치심이 시현을 휘감았다.

'내가 왜? 성희롱을 당한 건 내 쪽인데, 왜 내가 맞아야 돼?'

시현은 주먹을 꽉 쥐었다. 머리카락에 묻어 있던 와인 방울 하나가 눈에 들어갔지만 눈을 감지도, 깜빡이지도 않았다.

"뭘 잘했다고 눈을 똑바로 뜨고 노려봐?"

"그럼…… 비스듬히 떠드리죠."

시현은 눈을 살짝 내리깔고, 대영을 향해 조롱하는 듯한 시선을 보냈다. 시현의 행동에 대영이 황당한 듯 눈을 부릅떴다.

"너……."

부들부들 떨던 대영이 다시 손을 치켜 올렸지만, 이번에는 그 손이 목적을 다하지 못했다. 손바닥이 닿기 전, 시현이 먼저 대영의 손목을 세게 붙잡았던 것이다.

"아저씨. 제가요, 얼굴 예쁘다고 맞아도 보고 공부 잘한다고 맞아도 봤어요. 하도 뺨을 자주 맞았더니, 딴 건 몰라도 뺨 때리는 손 저지하는 기술은 늘더라고요. 제가 막아낸 걸 감사하게 여기세요. 한 번은 봐드리겠는데, 두 번째엔 고소하려고 했거든요. 폭행으로."

"뭐? 폭행? 내가 언제……."

"목격자들도 많네요."

그제야 대영은 이곳에 사람들이 많다는 걸 깨달은 듯 입을 다물었다. 시현은 잡고 있던 대영의 손목을 던지듯 놔주었다.

"아저씨한테 아저씨라고 했으니 여기도 더는 못 다니겠네요. 잘릴 바에야 제가 그만둬드리죠. 다음엔 돈 많이 벌어서 고객으로 등장해드릴게요."

"야, 너!"

"하아…… 아저씨를 아저씨라고 부를 수 없는 이 더러운 세

상."

뒤에서 대영이 욕지거리를 내뱉는 소리가 들렸지만, 시현은 무시하고 그곳을 빠져나왔다. 밖으로 나오기 전에 탈의실에 들러 입고 왔던 코트를 걸치고 나왔지만, 1월의 바람은 참으로 쌀쌀했다.

2

참았어야 했다. 아무리 엿 같고 더러워도 참아야만 하는 순간이 있다. 그러니까 참았어야만 했다.

첫날은 그냥 멍하니 흘려보냈다. 그토록 고생해서 들어간 회사를 자기 발로 걸어나왔다는 사실을 받아들일 수가 없었다.

둘째 날은 분노했다.

그래도 그 자식이 나쁜 자식이잖아! 왜 다짜고짜 남의 가슴을 만지려고 하냐고! 통성명을 하고 만져도 불쾌할 판에!

셋째 날은 자괴감에 빠져서 이러고 있다.

'참았어야 했는데…… 참을 걸 그랬어…….'

있는 성격 다 드러내도 어리다는 이유만으로 용서받았던 중·고등학교 때와는 달랐다. 성격이 아무리 불같은 사람도 나이가 들면 꾹꾹 누르고 참아, 타오르는 불을 불씨 정도로 작게 만들어 놓고 생활한다. 그건 비굴한 게 아니라 사회에 적응을 잘하는 거다. 험난한 정글 같은 사회에서 무난히 살아남기 위한 하나의 노하우.

'아, 진짜 참았어야 했는데!'

직장 내의 성희롱이 문제가 된 게 어제오늘의 일이 아니다. 직장에서 성희롱을 당했다고 모든 여자들이 자리를 박차고 아저씨 운운하며 회사를 걸어나오진 않는다. 대부분은 그냥 참고, 지혜로운 여자는 관련법을 잘 알아본 후 증거를 모아 고소를 한다.

"난 멍청이야! 진짜 하나도 안 컸어!"

울고 싶었지만 관뒀다.

"난 울 자격도 없어! 내가 내 성질 못 이겨서 이 지경이 된 건데 울긴 뭘 울어. 울지도 마! 우는 것도 사치야!"

울 시간에 당장 먹고 살 걱정을 해야 했다. 월세에 식비, 통신비, 6개월 할부로 끊은 영어 회화 학원비까지 내야 하는 생활은 회사를 다니는 동안에도 빠듯했다.

"바로 직장을 잡진 못할 텐데…… 일단은 알바를 구해 봐야 하나?"

인터넷을 뒤지는 것보다는 발품을 팔아서 구하는 알바가 더 괜찮다. 인터넷을 뒤져 봐야 '월 3백만 원 보장 재택근무' 따위

의 말도 안 되는 다단계 알바들이 판을 치고, 카페라고 해서 가
보면 섹시 바(Sexy Bar)인 등, 사기가 난무했다. 물론 개중에는
정말 괜찮은 알바도 있긴 하지만, 그래도 일단은 밖으로 나가
보기로 했다. 방에 있는 것보다 밖을 걸어다니는 게 울적함을
치료하는 데 더 좋겠다는 생각이 들어서였다.

낡은 청바지에 후드 티셔츠를 입고 밖으로 나왔다. 거리에
는 통행인이 별로 없었다. 다들 학교에 있거나 회사에 있거
나…… 뭐가 됐든 자기 할 일을 열심히 하고 있겠지.

밖으로 나왔어도 우울함은 별로 가시지 않았다.

'일단 전에 일하던 데에 들러볼까?'

파스텔 입사 전에 일했던 편의점과 PC방, 카페를 차례차례
들렀다. 사장들은 다들 미안하다는 표정으로,

"지금 알바생이 있어서. 어떡하지?"

라고 말했다.

어떤 카페 벽에 사람을 구한다는 종이가 붙어 있어서 들어
갔더니, 시간당 3천 원을 주겠단다. 아무리 그래도 그렇지 최
저임금 4천5백8십 원은 지켜야 하는 거 아냐? 확 신고해 버릴
까 하다가 관뒀다. 어차피 내가 피해를 입은 것도 아닌데.

그렇게 배회하다 보니 동네에서 꽤 벗어난 곳까지 나와 버
렸다. 이제 퇴근 시간인지 회사원들이 전철역으로, 버스정류
장으로 걸어가는 모습이 종종 눈에 띄었다.

시현은 걸음을 멈추고 하늘을 올려다봤다.

'아, 해가 졌구나.'

며칠 전까지만 해도 이 시간엔 회사에서 일하고 있었는데. 조금만 성질을 죽였어도 지금쯤 회사 책상에 앉아 뭔가를 하고 있었을 텐데.

콧등이 시큰해졌다.

'아직 넌 울 자격 없어.'

시현은 자신을 호되게 나무라며 따뜻한 커피 한 잔을 사서 맞은편에 보이는 공원으로 향했다. 추운 날씨인데도 삼삼오오 모여 있는 노숙자들이 보였다. 그들이 안쓰러운 한편으론 '마음만은 편하겠지.'라는 생각이 들었다.

'어! 내가 뭔 생각을 하는 거야? 안 돼, 안 돼!'

순간 다 포기하고 노숙자가 돼서 마음 편하게 살고 싶다는 생각을 할 뻔했다. 그건 절대로 안 될 말씀이다. 성공해야 한다. 반드시.

각오를 다지는 시현의 눈에, 벤치에 웅크리고 있다가 툭 떨어진 검은 물체가 들어왔다. 형체로 봐서는 사람인 게 분명한데, 바닥에 떨어졌는데도 전혀 움직임이 없었다.

'도, 동사한 거 아냐?'

조심조심 다가갔다. 시체를 보는 건 처음이다.

'아니야, 아직 안 죽었을지도 몰라.'

공원이 밝은 게 아니라서 형체가 뚜렷이 보이지 않았다. 시현은 '그것'의 옆에 쭈그리고 앉았다.

"저, 저기⋯⋯."

팔을 뻗어 조심스레 흔들었다.

"으⋯⋯."

'그것'이 신음을 흘렸다.

"아, 살아 계시는구나! 다행이다. 죽은 줄 알았어요!"

"뭐야⋯⋯ 왜 깨워⋯⋯?"

'그것'의 음성은 노숙자라고 생각되지 않을 만큼 낮고 매력 있었다. 그 허스키한 음성을 들으며 시현은 생각했다.

'감기가 심한가 보다.'

피 같은 4천 원을 내고 산 커피지만, 죽어 가는 노숙자에게 양보하기로 했다. 25년 인생에 한 번쯤은 좋은 일을 해 보는 것도 괜찮은 경험일 것 같다.

"저, 많이 추운데 이거라도 좀 드세요. 이런 옷 입고 이러고 계시면 감기 걸려요. 신문지라도 덮고 계셔야지, 원. 자, 얼른 일어나 보세요."

시현은 커피를 그에게 들게 하고, 그의 팔을 잡아 일으켜 세웠다. 얼떨결에 일어난 그는 어리둥절한 표정으로 시현을 쳐다봤다.

"계셔 보세요. 신문지 가지고 올 테니까!"

"아…… 이봐……."

"가만히 기다리시라니까요! 아니다, 추우니까 좀 팔딱팔딱 뛰고 계세요. 이렇게요, 팔딱팔딱."

시현은 몸소 팔 벌려 뛰기를 보여 주고는 다시 돌아서서 달려갔다.

졸지에 노숙자 취급을 당한 준성은 인상을 찌푸리고 시현의 뒷모습을 응시했다.

'저 여자, 어디서 본 것 같은데?

정후가 차를 가지고 오기를 기다리며 잠깐 눈 좀 붙이고 있었던 건데, 웬 망둥이 같은 여자가 두드려 패는 바람에 깨고 말았다. 두드려 맞은 것도 기분 나쁜데 먹다 만 커피를 주지 않나, 신문지를 갖다 준다고 하지를 않나. 누굴 거지로 보는 것도 아니고.

그러다가 저 여자를 어디서 봤는지 깨달았다.

지난번, 호텔에서 열린 파스텔의 준 VIP 파티에서.

거기서 성대영의 코를 납작하게 해 준 여자가 분명했다. 그때의 성대영 표정, 참 볼만했는데.

그때, 시현이 신문지 뭉치를 잔뜩 끌어안고 돌아왔다. 시현은 버티는 준성을 억지로 벤치에 앉히고 신문지를 한 장, 한 장 펼쳐 준성의 몸 위에 둘러 주었다. 준성이 꼼짝도 못 할 만큼 신문지를 둘러준 후에야, 시현은 만족한 듯 손을 털었다.

"추우니까 이렇게 꼭 싸매고 주무세요. 아셨죠? 아무리 밖에서 주무시더라도 이런 건 다 챙기고 사셔야 하는 거예요. 감기 조심하시고요!"

"아니, 난……."

"그럼 좋은 밤 되세요!"

시현은 개운한 표정으로 손을 크게 흔들며 사라졌고, 준성은 멍하니 그녀의 뒷모습을 쳐다보는 수밖에 없었다.

15분쯤 후에야 맞은편 공원 입구로 오기로 했던 차가 멈추는 게 보였다. 준성은 신문지를 몸에서 떼어 내는 것도 귀찮아, 몸에 돌돌 만 채로 차로 향했다.

"아, 사장님! 꼴이 왜 그 모양이세요?"

정후가 꽥 소리를 질렀다.

"몰라. 어떤 여자가……."

"아, 진짜 더럽게. 이런 건 다 어디서 주워 오셨대. 게으른 양반이."

"요새 말이 심한데?"

"안 심하게 생겼어요? 어휴. 요샌 노숙자들도 이런 건 안 두르고 자요."

정후가 투덜거리며 준성의 몸에서 신문지를 떼어 냈다. 준성은 신문지가 한 장 한 장 떨어져 나갈 때마다 점점 추워지는 걸 느꼈다. 신문지가 의외로 보온 효과가 있나 보다.

"저거 따뜻하네."

"그래서요? 신문지로 옷이라도 한 벌 해드려요?"

"……김 기사. 왜 그렇게 빈정거리는 거지?"

"김 기사라니요! 전 비섭니다, 비서. 차 사장님의 하나뿐인 비서."

"뭐가 됐든."

준성은 관심 없다는 듯 중얼거리며 차 뒷좌석에 앉았다. 정후는 신문지 뭉치를 쓰레기통에 갖다 버린 후 돌아왔다.

"어우, 추워. 얼어 죽겠네요. 추워서 그런지 여기까지 차가 되게 밀리더라고요."

"어……."

준성이 아무래도 상관없다는 듯 나른하게 대꾸하며 차창 밖을 응시했다.

"김 비서."

"네?"

"그때 그 여자 생각나?"

"그 여자요? 누구요?"

"그러니까…… 아, 됐어. 그냥 집에나 가."

정후는 한숨을 쉬었다. 저 양반, 뭔가 설명하려다가 귀찮아서 관둔 게 틀림없다. 여자 얘기는 어지간하면 안 하는 사람인데, 누구 얘기를 하려던 걸까?

고민하던 정후의 머리를 스치는 여자가 있었다.

파스텔 파티에서 봤던, '전' 파스텔 직원인 그 여자.

파스텔 성대영에게 아저씨 운운하며 성대영의 유리처럼 섬세한 멘탈을 갈가리 찢어 놓은 여자. 성대영이라면 귀찮은 것도 잊고 이를 가는 준성이니 기억할 법도 했다.

"혹시 성 사장한테 아저씨라고 했던 그 여자 말씀하시는 겁니까?"

"어."

자기가 먼저 말을 꺼냈으면서, 준성은 이제 다 상관없다는 태도였다.

"그 여자에 대해서 좀 알아볼까요?"

"그러든가."

"그럴까요, 말까요?"

"알아서 해."

"그럼 그 여자 찾아내서 입사 제안 서류 보내 볼까요?"

"응."

"연봉은요?"

"파스텔에서 받은 거 두 배."

"인센티브는요?"

"김 비서."

"네?"

"나 귀찮게 하지 마."

"아, 사장님이 원하시는 일이잖습니까."

"됐어."

"제가 지금 처리하지 않으면 나중에 또 한마디 꺼내놓고 됐다고 하시고, 한마디 꺼내놓고 귀찮다고 하시고…… 그러실 거잖아요."

"……자네가 다 알아서 해."

준성은 귀찮다는 표정을 노골적으로 드러내며 담배를 꺼냈고, 그런 준성을 보며 정후는 소심한 복수를 하기로 결심했다.

3

아르바이트조차 찾지 못했다는 충격에 또 하루를 멍하니 날려 보냈다. 곰팡이로 얼룩진 천장을 바라보며 한참 시간을 보내다가 꼬르륵거리는 소리에 정신을 차렸다.

'일을 안 해도 배는 고프구나.'

한심스럽기 짝이 없지만 그래도 20대 젊은 여성이 방에서 아사했다는 뉴스의 주인공이 되고 싶진 않았다. 느릿느릿 일어나 주방을 뒤졌는데 먹을 게 하나도 없었다. 쌀 한 톨도 없다는 말이 이럴 때에 쓰이는 말인 모양이다.

의욕 없이 어깨를 축 늘어뜨리고 있다가 통장에 남은 금액을 확인했다.

102,310원.

10만 원 조금 넘는 금액. 이 돈이면 이번 달 휴대폰 요금을 내는 것도 간당간당하다.

"하지만 십만 원 가지고 주식에 투자해서 일확천금을 노릴 수 있는 것도 아니고…… 어쩔까? 어떻게 해야 이 십만 원을 잘 썼다는 소리를 들을까?"

한참 동안 고민하던 시현은 결국 어려운 결심을 했다.

"그래, 먹고 죽자!"

근 5년 만에 방문한 뷔페에서 배가 터지도록 먹었다. 포만감 덕분에 3만 원 넘는 금액을 결제하면서도 당당할 수 있었다. 이제 수중에 남은 돈은 6만 원 남짓. 그래도 배가 부르니 마음은 풍족했다. 뷔페를 즐긴 것은 최근에 한 선택 중 최고의 선택이었던 것 같다.

집으로 돌아온 시현은 부른 배를 두드리며 벽에 착 달라붙어 누웠다. 식곤증의 힘을 빌려 한숨 푹 자고 일어났더니 머릿속도 말끔해졌다. 회사를 관둔 후 제대로 못 잤는데, 며칠 분의 잠을 다 잔 것 같다. 중천에 떠 있던 해가 어느덧 사라지고 창밖엔 어둠이 깔려 있었다.

창문을 열고 창밖의 어둠을 응시했다. 어둠이 깔깔 웃으며 시현에게 속삭였다.

'이것 봐, 나를 봐. 내가 바로 네 삶이고, 너의 미래야. 너의 앞날은 나처럼 어두울 거야.'

창틀을 잡고 있는 손가락 끝이 차게 식었다. 시현은 도망치듯 창문을 닫았다.

"아니, 난 어둡게 살지 않을 거야."

어둠에 붙잡힐 수는 없었다. 어둠은 과거에 존재하는 것으로 충분했다.

시현은 서둘러 컴퓨터를 켰다. 마음에 들지 않는 일자리라도 구해 보기로 했다. 일자리를 구하고 일을 하면서, 원하는 직장에 들어갈 수 있을 만한 스펙을 쌓으면 되는 거다. 다시는 저 어둠 속으로 돌아가지 않을 테다.

급하게 구직 사이트를 돌아보면서 메일을 확인한 시현은 수십 개의 스팸메일 속에 섞여 있는, 어둠 속의 양초와도 같은 메일을 발견했다.

[로운 클럽 서류 전형에 합격하신 것을 축하합니다.]

4

휘황찬란한 로운 본사 건물 앞에 선 시현은 심호흡을 했다. 어젯밤 메일을 발견했을 때의 떨림이 조금도 가시지 않았다. 심장이 콩닥거려서 밤새 한숨도 못 잤다.

가지고 있는 옷들 중 가장 좋은 옷을 입고, 살아오던 중에 제일 많은 시간을 들여서 화장을 하고 왔건만, 번쩍번쩍 빛나는 건물을 보니 주눅이 들 수밖에 없었다.

전철 안에서부터 보였던 휘황찬란한 건물은 '내 몸엔 아무나 못 들어와.'라고 말하는 듯했다. 아니나 다를까, 로비에 들어서자마자 제복을 멋지게 차려입은 경비원이 다가왔다.

"어떻게 오셨습니까?"

"면접 보러 왔습니다."

"면접이요?"

경비원이 의아한 듯 미간을 좁히고, 신기한 생물을 보듯 시현을 위아래로 훑어봤다.

왜 저러지? 구직자 처음 보나?

경비원의 태도에 당황스러웠지만, 그래도 꼿꼿이 서서 경비원의 안내를 기다렸다.

"잠시만 기다려 주세요."

경비원은 자기 자리로 돌아가 어딘가로 전화를 걸었다. 무슨 얘기를 하는지는 들리지 않았지만, 오늘 정말 면접 일정이 있는지 확인하는 것 같았다.

'설마…… 그 메일 잘못 온 거 아니겠지?'

사실 어제도 수없이 그 생각을 했다.

분명 로운에 지원 서류를 넣은 적이 있기는 했다. 하지만 그건 1년 전의 일이다. 지원 자격에 한참 못 미친다는 것을 알면서도 서류를 보냈고, 로운 측에서는 친절하게도 불합격 통보 메일까지 보내줬었다.

그런데 1년이 지난 지금에 와서 합격 메일이 온 게 이상하긴 했었다.

'하지만 뭐, 어쨌든 잘못이 있어도 회사 잘못이잖아!'

부푼 가슴에서 피시식 바람 빠지는 소리가 들렸지만, 그래도 실망하지 않기로 했다. 전산 오류로 잘못 배달된 거라고 하면, 어떻게든 사장을 만나서 실컷 따져줄 테다. 오늘 왔다갔다 한 차비라도 받아내야지.

전화를 끊은 경비원이 다가왔다.

"엘리베이터를 타고 십오 층으로 가시면 됩니다. 사장실에 가시면 비서님이 안내를 해 주실 겁니다."

"아, 네."

경비원의 안내에 따라 엘리베이터에 탄 시현은, 엘리베이터 문이 닫힌 후에야 자신이 어디로 가고 있는지를 깨달았다.

오 마이 갓! 사장이 직접 면접을 본단 말이야?

비서라고 하면 흔히 여자를 떠올린다. 당연히 여자일 거라 생각했던 비서가 훤칠한 키에 반듯한 외모를 가진 남자일 줄은 몰랐다. 그래서 '어떻게 오셨습니까?'라고 묻는 그가 〈로운〉의 사장인 줄 알고 바짝 긴장한 채 대답했다.

"며, 면접!"

기차 화통을 삶아 먹은 듯한 시현의 대답에 정후가 풉, 하고 웃었다.

"아, 면접 보러 오셨나요? 안에서 사장님이 기다리십니다."

'이 사람이 사장이 아니었구나.'

시현은 안도의 한숨을 내쉬면서도 너무 긴장한 모습을 보였다는 생각에 얼굴을 붉혔다. 이렇게 긴장하면 될 일도 안 된다. 표정 좀 풀어야지.

사장실에 들어간 시현은 어떻게 해야 할지 몰라 어색하게 서 있었다. 그때, 책상 의자에 앉아 있던 남자가 나른한 목소리로 말했다.

"앉아."

"네?"

"소파에 앉으라고."

"아, 네."

사장일 게 분명한 그의 목소리는 생각보다 젊고 허스키했다. 어디서 들어본 목소리라고 생각했지만, 곧 그 생각을 떨쳐냈다. 로운 클럽의 사장을 만난 적 있을 리가 없다.

시현은 마른침을 삼키며 소파에 앉았다. 그냥 보기에도 고급인 소파는 앉자마자 그 몸값을 체험할 수 있었다. 소파 자체가 살아 있는 것처럼 부드럽게 움직여 시현을 감쌌다. 여기가 면접 자리만 아니었다면, 푹 파묻혀 잠들고 싶을 정도였다.

'사장실'이라고 불릴 만한 곳에 들어와 본 건 처음이다. 처음으로 경험하는 사장실은 아주 넓었고, 깨끗하다 못해 황량하기까지 했다. 시현이 살고 있는 월세방의 다섯 배는 됨직한 넓은 사장실에 있는 거라곤 딱 두 개. 업무용 책상과 소파.

텔레비전에 나오는 사장실을 보면 어디 어디서 받은 상장, 트로피, 값비싼 양장본이 꽂힌 책장과 예술품들로 장식되어 있던데, 현실은 역시 드라마와는 다른 모양이다.

창문으로 들어오는 햇빛을 등지고 앉아 있던 준성이 천천히 일어났다. 그 행동이 굉장히 품격 있게 느껴져서, '역시 사장은 달라.'라는 생각이 들었다.

햇살이 그의 몸 가장자리를 따라 오렌지빛 굴곡을 만들어냈다. 그는 키가 크고 어깨가 넓었다.

소파까지 아주 느릿하게 걸어온 준성이 맞은편 소파에 앉았을 때에야 그의 얼굴을 볼 수 있었다. 준성의 얼굴을 확인한 시현은 이곳이 면접 자리라는 것도 잊고 "헉!" 숨을 들이켰다.

짙은 눈썹 아래로 살짝 내려오는 검은 머리카락, 그 아래에 자리 잡은 부리부리하고 깊은 눈, 섬세한 장인이 조각한 것 같은 오뚝한 코와 아랫입술이 유독 탐스러운 모양 좋은 입술, 좌우의 비율이 완벽한 턱선. 그는 정말이지, 놀랍도록 잘생겼다. 언뜻 보면 잘 만들어진 인형처럼 보일 정도로.

준성은 긴 다리를 여유롭게 꼬고 앉아 시현을 물끄러미 응시하고 있었다. 준성의 앞엔 면접관들의 통상적인 준비물인 시현의 지원 서류조차 없었다. 마치 면접과는 전혀 관계없는 구경꾼인 것처럼 준성은 시현을 지켜보기만 할 뿐, 아무것도 묻지 않았다.

나른한 그의 시선 앞에 벌거벗겨진 채 앉아 있는 기분이 들었다.

처음 대면하는 맞선 상대도 아니고, 먹잇감을 사이에 두고 눈싸움하는 라이벌 맹수 사이도 아닌데, 10분이라는 시간을 조용히 흘려보냈다.

"이봐."

이윽고 준성이 입을 열었다. 화들짝 놀라 대답할 생각도 못 하고 고개를 들자, 준성이 턱을 까딱 움직이며 말했다.

"입술에서 피 나겠어."

입술을 잘근잘근 씹고 있었다는 것도 깨닫지 못했다. 시현

은 얼른 입술을 놔두고, 무릎 위에 올려놓은 손을 꽉 쥐었다.

"사장님, 저 면접 보러 왔어요."

이젠 전산 오류로 인해 잘못 보내진 합격 통보였더라도 상관없다. 어쨌든 합격 통보를 받았고, 사장을 대면했다. 이건 기회다. 성공률이 0.1퍼센트라도, 그 끈이 아무리 약하고 가늘더라도, 이왕 온 기회를 놓칠 수는 없다.

"어, 알아."

준성이 심드렁하니 대꾸했다. 다행히 뭔가 잘못된 것 같으니 돌아가라는 소리는 없었다.

"저한테 뭐…… 질문하실 거 없으세요?"

"질문? 난 자네한테 궁금한 게 없는데?"

그게 뭐얏!

"아니, 그래도 전 면접을 보러 온 건데……."

"그런데?"

준성은 정말로 이 면접에 관심이 없는 듯했다. 그 미지근한 반응이 실망스럽기는 했지만, 그래도 할 말은 하고 가기로 했다. 이 순간 최선을 다하면 적어도 오늘 밤 침대에 누워 잠들기 전, 후회를 하진 않을 테니까.

"사장님!"

"응."

"전 정말로 로운의 커플 매니저가 되고 싶습니다. 요새 결혼정보회사를 보면 고객별로 등급을 나눠두고 급에 맞는 사람끼리 연결을 해 주곤 합니다. 특히 평범한 사람들에게는 기회가 많이 돌아가지도 않고요. 저는 얼굴, 몸매, 학벌, 집안…… 그런 스펙이 뛰어난 VIP 고객들뿐 아니라, 저처럼 가진 것 없고 스펙이 별로인 평범한 사람들을 대상으로 일을 하고 싶습니다. 친구처럼, 가족처럼 그들의 곁에서 그들이 좋은 배우자를 만날 수 있도록 도와주고 응원해 주는 커플 매니저가 되고 싶습니다."

그 어느 때보다도 결연한 목소리로 자신의 포부를 밝히는 시현을 준성은 물끄러미 응시했다. 시현이 말을 마치고 몇 초간의 시간이 흐른 후, 준성이 입을 열었다.

"나보고 어쩌라고?"

"아, 그러니까 저 여기 취직하고 싶다고요! 로운의 커플 매니저로!"

욱하는 성질 좀 고치자고 결심한 지 일주일도 지나지 않았지만, 이 남자는 정말이지…….

'아, 뭐 이런 남자가 다 있어!'

구직자인 주제에 감히 사장에게 버럭 소리를 지른 시현을 쳐다보던 준성은, 여전히 관심 없다는 듯 나른한 어조로 말했다.

"그래. 그럼 내일부터 출근해."

얼떨떨한 기분으로 사장실을 나왔다.

'내일부터 출근하라고? 정말?'

믿을 수가 없었다.

면접을 가면 면접관들은 대게 비슷한 질문을 던진다. 가족 관계는 어떻게 되나, 왜 아버지 성이 다르나, 형제자매는 뭘 하나, 어째서 가족의 소식을 모르나, 결혼은 했나, 학벌은 왜 이러나, 이런 학력으로 왜 지원을 했나, 블라블라. 꺼내고 싶지 않은 과거의 일까지 끄집어내고 상처를 헤집고, 다만 직장을 구하고 싶어서 찾아온 구직자들을 자신들의 배설구로 실컷 사용했으면서도 결국은 '불합격' 통보를 내리고.

이곳은 다른 곳도 아닌, 업계 최고라고 알려진 〈로운 클럽〉. 다른 곳보다 심한 면접을 예상했는데, 심한 면접은커녕 면접을 본 게 맞는지조차 의심스러웠다.

사장실 앞엔 비서가 서 있었다. 사장실에서 워낙 숨 막혔던 터라 비서의 미소 띤 얼굴을 보니 안심이 됐다.

"사장님이 뭐라십니까?"

"네, 저…… 그러니까…… 내일부터 출근하라고 하시네요."

"합격하셨군요. 축하드립니다."

그 말을 듣고 나서야 합격을 실감했다. 어제와는 비교도 할 수 없을 만큼 가슴이 부풀었다. 시현의 얼굴에 환한 미소가 번졌다. 시현은 자기도 모르게 "꺅!" 하고 외치며 정후를 끌어안았다.

"저 합격이네요!"

"네, 합격입니다."

정후는 갑작스러운 포옹에 당황했지만, 시현을 밀어내지 않고 웃으며 말했다. 시현은 정후의 목에 매달린 채,

"합격이에요, 합격! 저 로운의 커플 매니저가 됐어요! 우와!"

감탄사를 연발했다. 시현의 기쁨이 정후에게까지 전해졌다. 한참 후에야 시현은 자신이 무슨 짓을 했는지 깨닫고, 얼굴을 붉히며 정후를 놔주었다.

"죄송해요. 제가 너무 기뻐서."

"이해합니다. 참, 인사가 늦었네요. 사장님의 비서인 김정후라고 합니다. 말만 비서지, 잡심부름을 담당하고 있죠."

"저는 내일부터 로운에 출근할 신입 사원 이시현이라고 합니다."

"내일부터 출근이라고 하셨죠? 오늘 일단 회사를 안내해드릴까요?"

"아, 그러셔도 돼요? 바쁘신 거 아니에요?"

"괜찮아요. 사장님은 한번 사장실에 들어가시면 잘 부르지 않거든요."

"아……."

"워낙 게으름뱅이셔서."

"하하하하."

"진담입니다."

정후의 표정은 진지했다.

하긴, 아까 준성의 행동을 생각하면 '게으름뱅이'라는 표현이 딱 들어맞는 것 같기도 하다. 그 나른한 표정과 느릿한 말투. 맹수 같은 눈빛과는 달리 하는 행동은 꼭 나무늘보 같았다.

"사무실은 십육 층부터 이십 층까지입니다."

"아, 그럼 십오 층 아래로는요?"

"비어 있습니다. 일단 시현 씨가 일하게 될 사무실을 보여드릴게요."

엘리베이터를 타고 18층으로 올라갔다. 15층과 다르지 않은 긴 복도. 다른 게 있다면 양쪽으로 유리로 된 문이 쭉 늘어서 있다는 점이었다. 복도는 고급스러운 대리석, 유리문은 굉장히 깨끗했다.

유리문 너머로 사무실 안쪽의 모습이 보였다. 사무실마다 책상이 하나씩밖에 없었다. 천천히 걸어가던 정후가 걸음을 멈췄다.

"여기가 시현 씨가 일하게 될 사무실입니다."

정후가 문을 열었다.

8평 정도 되는 깨끗한 사무실엔 세련된 느낌을 풍기는 블랙 색상의 책상과 의자가 놓여 있었고, 의자 뒤로 빈 책장이 있었다. 옆면의 커다란 창문으로 강남의 정경이 한눈에 들어왔다.

"여길…… 혼자 써요……?"

"네."

"하지만…… 전 신입인데요?"

"파스텔에서 일하다가 오셨잖아요."

"아, 하지만…… 길게 일한 것도 아니고…… 신입으로 들어가서 잡심부름밖에 안 했었거든요. 실제 업무 쪽으로는 아는 게 별로 없는데……."

"이쪽 일이라는 게 특별한 매뉴얼이 있는 건 아니니까요."

"하지만 회사 보고 체계 같은 것도 잘 모르고……."

"아, 보고는 사장님께 직접 하시면 됩니다."

"네? 사장님께 직접이요?"

시현은 황당했다. 사장에게 직접 보고를 하는 회사라니. 로운보다 작은 파스텔도 일반 직원이 사장을 직접 만나는 일은 없었다. 바로 윗 상사에게 보고를 하고, 바로 윗 상사가 또 그 위의 상사에게, 또 그 위에…… 그렇게 올라간 보고는 부장이나 차장 정도 선에서 결재가 나고, 큰 건일 경우에만 사장에게 보고가 들어간다고 알고 있었다.

시현은 몰랐지만, 지금 정후는 소심한 복수를 이어 가는 중이었다. 시현의 면접을 준성이 직접 보게 한 걸로는 모자랐다.

자신이 다니는 회사 사장 앞에서 '아저씨를 아저씨라고 부를 수 없는 더러운 세상'이라고 말할 수 있는 배짱을 가진 아가씨니, 준성에게 지지 않을 거란 확신이 들었다.

이 여자라면 차준성을 귀찮게 만들 수 있다!

"네. 결재받을 내역이나 뭐든 모르는 게 있을 땐 사장님께 직접 가서 물어보시면 됩니다. 사장님이 철저한 게으름뱅이라서 귀찮아만 하시고 일 처리를 미뤄둘 가능성이 크지만 계속 물고 늘어지다 보면 언젠가는 답을 주실 겁니다."

"정말 그래도 되는 거예요?"

"네. 그게 저희 회사 방침이거든요."

"아아."

시현은 납득할 수 없는 표정이었지만 어쨌든 고개를 끄덕였다. 정후는 회심의 미소를 지었다.

'사장님, 두고 보세요. 자기가 벌인 일, 자기가 책임진다는 게 어떤 건지 알게 해드리죠.'

그러려면 이 회사에서 도망치지 않게 시현을 붙잡아두는 게 우선이었다.

"실례지만 파스텔에서는 연봉을 얼마나 받으셨는지요?"

"천팔백만 원이요. 수습 기간만 육 개월이라서…… 아직 제대로 된 월급은 못 받았어요."

'어이구, 도둑놈들'

정후는 속으로 혀를 찼다. 당차 보이는 이 여자가 조금 불쌍하게 느껴졌다.

그래, 사장님이 다 맡긴다고 했으니 그냥 막 퍼주자. 어차피 내 돈 나가는 것도 아닌데.

"저희 회사는 수습 기간이 따로 없습니다. 연봉은 초봉 사천만 원이고요. 매년 십 퍼센트씩 인상을 해드립니다. 인센티브는 성혼한 커플이 낸 회비의 십 퍼센트고요."

"자, 잠깐만요. 초봉이…… 얼마라고요?"

"사천만 원이요."

"사천만 원!"

시현의 입에서 새된 비명이 튀어나왔다. 시현 자신도 놀랐는지 두 손으로 입을 틀어막고 눈을 동그랗게 떴다. 그 모습이 깜짝 놀란 고양이처럼 귀여워서, 정후는 피식 웃고 말았다.

"농담하시는 거죠?"

시현이 눈을 가늘게 뜨고 물었다.

"회사 일로는 농담 안 합니다."

"하지만…… 까놓고 말해서, 저 전문대졸에 유학 경험도 없고 토익 점수도 형편없어요. 그런데도 초봉이 사천만 원이라고요?"

"네. 까놓고 말해서 사천만 원입니다."

"아…… 말투가 이래서 죄송해요. 너무 놀라서…… 아니, 아무리 그래도 초봉 사천만 원은 말도 안 되잖아요."

이 여자야, 준다면 그냥 받아! 어차피 사장님이 내는 돈이라
고!

"뭐, 시현 씨가 싫으시다면야⋯⋯."

"아니요, 아니요."

시현이 정후의 팔을 꼭 붙잡고 정후를 올려다봤다.

"완전 감사하게 받을게요. 이 회사에 뼈를 묻을 걸 약속하겠
습니다."

"그 말 꼭 기억하세요. 이 회사에 뼈를 묻을 거라는 말."

"물론이죠! 연봉 사천이 어디 애 이름도 아니고. 최선을 다
해서, 짐승처럼 일하겠습니다!"

"그럼 더 위로 올라가볼까요?"

21층은 회의실, 22층부터 23층까지는 엔터테인먼트 공간이
었다. 고급 바와 당구장, 수영장 등이 있었다.

"사원증을 보여 주면 무료로 이용하실 수 있습니다. 사원증
은 발급하는 데 시간이 걸려서 다음 주까지 준비해드리도록
할게요. 그전까지는 임시 사원증을 사용하시면 됩니다."

"감사합니다."

"감사는 제가 아니라 사장님께 하셔야죠. 사원들은 내일 소
개해드리도록 하겠습니다. 아홉 시 출근에 오후 여섯시 퇴근
입니다. 그럼 내일 뵙죠."

회사에서 나왔을 땐 구름 위에 붕 뜬 기분이었다. 오늘 벌어진 일이 도무지 믿기지 않았다. 마치 꿈만 같았다. 로운에 입사를 했을 뿐 아니라, 연봉은 4천만 원씩 받고, 수습 기간도 없고, 심지어 개인 사무실까지!

'이건 완전 꿈의 직장이잖아!'

이래서 다들 로운에 가고 싶어 했던 모양이다.

'웬일이야, 웬일이야.'

시현은 몽롱한 채로 비틀거리며 근처 커피숍에 들어가 아메리카노를 시켰다.

그리고 자리에 앉아 따뜻한 아메리카노를 한 모금 마신 후 그것을 물끄러미 응시했다.

새까만 먹색 물은 시현의 과거이자 현재였다. 그 암흑과도 같은 인생이 새하얀 우유처럼 변하기를 바랐던 적은 없었다. 하지만 이제 흰색 우유를 탄, 연갈색 라테 정도로는 바뀔 거라고 생각해도 되는 걸까?

퇴근 시간이 될 무렵, 정후는 20명 남짓한 사원들을 회의실로 불렀다. 사장의 게으름 때문에 회의를 하는 일은 좀처럼 없는지라, 직원들은 의아한 표정으로 회의실로 모였다. 아니나 다를까, 회의실에 등장한 사람은 정후 혼자였다.

"퇴근 시간이 가까운데 이렇게 불러서 죄송합니다."

정후는 여느 때처럼 정중하게 인사를 한 후, 직원들을 둘러 봤다.

"내일 신입 사원이 옵니다."

정후의 목소리는 비장했다. 직원들은 긴장한 표정으로 정후 의 입술을 쳐다봤다. 정후는 충분한 여유를 가진 후에 말했다.

"여잡니다."

"헛!"

"아……!"

여기저기서 탄성이 흘러나왔다. 직원 한 명이 조심스레 손 을 들었다.

"사장님께서 여직원은 안 뽑는다고 하지 않으셨나요?"

"그렇죠. 하지만 여러 가지 상황이 겹쳐져서 여직원을 뽑게 됐습니다. 그러니 다들 텃세 부리지 말고 잘 대해 주셨으면 합 니다."

웅성거리는 직원들을 뒤로하고 나오며 정후는 씩 웃었다. 어쩐지 자신이 신데렐라를 도와주는 요정 할머니가 된 것 같 은 기분이 들었다.

5

아침이다.

설렘 때문에 늦게 잠들었지만 알람 한 번에 눈이 떠졌다. 다른 때였다면 이불 속에서 '조금 더, 조금만 더.'라며 뒹굴거렸을 텐데 오늘은 달랐다. 시현은 벌떡 일어나 출근할 준비를 했다.

강남으로 향하는 지하철은 이른 시간인데도 사람이 많았다. 고개를 위로 향하고 허덕거려야 간신히 숨을 쉴 수 있을 성도였다.

강남역에 내렸을 때는 오전 8시 10분이었다. 9시까지 출근이라고 듣긴 했지만, 그래도 신입인데 딱 시간 맞춰서 가는 건 아니다 싶어 일찍 나왔다.

경비원은 어제 본 사람이었다. 시현을 알아봤는지 꾸벅 인사하는 경비원에게 시현도 마주 인사를 했다. 이제야 이 회사의 직원이라는 기분이 들어서 어깨가 으쓱해졌다.

'그래, 난 로운 직원이야!'

바로 18층으로 향했다. 역시 불이 켜져 있는 사무실은 없었다. 시현은 자신의 사무실에 가방을 내려놓고 잠깐 의자에 앉았다. 의자는 편안했다.

"아, 좋다!"

파스텔에서 쓰던 좁은 책상, 싸구려 의자와는 차원이 달랐다.

"아, 진짜 좋다!"

좋은 의자에 앉아 기지개를 켰더니 밤새 잠을 설친 바람에 생긴 두통도 말끔히 가시는 것 같았다.

"아, 김 비서님은 출근하셨으려나? 김 비서님이 오늘 직원분들 소개시켜 주기로 하셨는데."

시현은 조금 이르다 싶었지만 비서실에 가서 기다리기로 했다. 15층은 어제 왔을 때처럼 조용했다.

문에는 '사장실'이라는 팻말이 붙어 있었지만, 여길 들어가면 바로 비서실이 나오고, 정후의 책상 뒤로 문이 하나 더 있는데 그 안쪽이 진짜 사장실이었다.

똑똑.

"김 비서님."

대답은 없었다. 아직 8시 20분밖에 안 됐으니 출근 전인 모양이다. 시현은 조심스레 문을 열었는데, 문은 잠겨 있지 않았다.

비서실 구석에 있는 의자에 앉아 있노라니, 닫힌 사장실 문틈으로 희미한 빛이 새어 나오는 게 보였다.

'아, 사장님은 출근했나? 그럼 먼저 인사를 하는 게 낫겠지? 아니, 내가 멋대로 문 두드리고 들어가도 되는 건가?'

잠깐 고민을 했지만 그래도 얼굴도장을 찍어 두는 게 좋을 것 같아서 사장실의 문을 두드렸다.

똑똑.

대답이 없었다.

똑똑.

"저, 사장님."

"뭐야?"

안에서 허스키한 음성이 들려왔다.

"아, 저 이번에 입사한 신입 사원 이시현인데요. 인사드리려고……."

"어, 들어와."

준성은 소파에 길게 늘어져 있었다. 책상에 단정하게 앉아 있을 줄 알았던 시현은 조금 당황하긴 했지만 내색하진 않았다.

"안녕하세요, 사장님. 이시현입니다. 절 뽑아주셔서 감사하다는 인사를 드리고 싶었어요. 정말 감사합니다. 최선을 다해서 열심히 일하도록 하겠습니다."

준성은 시현이 맞은편에 서서 꾸벅 인사를 하는데도 움직일 기미를 보이지 않았다. 사람이 인사를 했으면 아무리 '갑'인 입장이라도 답을 해 주는 게 예의인데, 준성은 아무 말도 하지 않았다. 사장실에 가득한 침묵이 민망했다.

"저, 사장님?"

"어."

다행히 잠든 건 아니었다.

"저한테 뭐 하실 말씀 없으세요?"

"아아. 커피."

"네?"

"아메리카노, 차가운 걸로. 샷 두 개 추가."

지금 나한테 커피 심부름을 시키는 거야?

순간 기분이 나쁠 뻔했지만, 쥐뿔도 없는 신입 사원에게는 선택의 여지가 없다는 걸 깨달았다. 그래, 로운에 입사를 했는데 커피 심부름쯤은 아무것도 아니지. 혼자 쓸 사무실도 주신 위대하신 분인데.

"탕비실은 어디예요?"

"그런 거 없어."

"그럼 커피는 어디서 타요?"

"타? 뭘 타?"

"커피요."

"그걸 왜 타? 커피 타려고 우리 회사에 지원했어?"

이 사람이 진짜!

"……사장님이, 아메리카노, 주문하셨잖아요."

튀어나올 뻔한 욕설을 꿀꺽 삼키고 천천히 대답했다.

"회사 앞에 커피숍 있어. 지갑은 내 옷 주머니에 있고."

시현은 책상 위에 아무렇게나 펼쳐져 있는 정장 상의를 뒤져 지갑을 꺼냈다.

"현금 계산이요?"

"현금 없어."

준성이 귀찮다는 듯 휘이휘이, 새를 쫓는 듯한 손짓을 했다. 시현은 지갑을 들고 서둘러 사장실에서 나왔다.

커피숍에서 아이스 아메리카노에 샷 두 개를 추가했다. 지갑 안에 있는 건 은색 VIP 신용카드 하나. 흔한 명함이나 신분증 한 장 들어 있지 않았다.

다시 사장실로 돌아갔을 때도 비서는 없었고, 준성은 여전히 소파에 누워 있었다.

"사장님, 커피 사 왔습니다. 아이스 아메리카노에 샷 두 개 추가. 총 육천이백 원 들었어요. 이건 영수증이고요."

시현은 소파 앞에 있는 낮은 유리 테이블에 커피와 지갑, 영수증을 내려놨다. 준성은 느릿하게 일어나 앉더니, 흘러내린 앞머리를 뒤로 쓸어넘겼다. 반듯한 이마가 드러나자 준성의 비현실적인 외모가 부각되었다. 커피를 한 모금 마신 준성이 시현을 쳐다봤다.

"자네 커피는?"

"아…… 제 것도 사도 되는 거였어요?"

"사면 안 된대?"

"누가요?"

"글쎄. 누굴까?"

25년이라는 짧은 인생을 살면서 나름대로 많은 일을 경험했지만, 이 회사에 들어와서 평생 겪을 '멘붕'을 며칠 사이에 다 겪는 것 같다. 이 남자는 혹시 뇌에 문제가 있는 게 아닌지 걱정이 될 정도로 대화가 매끄럽게 이어지질 않았다.

"저, 사장님. 제가 오늘 첫 출근이라서 모르는 게 많아서 그러는데요. 혹시 주의할 사항 같은 건 없을까요?"

"뭘 주의하고 싶은데?"

"네? 아, 그러니까 뭐, 하면 안 되는 일이라든가……."

"누가 뭘 하지 말래?"

"아뇨, 그런 건 아닌데…… 그러니까…… 제가 해야 하는 일이라든가."

"뭘 하고 싶은데?"

"그거야 당연히 커플 매니저가 하는 일을 하고 싶죠."

"그럼 해."

"……."

파스텔에서는 양말을 얼굴에 던지며 빨아오라고 하는 놈도 있었다. 그러니까 이 정도는 참자.

"그러니까 사장님, 제가 알고 싶은 건, 제가 커플 매니저로 활동을 할 때 특별히 주의해야 할 사항 같은 게 있는지입니다. 파스텔에서 일한 경험이 있기는 하지만, 로운이랑 파스텔은 규정도 다를 거고……."

"자네는 왜 커플 매니저가 되고 싶은 거지?"

"그야…… 저 같은 사람도 행복한 결혼을 할 수 있게……."

"자네 같은 사람이 어떤 사람인데?"

"평범하고……."

"평범? 진심으로 하는 말이야?"

"네, 전 평범해요."

"흠……."

준성의 눈엔 시현이 조금도 평범해 보이지 않았다. 정말로 평범한 사람은 저렇듯 절박하게 자신이 평범하다고 주장하지 않는다.

"자네는 왜 평범하게 보이고 싶어 하는 거지?"

"네?"

시현이 정곡을 찔렸다는 표정을 지었다.

"자네는 평범하지 않아. 여기서 나랑 대화를 하고 있다는 것부터가 범상치 않은 사람이란 뜻인데…… 왜 평범하게 보이고 싶어 하는 거야?"

시현의 하얀 얼굴이 일순 괴로운 빛을 띠며 일그러졌지만, 금세 원래의 표정으로 돌아왔다.

"저는 지극히 평범해요, 사장님. 평범한 집안에, 평범한 학창 시절을 보냈고, 삼류 전문대를 졸업한 후에 일 년이나 구직

활동을 했어요. 그러다가 생각지도 못하게 로운이라는, 꿈에
도 그리지 못했던 회사에 합격을 해서 설렘에 잠도 못 잤고요.
어제 회사에 왔는데 로비에서부터 쫓겨날 뻔한 바람에 속상
해서 눈물이 다 나오는데, 자존심 상해서 눈물도 꾹 참았어요.
이게 평범한 게 아니면 뭐겠어요?"

"그게 평범하지 않잖아. 울 뻔했다든가, 자존심이 상했다든
가…… 보통은 그런 얘기, 친하지도 않은 사람한테는 잘 못 하
거든. 평범한 사람들은."

"……."

"그리고 자네가 오해를 하고 있는 것 같은데……."

준성은 얄미울 정도로 느긋하게 담배를 꺼내 입에 물었다.
담배 끝에 불을 붙이고 깊이 한 모금 빨아들였다가 연기를 내
뱉는 모습이 영화배우처럼 근사했다.

"일반 고객은 명목상 받는 것뿐이야. 우리 회사는 철저히
VIP를 대상으로 VIP에게 맞는 서비스만을 제공하고 있어. VIP
고객이 성혼을 했을 때 지불하는 금액은, 자네가 말하는 '자네
같은' 사람들 백 명을 상대해도 못 채울 만큼 커. 그런데 왜 자
네 같은 사람들의 행복한 결혼까지 우리가 책임을 져야 하는
거지?"

준성의 입에서 느릿하게 흘러나오는 목소리는 소름이 돋을
정도로 냉정했다.

"VIP 고객분들을 포기하겠다는 말이 아니에요. 다만 저 같은 사람들 백 명의 결혼을 성사시키면 그건 또 그것대로 회사에 이득이 되는 거 아닐까요? 일반 회원을 꾸준히 유치할 수만 있다면 VIP고객 대비 수익도 커질 테고요."

"VIP를 상대해 본 적 있어?"

"PC방에서 일 년 치 회원권을 결제하신 분은 상대해봤어요."

"……그래. 자네 같은 사람은 딱 그 수준이겠지. VIP는 까다롭지만 그래도 자기가 서 있는 위치와 수준을 정확하게 파악하고 있어. 비슷한 수준의 커플을 맺어 주는 게 그래서 수월하지. 회사에 무리한 걸 요구하지 않거든. 하지만 일반 고객들은 안 그래. 자기 수준을 몰라. 내는 돈은 VIP 고객의 십 분의 일도 안되는 주제에 VIP의 대우를 바라고, 턱도 없이 높은 위치에 있는 상대를 원하거든."

"그건 지속적인 설득과 편안한 분위기의 만남을 주선하면……."

"마지막으로, 일반 고객은 격이 떨어져."

준성이 차갑게 말했다.

"일반 고객 백 명의 취향을 일일이 맞춰주려고 하고, 상대를 해 주다 보면 그만큼 일손이 부족해지겠지. 일손이 부족한 만큼 VIP에 대한 서비스의 질이 떨어질 거고. 우리 로운 클럽은 아무나 들어올 수 있는 시장 바닥이 아니야. 아무나 대우를 해 주지 않기 때문에 그만큼 더 이름값이 높아진 거고."

"……."

"자네의 꿈 따위는 아무래도 상관없어. 자네는 로운의 직원이 됐고, 로운의 방향을 따르면 되는 거야. 말도 안 되는 반짝거리는 꿈을 꿀 시간에 상류층 고객에 대해 공부를 해 보는 건 어때?"

회사와 뜻이 다른 건 당연히 있을 수 있는 일이다. 아니, 대부분의 사람들이 자기가 원하지 않는 일을 하면서 살아간다. 회사에서 뭔가를 이루고 말겠다는 생각을 가지고 일을 하는 사람은 거의 없다. 시현 역시 일을 하다 보면 회사 측과 많이 부딪치기도 하고, 뜻이 꺾이기도 하리라는 걸 예상했다. 하지만 첫 출근부터 그런 일이 생길 줄은 몰랐다.

준성의 목소리엔 시현을 향한 비아냥이나 조롱 같은 것은 조금도 들어 있지 않았다. 준성은 그저 회사가 돌아가는 상황에 대해 냉정하게 말했을 뿐이기에, 반박할 말을 찾을 수가 없었다.

할 말도 없고, 그렇다고 일어나서 나갈 수도 없어서 무릎 끝을 내려다보며 가만히 앉아 있었다. 시현은 이 침묵이 무거워 죽겠는데 준성은 그렇지도 않은지, 인형 같은 얼굴로 편하게 담배를 피웠다.

이윽고 담배를 끈 준성이 자신의 앞에 있던 아메리카노를 시현 쪽으로 밀었다.

"졸리면 마셔."

"저, 안 졸린데요."

"그럼 왜 그러고 있어?"

"딱히 할 말도 없고…… 그렇다고 벌떡 일어나서 나가버리면 어린애 같아 보일 것 같고……."

"그래? 그럼 누워서 한숨 자."

"아뇨. 저 안 졸리다니까요."

"왜? 합격된 거 설레서 잠도 못 잤다며?"

사람 말을 귓등으로 듣는 줄 알았는데, 의외로 제대로 듣고 있었던 모양이다. 새삼스러운 기분에 실례라는 생각도 못 하고 빤히 쳐다봤더니 준성이 불쾌한 듯 미간을 좁혔다.

"자네, 나한테 반하는 건 관둬. 난 여자를 좋아하지 않거든."

"그럼 남자를……."

반사적으로 '그럼 남자를 좋아하세요?'라고 물어볼 뻔했지만, 다행히도 문장을 끝맺기 전에 말을 멈췄다. 저 사람은 사장, 이쪽은 직원. 농담 따먹기를 할 만한 사이는 아니다.

"남자가 뭐?"

"아뇨, 그게……."

곤란할 뻔했는데, 똑똑, 노크 소리가 들려왔다.

준성이 대답하지도 않았는데 문이 열리고 정후가 들어왔다. 정후는 시현에게 눈인사를 보내고 시현의 옆에 앉았다.

"왜 이렇게 출근이 늦어?"

"출근하기 귀찮다고 회사에서 주무신 사장님한테 듣고 싶은 말은 아닌데요."

'뭐야, 진짜로 회사에서 잔 거였어?'

시현은 어이가 없었다.

"부러우면 너도 회사에서 자."

"비서실엔 소파가 없어서요."

"사장실에 있잖아."

"사장실에서 자다가 무슨 꼴을 당하려고요."

"내 시중드는 거 좋아하는 거 아니었어?"

"이건 비밀인데요. 사장님 시중드는 거, 정말 싫어합니다."

시현은 멍하니 앉아 두 사람의 대화를 들었다. 조금 전, 준성에게 물어보려다가 말았던 질문.

'그럼 남자를 좋아하세요?

반쯤 농담이었던 그 질문이 진짜인 줄은 몰랐다. 아무리 이쪽에 둔감한 사람이라도 눈치챌 수 있을 거다.

이 두 남자 사이엔 은밀한 무언가가 있다!

사장과 비서의 사랑. 흔해 빠진 사랑 이야기지만, 양쪽 다 남자라면 그 의미가 달라진다. 시현은 오늘이 자신의 첫 출근이라는 것도 잊을 만큼 흥분했다.

'이 두 사람은 뭔가 있어. 적어도 사장님은 게이인 게 확실해!'

시현이 무슨 생각을 하는지 짐작도 못 한 정후는 준성에게 보고를 시작했다.

"J 물산 사장님을 만나 뵙고 왔습니다. 둘째 따님이 올해로 스물여섯이신데, 격에 맞는 사윗감으로 물색해달라고 하셨습니다."

"J 물산이면 나쁘진 않네. 거기가 딸만 셋이던가?"

"네. 여자분은 미국에서 음대를 졸업했고, 석사 과정을 밟는 중입니다. 키는 백육십 센티미터에 몸무게는 오십 킬로그램 정도 되는 것 같습니다."

"생긴 건?"

"C급이요."

"남자 쪽은 의뢰 들어온 거 없지?"

"네. 현재는 없지만 비슷한 수준으로는 K 상회 사장님의 막내 아드님과 G 그룹 전무님의 아드님이 아직 결혼 전이기는 합니다. 둘 다 삼십 대 초반이고요."

"그래. 그럼 그쪽에 가서 의향 물어보고 미팅 주선해. 콘셉트는 알아서 잡고. 아, 그리고 이것 좀 가지고 나가."

시현은 준성이 말하는 '이것'이 자기일 거라고는 생각도 못

했다. 하지만 준성의 손가락은 정확히 시현을 가리키고 있었
다.

"네. 그럼 전반적인 교육은 제가 담당……."

"알아서 해."

준성은 이번에도 손을 휘이휘이 저어 두 사람을 쫓아냈다.
시현은 얼른 일어나,

"열심히 하겠습니다!"

라고 인사하고 정후의 뒤를 따라 사장실을 나갔다.

두 사람이 나간 후, 준성은 소파에 다리를 꼬고 앉아 마시다
만 커피를 손에 들었다.

나가기 전, 열심히 하겠다고 말하는 시현의 목소리는 청량
하고 상쾌했다. 바로 직전까지 듣기 싫은 소리를 잔뜩 들은 사
람답지 않았다.

"저건 뭐가 저렇게 씩씩해?"

씩씩한 사람은 체질상 안 맞는다.

저 여자를 이 회사에서 거둔 걸 알게 되면 성대영이 어떤 표
정을 지을지 눈에 훤히 보여서 입사를 시키기는 했지만, 생각
할수록 잘못된 선택이란 생각이 들었다. 직원이 한 명 더 생긴
다는 건, 한 사람분의 귀찮은 일이 추가된다는 것과 같은 말.
의외로 성실한 정후도 귀찮은 판에 씩씩한 신입까지 추가되다

니.

아까 시현에게는 거창한 척 회사의 품격에 대해 떠들어댔지만, 사실 이따위 회사 잘돼도 그만, 망해도 그만이다.

준성이 원하는 건 딱 하나였다.

성대영의 파멸.

'뭐, 김정후가 알아서 해 줄 테니…… 부딪칠 일은 없겠지.'

이야기 둘.

1

시현은 정후와 함께 엘리베이터를 타고 21층으로 향하며 정후를 빤히 올려다봤다. 시현의 시선을 느낀 정후가 시현을 돌아봤다.

"왜 그러시죠?"

"아, 비서님. 혹시 사장님……."

'아니지. 초면에 이런 은밀한 관계에 대해 질문을 하는 건 매너 없는 거겠지?'

"사장님이요?"

"아, 그러니까 사장님…… 혹시…… 매일 회사에서 주무세요?"

"아, 종종 그러시죠. 물론 회사 업무가 바빠서 그러시는 건 아닙니다. 출퇴근이 귀찮아서 그러시는 거죠."

"아, 네."

"그건 그렇고, 시현 씨. 오늘 몇 시에 출근하셨습니까?"

"여덟 시 이십 분쯤에 온 것 같아요."

"그러실 줄 알았어요. 어제 깜빡 잊고 말씀을 안 드렸는데, 로운은 신입이라고 해서 일찍 와야 하고, 그런 거 없습니다. 그러니까 아홉 시 정각에 딱 맞춰서 출근하시고, 딱 여섯 시 정각에 퇴근하세요. 아셨죠?"

"여긴 정말 꿈의 직장이네요."

시현의 말에 정후가 빙그레 웃었다. 정후가 웃는 얼굴은 굉장히 부드럽고 달콤해서, 이런 남자라면 같은 남자도 반할 법하다는 생각이 들었다. 하얀 얼굴이라든가, 속쌍꺼풀이 있는 눈이라든가, 오뚝한 코 같은 것이 어지간한 여자들보다도 예쁘게 생겼다.

"머리카락은 원래 곱슬머리세요?"

"네. 천연입니다."

"예쁘시네요."

"시현 씨도 예쁘세요. 머릿결도 진짜 좋으시고."

정후가 부드럽고 좋은 사람이라 다행이었다. 첫 출근은 늘 긴장되기 마련이지만 정후 덕분에 어느 정도 마음이 편해졌다.

"로운 직원들이 회의실에서 기다리고 있을 겁니다."

"전부 다요?"

"네."

"헉!"

"그래 봐야 스무 명 정도밖에 안 돼요."

"아, 그래요? 엄청 많을 줄 알았는데."

"다들 그럴 거라고 생각하던데, 그렇게 많진 않습니다. 소수 정예거든요."

"오."

"사람들은 소수 정예라고 하면 감탄하지만 여기엔 깊은 뜻이 숨겨져 있습니다."

"깊은 뜻이요?"

"사장님은 너무 많은 직원을 부리는 걸 귀찮아하세요. 사람이 많으면 문제도 많아진다고."

"아……."

그 사람이라면 그럴 만도 했다.

"그럼 들어가실까요?"

정후가 회의실 문을 열었다.

정후의 말대로 스무 명 남짓한 직원들이 시현을 기다리고 있었다. 복장은 하나같이 깔끔하고 고급스러운 정장. 얼굴에

선 엘리트 분위기가 팍팍 풍겼다. 하지만 다들 사람 좋은 미소를 짓고 있었고, 시현을 진심으로 환영해 주고 있다는 것이 전해졌다.

파스텔처럼 빡빡한 곳에서 학벌 안 좋은 신입이라고 갈굼을 당하다가 이렇게 환한 미소로 반겨 주는 곳에 오니, 가슴이 벅찬 한편으로는 이상한 기분도 들었다.

'뭐지? 뭔가가 빠진 것 같아.'

어쨌든 한 명, 한 명 자기소개를 하고 인사를 하고, 앞으로 잘 부탁합니다, 모르는 거 있으면 어려워 말고 물어보세요, 라는 이야기들을 나눈 후, 18층에 있는 자신의 사무실로 돌아간 후에야 시현은 빠진 게 뭔지 깨달았다.

'이 회사에, 여직원이 하나도 없잖아?'

여직원이 없는 게 큰 문제가 되는 건 아니었다. 백 명 중에 여자가 하나도 없다면 이상한 일이겠지만, 고작 스무 명이다. 스무 명 정도라면 어쩌다 보니 여자가 끼어 있지 않을 가능성도 있는 거다.

'그래, 그런 거겠지. 뭐, 큰 의미는 없을 거야. 아무리 사장님이 남자를 좋아한다고 한들, 그것 때문에 남자들만 골라서 뽑았겠어?'

사무실에 놓여 있는 컴퓨터는 최고급이었다. 켜자마자 부팅이 되고 소음도 거의 없었다. 모니터는 듀얼인 데다가 굉장히 커서, 멀미가 날 지경이었다. 듀얼 모니터는 써본 적이 없어서 처음에는 적응이 되지 않았지만 이것저것 창을 켜두다 보니 익숙해졌다.

업무용 계정과 메일이 이미 다 등록되어 있었다. 어제 시현을 위해 모든 것을 준비해 준 모양이다. 다시 한 번 가슴이 벅찼다.

'다들 나를 직원으로 대우해 주고 있어!'

파스텔에 입사했던 첫날이 떠올랐다.

그땐 아무것도 없었다. 말 그대로 아무것도 없었다.

출근 첫날 사무실에 갔더니, 자리가 준비되어 있지 않아서 구석에 앉은 채로 자리가 나기를 기다렸다. 간신히 한 자리가 만들어졌는데 사용할 컴퓨터가 없었다. 컴퓨터도 없는 빈자리에 멀뚱히 앉아 있노라니, 멀리 있던 남자 대리가 시현을 불렀다.

"어이, 신입. 가서 커피 좀 타와."

첫날이라 멋도 모르고 커피를 타다 줬더니 여직원들이 뒤에서 수군거렸다.

"쟤는 회사에 커피 타러 왔나?"

"생긴 걸 봐. 남자한테 꼬리치고 다니게 생겼잖아."

여직원들의 파벌 형성은 무서울 정도였다. 몇몇 신입 직원

들은 그 파벌에 잘 파고들어갔지만, 시현은 그러질 못했다. 학벌이 안 좋다고 치이고, 얼굴이 예쁘다고 치였다. 이리저리 치이다가 견딜 수 없는 지경이 되었을 때에 성 사장이 일을 벌인 것이다.

"전화위복이었지. 회사 그만 안 뒀으면 개인 메일 확인할 시간도 없었을 거고, 로운에서 보낸 메일도 못 봤을 테니까."

파스텔에서 마지막으로 일했던 게 고작해야 며칠 전의 일인데도 먼 옛날의 일처럼 느껴졌다.

"자, 일에 집중하자!"

컴퓨터에 저장되어 있던 '회사 내규'를 읽은 후 전반적인 회사 업무 진행 사항 등을 훑어보고 있는데, 똑똑, 문을 두드리는 소리가 들렸다.

"시현 씨. 잠깐 괜찮습니까?"

정후였다.

"네, 비서님. 들어오세요."

시현이 얼른 일어났다. 들어오던 정후가 웃으며 말했다.

"제가 들어온다고 일일이 일어나지 않으셔도 됩니다. 시현 씨 사무실인데요."

정후는 구석에 있던 작은 의자를 끌어다가 앉았다.

"시현 씨한테 미리 말씀드리지 못한 게 있어서요."

"네."

"그게…… 저희 회사가 다른 건 신입이라고 차별을 두지 않는데, 딱 하나 신입이 해야 하는 일이 있어요."

"아, 뭔데요?"

"점심이요."

"점심이요? 아, 신입은 점심시간에도 일해야 하는 거예요?"

"아뇨, 아뇨. 무슨 그런 야만인 같은 짓을. 그런 건 아닙니다. 그서…… 신입은 한 달 동안 사장님과 점심식사를 함께하게 되어 있습니다."

"네?"

너무 놀라서 비명 같은 목소리가 튀어나왔다. 정후가 미안하다는 듯 웃었다.

"그게 규칙이라서요. 그거 빼면 신입 신고식이라든가, 그런게 따로 있는 건 아니니까 안심하셔도 됩니다."

"아, 비서님. 정말…… 사장님이랑 단둘이요?"

"네."

"하지만…… 괜찮으시겠어요?"

준성은 정후에게 마음이 있는 게 분명했다. 하지만 정후의 마음은 분명치가 않았다. 그래서 조심스레 물었더니, 정후가 무슨 말이냐는 듯 웃었다.

"저야 감사하죠. 사장님 입맛이 좀 까다로우셔서."

'비서님은 사장님한테 아예 관심이 없나? 그럼 사장님이 좀

불쌍한데…….'

"점심시간은 열두 시부터입니다. 그럼 부탁드립니다."

정후는 시현의 속도 모르고 담백하게 말하고 나갔다. 시현은 시간을 확인했다. 아직 11시 40분. 20분 후면 점심시간이다.

파스텔에 있을 때는 제일 기다려지던 점심시간. 하지만 지금만큼은 시간이 이대로 멈췄으면 좋겠다고 생각했다.

느릿하게 담배를 꺼내 입에 무는 준성을 보며 시현은 생각했다.

'사장님은 전생에 나무늘보였겠지.'

사장실에 들어와서 10분이 지났다.

노크한 후에 대답이 없기에 멋대로 문을 열고 들어왔다. 왜 대답도 안 했는데 들어오냐는 불호령도 없었지만, 왜 왔냐는 질문도 없었다. 아침에 봤을 때와 같은 자세로 소파에 앉아 있는 준성을 보니, 혹시 아침부터 지금까지 이러고 있었던 건 아닌지 의심이 될 정도였다.

"저, 사장님."

준성이 담배를 반쯤 피웠을 때, 시현이 조심스레 입을 열었다.

"점심식사 같이 하려고 왔는데요."

준성이 나른한 눈빛으로 시현을 응시했다. 반쯤 감긴 눈 위를 살짝 덮는 긴 속눈썹, 그 긴 속눈썹이 침이 꼴깍 넘어갈 정도로 매혹적이라서, 이 남자가 게이가 아니었더라면 홀딱 반했을지도 모른다는 생각이 들었다.

"점심 뭐 드시겠어요?"

"왜 자네가 여기에 있지?"

"그러니까…… 점심 같이 먹으러……."

"왜?"

"신입이라서요."

"그런데?"

"신입이니까 회사 규칙에 맞게 점심을 같이 먹으러 왔다니까요."

"하아."

눈을 반짝반짝 빛내며 말하는 시현의 모습에 준성은 깊은 한숨을 내쉬었다. 이 앞에 시현이 앉아 있는 이유는 정후의 농간인 게 분명했다. 이제 와서 생각해 보면, 시현의 면접을 준성이 본 것부터가 이상했다. 지금껏 준성은 사원들 면접을 본 적이 단 한 번도 없었다.

뭔가에 기분이 상한 정후가 준성을 귀찮게 만들기 위해 이런 수작을 부리는 것이 틀림없었다.

'김정후, 죽었어.'

라고 생각했지만, 죽이는 것도 번거로우니 관두기로 했다.

"그래, 그럼."

준성이 말했다.

"뭐가요?"

시현이 고개를 갸우뚱했다.

"말귀가 어둡나?"

준성이 귀찮다는 듯 미간을 좁혔다.

'말귀가 어두운 건 그쪽 같은데.'

시현은 사돈 남 말 하지 말라고 일침을 놓고 싶었지만, 어쨌든 저쪽은 사장이니 참기로 했다.

"점심 먹자고."

"그럼 어디로……."

준성이 아침과 똑같은 모양으로 놓여 있는 카드를 턱으로 가리켰다.

"아, 뭐 사 올까요?"

"점심 사오려고 취직했어?"

"네?"

"김 비서 책상 위에 메뉴 있으니까 시켜."

"아아. 그럼 사장님은 뭘로 드시겠어요?"

"순두부."

의외로 대답이 빨리 나왔다. 시현은 사장실을 나와 심호흡을 했다. 준성을 마주보고 있으면 숨이 턱턱 막힌다. 비현실적으로 아름다운 얼굴 때문이기도 했지만, 그 느릿한 행동을 보노라면 둘의 시간이 각기 다른 속도로 흐르는 것처럼 느껴졌다.

순두부 하나와 된장찌개 하나를 시킨 후, 다시 심호흡을 하고 사장실로 들어갔다. 준성은 여전히 나른해 보였다. 그 모습이 언젠가 동물의 왕국에서 보았던 '졸고 있는 호랑이' 같아서 조금은 귀여워 보이기도 했다.

"사장님은 의외로 소박한 음식을 좋아하시네요?"

"소박? 뭐가?"

"순두부찌개요. 되게 고급 음식만 드실 것 같았는데."

"고급 음식이 뭔데?"

그렇게 물으면 할 말이 없다. 저 사람은 대화의 맥을 끊는 데 일가견이 있는 것 같다. 어디서 따로 교육이라도 받고 온 걸까?

이를테면,

〈대화의 맥을 끊어라! 그리하면 숨 막히는 정적과 함께할 수 있으리라!〉

같은 주제의 특별 강의 말이다.

준성의 의도대로(진짜 의도했는지는 모르겠지만) 무거운 정적이 찾아왔다. 게다가 방음은 또 어찌나 잘되는지, 저 밖에서 쉴 새 없이 들릴 게 분명한 자동차 엔진음도, 사람들의 목소리도 전혀 들려오지 않았다.

숨소리가 달라지는 것까지 전해질 것 같아서, 고른 호흡에 집중했더니 오히려 호흡이 흐트러졌다. 그런 시현을 물끄러미 응시하던 준성이 물었다.

"자네, 아가미 호흡이라도 해?"

"네?"

"왜 숨을 못 쉬어?"

"아뇨. 잘 쉬고 있는데······."

"그럼 됐고."

다시 정적이 찾아왔다. 이럴 줄 알았으면 그냥 아가미 호흡을 한다고 할 걸 그랬다. 그럼 얘깃거리가 조금이라도 생겼을 텐데.

시현이 민망함을 감추기 위해 입술을 내밀었다가 볼을 부풀렸다가, 혼자서 안절부절못하고 있을 때, 사무실 전화가 울렸다.

"자네가 받아."

"그래도 돼요?"

"두 번 말하게 하지 마."

'그 말 할 시간에 한 번 대답해 주는 게 빠르겠다.'

시현은 입술을 비쭉거리며 책상으로 향했다. 경비실 램프가 깜빡거리고 있었다.

"네, 차준성 사장님 자리입니다."

[아, 이시현 님? 경비실입니다. 점심 배달시키신 게 도착했습니다.]

"네, 기다리겠습니다."

'어떻게 목소리만 듣고도 나라는 걸 알았지?'라고 생각하다가 이 회사에 여자가 자신밖에 없다는 걸 떠올렸다.

곧 음식이 배달되어 왔고 시현은 카드로 계산을 했다. 종종 배달을 왔던 사람인지, 시현을 보고는 의아한 듯 '어, 여자분이 시네.'라며 중얼거렸다.

비서실에서 받은 음식을 사장실 테이블로 나른 후, 시현은 지갑을 열어 자기 몫의 6천 원을 준성의 앞에 내밀었다. 준성은 의아하다는 표정으로 천 원짜리 지폐 6장을 물끄러미 쳐다봤다.

"사장님 카드로 제 것까지 계산을 해 버려서요. 제 된장찌개 값이에요."

"자네, 우리 회사에서 식비로 얼마가 지급되는지 알아?"

준성이 지폐에서 눈을 떼지 않은 채, 불쾌하다는 듯 물었다.

"아뇨. 모르는데요."

"나도 몰라."

어쩌라고!

"자네는 배달을 시키고 음식을 여기까지 날랐지. 그런 일 하려고 이 회사에 취직했어?"

"그건 아니지만……."

"게다가 지금은 점심시간이야. 점심시간에 일을 하는 건 시간 외 근무지. 우리 회사에서 시간 외 수당으로 얼마를 지급하는지 알아?"

"아뇨, 모르겠는데요."

"나도 몰라."

이 사람이……!

"여하튼 시간 외 근무를 했으니, 그 돈은 넣어둬."

"아…… 사장님……."

시현의 눈이 감동으로 반짝였다.

"그 말씀을 하시려고…… 그렇게 쓸데없는 이야기를 길게 하셨군요!"

"……됐으니까 먹어."

된장찌개는 맛있었다.

마음 같아서는 뜨거운 뚝배기째 들고 후룩후룩 마시고 싶지만, 사장 앞이라서 참았다. 나름대로 천천히, 기품 있게 먹는다고 먹었는데, 바닥까지 싹싹 긁어먹고 나서 봤더니 준성의 순두부찌개는 반 이상이 남아 있었다. 준성은 행동만큼이나 먹는 것도 느렸다.

우물우물우물.

밥 한 숟가락을 갖고 몇 번이나 씹는 건지 모르겠다.

"사장님, 되게 소처럼 드시네요."

"……자네는 내가 우습나?"

"아뇨, 그럴 리가요. 어렵죠. 제 표정 보세요, 진지하게 말씀드린 거예요."

"그래?"

"네."

준성은 앞에 앉은 망둥어 같은 여자가 묘하게 자신을 우습게 여긴다는 생각이 들었지만, 본인이 아니라고 하니 그냥 넘어가기로 했다.

"근데 사장님. 아까 그동안 로운의 활동 내역을 쭉 읽어봤는데요."

"점심시간에는 업무 얘기 하지 마."

"아, 죄송해요."

"……"

"그럼 사장님. 사장님은 댁이 어디세요?"

"자네랑 개인적인 얘기는 하고 싶지 않은데."

"……그럼 무슨 얘기를 하고 싶으세요?"

"우리 사이에 대화가 필요해?"

"저희가 몸으로 대화하는 사이는 아니잖아요."

시현의 도발적인 대구에 준성은 어이없다는 표정을 지었다가, 몸소 일어나 테이블 너머로 허리를 굽혀 시현의 이마를 쿡쿡 찔렀다.

생각지 못한 접촉에 시현은 눈을 동그랗게 뜨고 준성을 올려다봤다. 길고 예쁜 검지로 시현의 이마를 한참 동안 쿡쿡 찌르던 준성이 다시 자리에 앉으며 말했다.

"바보 같아서 뇌가 두부로 만들어진 줄 알았더니, 그건 아니었네."

"……."

준성은 1시가 다 되어서야 식사를 끝냈다. 빈 그릇을 들고 사장실을 나온 시현은 문이 닫히자마자 사장실 문을 향해 외쳤다.

"두부라니! 두부라니! 내 뇌는 단단하다고! 돌처럼 굳어 있단 말이야! 아니, 돌은 아니고. 아무튼! 당신은 이제부터 내 적이야! 물론 회사에서는 전지전능하신 사장님이지만, 밖에 나가면 적이야, 적! 밖에 나가서 사장 대우받을 생각은 꿈에서도 하지 마!"

시현이 씩씩거리며 외치는 소리는 사장실 안까지 고스란히 전해졌다. 준성은 소파에 나른하니 누워 담배를 입에 물며 중얼거렸다.

"저 바보는 비서실이랑 사장실은 방음이 안 되는 것도 모르나?"

2

그동안의 회사 상황을 훑어보는 데만 하루를 다 보냈다. 마지막 한 장을 읽고 나서 시간을 확인하니 6시가 되기 직전이었다.

똑똑.

"네."

"시현 씨, 퇴근하세요."

아까 회의실에서 봤던 남직원이 친근한 미소를 지으며 말했다.

"네!"

"잔업한다고 야근 수당 나오는 것도 아니거든요. 그럼 내일 봐요."

"네, 조심해서 들어가세요."

"시현 씨도요."

18층에서 일하는 사람은 시현까지 포함해서 네 명. 전부 시현의 사무실 문을 노크하고 인사하고 갔다. 한 명의 직원으로서 대우를 받는 것 같아 기분이 좋았다.

강남의 밤바람은 매서웠다. 건물 사이로 부는 바람이라 더 그런 것 같았다. 하지만 가슴이 따뜻해서 그런지, 그다지 춥게 느껴지지 않았다.

벅찬 가슴이 자꾸만 부풀어 올라 어떻게든 처리를 하지 않으면 안 될 것 같았다. 시현은 발을 동동 구르며 주위를 둘러보다가, '그래, 어차피 한번 보고 말 사람들인데.'라는 생각으로 만세 삼창을 하기로 결심했다. 지금 당장 이 폭발할 것 같은 행복감을 분출하지 않으면 설렘 때문에 또 잠을 못 잘 것 같다.

"만세! 만세! 만세!"

웬 여자가 강남 한복판에서 만세를 외쳐대자, 지나가던 사람들이 미친 여자를 보듯 흘끗흘끗 쳐다봤다. 하지만 워낙 시끄러운 거리였기 때문에, 근처에 있던 사람들을 빼고는 관심을 주는 사람이 없었다.

만세를 외치기를 잘했다. 생각보다 쳐다보는 시선도 별로 없었고.

금방이라도 터질 것 같았던 가슴이 조금은 안정을 되찾았

다. 내일부터는 이게 일상이다. 이 높고 멋진 건물로 출근해서 인텔리하게 일하는 것. 설렘 때문에 잠도 못 자고 집중도 못 하게 하는 그런 믿을 수 없는 일이 아니라, 이시현의 일상이 되는 것이다.

해야 할 일을 해낸 사람처럼 가벼운 발걸음을 옮기던 시현은 자신 때문에 한 남자가 로비에서 석상이 되어 버렸다는 것을 알지 못했다.

"사장님, 왜 이러고 계세요?"

한발 늦게 로비로 내려온 정후는 못 볼 걸 본 사람인 양 빳빳하게 굳어 있는 준성을 발견했다. 준성은 귀신이라도 본 사람처럼 눈을 휘둥그레 뜨고 건물 밖을 쳐다보고 있었다.

"왜 그러세요? 뭐 있어요?"

이상하게 여긴 정후가 밖을 쳐다봤지만, 특이하다고 할만한 건 아무것도 없었다.

"사장님?"

정후가 팔을 잡고 흔들자 준성은 퍼뜩 정신을 차리고는 하얗게 질린 얼굴로 정후를 돌아봤다.

"김 비서……."

"네?"

"나 아무래도…… 이 회사에 이상한 걸 끌어들인 것 같아……."

3

이 여자는 왜 이곳에 있는가.

준성은 살면서 가장 큰 고뇌에 빠져 있었다.

어째서 이 여자가 업무에 대한 보고를 하고 있는가.

아무리 생각해도 알 수 없었다.

9시가 되자마자 피에 굶주린 좀비처럼(물론 준성의 눈에만) 게걸스럽게 침을 흘리며(물론 준성의 눈에만) 사장실에 찾아온 시현은 광기 어린 눈으로(물론 준성의 눈에만) 준성을 바라보며 회사 업무 사항에 대해 열심히 떠들어대기 시작했다. 자신이 원하는 것이라면 뭐든 갖고 말겠다는 탐욕스러운 눈빛(물론 준성의 눈에만)과 어떻게든 밀어붙이고 말겠다는 집착에 가까운 태도(물론 준성의 눈에만)가 준성을 꼼짝도 못 하게 만들었다.

준성의 눈에 시현은 이 세상의 것이 아닌, 더없이 끔찍한 '무언가'였지만, 남들이 보기에 시현은 또박또박 자기 업무 사항에 대해 이야기하는 똑똑한 여사원일 뿐이었다.

"사장님. 어제 하루 종일 회사가 어떻게 돌아가고 있는지 확인을 했습니다. 확인해 본 결과 VIP 고객과 일반 고객이 일 대

백의 비율로 가입되어 있었고요. 사장님 말씀대로 일 퍼센트인 VIP 고객에게서 얻는 수익이 일반 고객에 비해 월등히 높았습니다. 하지만 일반 고객에게서 얻는 수익도 분명 있기는 있었고요. 일반 고객 한 명에게서 얻을 수 있는 수익도 VIP 고객에게는 못 미치지만 적자는 아닌 걸로 확인을 했습니다."

시현은 정리해온 자료를 준성의 앞에 내밀었다. 각 등급별 고객에게 얻는 평균 수익이 보기 편하게 정리되어 있었지만, 준성은 눈길도 주지 않았다. 시현 역시 기대하지 않았다는 듯 바로 다음 얘기로 이어 갔다.

"현재 일반 고객 쪽의 운영을 확인했더니 단체 파티는 일 년에 한두 번, 대부분은 일 대 일 미팅으로 이루어지고 있는데요. 이것도 성사율이 그리 높은 것 같진 않습니다. 특히 이 그래프를 보시면…… 미팅은 성공적이었으나, 그것이 결혼으로까지 이어지는 경우는 거의 없었습니다. 그렇다는 건 사귀게되었지만, 결국은 헤어졌다는 말이 되는데요. 물론 남녀 사이에 사귀다가 헤어지는 경우가 워낙 많긴 하지만…… 그래도 이 그래프는…… 제가 파스텔에 있을 때도 본 건데……."

여기서 시현은 말하기 곤란해 말끝을 흐렸다. 하지만 곧 결심한 듯 다시 말을 시작했다.

"이건 일 대 일 미팅 자리에 저희 쪽에서 섭외한 일일 직원을 보냈을 경우를 정리한 그래프였습니다. 어쨌든 회사 규정상 미팅이 발전된 관계로 이어지기만 하면, 그 후에 딱 일주일만 사귀고 헤어지든 결혼을 하든, 저희 쪽에선 회원에게 받은 회비를 돌려주지 않아도 되는 거니까요. 하지만 일일 직원하고 결혼으로까지 이어지는 경우는 거의 없으니까…… 회원은 다시 저희 회사에 가입을 하게 되고, 회비를 또 한 번 내게 되는 거죠. 그런 회원이 상당수였습니다."

"그래서?"

시현 딴에는 결심하고 한 말인데, 준성의 반응은 심드렁했다.

"그건…… 인정하신다는 건가요?"

"그래."

"아니, 어떻게 이런 짓을! 이건 결혼을 위해 가입한 회원들을 기만하는 행위잖아요. 그 사람들이 내는 회비, 사장님한테는 푼돈인지 몰라도 그 사람들한테는 정말 큰돈이에요. 그런 돈을 내가며 진지하게 결혼할 상대를 찾고 있는데, 회사에선 고용한 사람을 내보내서 그들을 기만하고. 그게 말이나 되는 소리예요?"

"안 될 이유가 뭔데?"

"뭐라고요?"

"어쨌든 그들은 돈을 내고 상대를 구하는 거야. 우리 쪽은 아무나 내보내진 않아. 최상품으로 내보내지. 이왕이면 예쁘고 몸매 좋은 여자. 반대로 잘생기고 키 큰 남자. 이런 곳이 아니면 만날 기회도 없는 그런 상대를 만나서, 일주일간의 꿈을 꾸는 거야."

"말도 안 돼."

"왜 안 돼? 일반 회원들 중에서는 그 사실을 알면서도 등록한 사람들이 있을 거야. 그리고 웃기는 게 뭔지 알아?"

준성은 차갑게 웃으며 컴퓨터를 클릭해 파일을 열었다. 일반 회원들의 개인 정보가 들어 있는 파일이었다.

"여기 이 사람들을 봐. 스펙은 보지 않아도 돼. 이 사진들을 봐."

좋게 말해도 '괜찮게 생겼다.'라고 말하기 힘든 외모의 사람들 사진.

"이런 얼굴로 강동원 같은 남자를 원하고, 이런 얼굴로 김태희 같은 여자를 원해. 본인의 외모는 생각도 안 하고 최상급의 상대만을 원한다는 말이야. 자, 그럼 스펙을 봐. 이 여자는 지방 사 년제 영문과를 졸업했고, 이름도 모르는 회사에서 연봉 천육백만 원을 받으면서 일하고 있어. 그런데 이 여자가 원하는 배우자를 봐. 연봉 사천만 원 이상에 키 백팔십 센티미터이상, 외모는 평균 이상을 원하지. 차라리 남자는 나아. 바라는 게 일차원적이거든. 외모와 몸매. 하지만 여자들 취향을 맞춰주기는 아주 힘들어. 자기와 같은 급이 아니라 그 이상의 존재와 맺어지길 바라거든. 현실에선 바닥을 기고 있어도 상류층과의 결혼을 꿈꾸는 거지. 이런 상황인데 회원과 회원을 맺어줘? 열 번이든, 스무 번이든 미팅을 주선해 봐. 전부 다 실패할 테니까."

준성의 서늘한 음성이 아프게 쏟아져 내렸다.

"하지만……."

"감상적인 말. 아마도, 만약에, 따위의 말은 회사에선 소용없어. 회사가 필요한 건 확실한 결과물이야. 이 진상과 이 진상을 맺어 줄 수 있는 현실적 방안. 이 진상이 이 진상을 만나도 흡족해하면서 성혼으로 이어질 수 있는 구체적인 방법. 그게 아니라면 이상론적인 자네의 꿈을 여기서 펼칠 생각 하지 마."

"……."

어제 아침에 들었던 말보다 더 아팠다. 준성이 하는 말이 전부 다 맞는 말이라서, 그래서 더 아팠다.

시현은 고개를 숙였다. 준성이 이런 식으로 나올 걸 예상했어야 했다. 그저 회사가 돌아가는 상황을 수박 겉핥기식으로 알게 되고, 비리 아닌 비리를 로운에서도 저지르고 있다는 사실에 흥분해서 아무런 대안 없이 내려온 게 어리석은 행동이었다.

'역시 난 아직 바보야. 진짜 뇌가 두부로 만들어졌을지도 몰

라.'

"울어?"

시현이 한참 동안 고개를 숙이고 있었더니 준성이 나른하게
물었다. 시현은 고개를 들고 되물었다.

"울었으면 좋겠어요?"

"내가 자네 우는 걸 왜 좋아해?"

"그럼 안 울게요."

"내가 좋아한다고 했으면 울 생각이었어?"

"아주 대성통곡을 해드릴 생각이었죠."

"그건 비아냥거리는 건가?"

"그럴 리가요. 위대하신 사장님인데."

이번에도 준성은 시현이 빈정거린다고 생각했지만, 본인이
아니라고 하니 따지지 않기로 했다.

"커피."

"또 사다드려요?"

"김 비서한테 사오라고 해."

"아뇨, 제가 사 올게요."

"왜? 자네, 커피 사오려고 취직했어?"

"아뇨. 위대하신 사장님한테 아부 좀 떨어야 될 것 같아서
요. 아이스 아메리카노에 샷 두 개 추가 맞죠? 다녀오겠습니
다."

시현은 준성이 내민 카드를 들고 사장실을 나갔다. 준성은 시현이 정리해온 서류를 뒤적거리며 중얼거렸다.

"내 카드로 사면서 되게 생색내네."

정후는 초조한 기분으로 시현이 나오기를 기다리고 있었다. 시현에게 '준성 귀찮게 하기' 작전을 떠넘기기는 했지만, 준성은 역시 만만찮은 상대였다. 혹시라도 시현이 준성에게 상처를 받는 게 아닌지 죄책감이 들었다.

시현이 열심히 보고하는 소리가 들려왔고 그다음엔 준성의 느릿한 음성이 들려왔다. 준성의 목소리가 너무 낮아서 그 내용이 확실치는 않지만, 아마 사정없이 시현을 몰아붙이고 있을 게 뻔했다. 자기 귀찮은 것만큼은 못 참는 남자이기 때문이다.

벌컥.

문이 열리고 시현이 나왔다.

"시현 씨."

"네, 비서님."

"저…… 괜찮으십니까?"

정후가 시현의 표정을 살피며 조심스레 물었다. 시현은 무슨 뜻인지 모르겠다는 듯 눈을 동그랗게 떴다.

"뭐가요?"

"혹시 사장님이 심하게 말씀하신 건 아닌가 해서요."

"아, 그거요."

시현이 시원스레 웃었다. 벌어진 입술 사이로 보이는 고른 이가 유난히 하얗게 보였다.

"맞는 말씀을 하신 건데요, 뭐."

"아, 그런가요?"

"네. 제가 바보 같았죠. 회사에서 가장 높은 분께 바로 보고를 드린다는 건 그만큼 준비를 철저히 해야 한다는 뜻인데, 그걸 모르고……."

'아니, 그렇게 깊은 뜻은 없었는데.'

죄책감이 정후의 가슴을 콕콕 찔렀다.

"그럼 전 커피 사러 다녀오겠습니다."

"아니, 커피 심부름은 제가……."

"괜찮아요. 비서님 바쁘시잖아요. 다녀올게요."

'안 바쁜데.'

죄책감 때문에 심장이 욱신거릴 지경이었다. 해맑게 웃으며 나가는 시현의 뒷모습을 바라보고 있는데, 준성이 정후를 불렀다. 예상했던 일이다.

정후는 얼른 표정을 갈무리했다. 아무것도 모르는 듯 순수하고 해맑은 미소.

"부르셨습니까, 사장님."

"앉아."

웬일로 책상에 앉아 있던 준성이 소파를 턱으로 가리켰다. 정후가 소파에 앉자, 여전히 책상에 앉은 채로 준성이 느릿하게 말했다.

"뭘까, 저 여잔……."

"뭐긴요. 우리 로운 클럽의 신입 사원이죠."

"왜 저러는 걸까?"

"뭐가요?"

"왜 이 시간부터……… 됐어, 나가 봐."

준성은 그런 일로 일일이 따지고 드는 것도 귀찮다는 듯 손을 저어 나가라는 표시를 했다. 이것도 예상했던 일이다. 정후가 사장실에서 나왔을 때, 시현이 한 손에 커피를 들고 들어왔다.

"시현 씨는 원래 커피 안 마시세요?"

"마시는데요."

"그럼 사장님 커피 사오실 땐 시현 씨 커피도 사오세요. 혹시 사장님께서 말씀 안 하셨습니까?"

"아, 지난번에 왜 제 건 안 사냐고 하시기는 했었어요. 그래도 사장님 카드인데 막 쓰기 그래서……."

"막 쓰세요."

정후의 단호한 말에 시현이 눈을 동그랗게 떴다.

"그냥 막 쓰셔도 돼요. 커피도 사시고 케이크도 사시고, 근처 옷 가게에 마음에 드는 옷 있으면 몇 벌 지르셔도 돼요."

"하하하. 비서님도 참."

정후는 진심으로 한 소리였지만, 시현은 농담으로 받아들이고 깔깔 웃었다.

준성에게 커피를 가져다줬더니, 아니나 다를까 '자네 건 안 샀어?'라는 질문이 돌아왔다.

"네, 안 샀어요. 그럼 가보겠습니다."

"어딜 가?"

"일하러요."

"자네는 책임감이 없군."

"네?"

"커피를 사다 줬으면 상대가 다 마실 때까지 같이 있는 게 예의 아냐?"

"……아, 그래요? 전혀 몰랐어요."

"아는 게 뭐야?"

"……."

"거기 앉아."

시현이 소파에 앉자 준성도 일어나 소파로 다가왔다. 느릿한 말투만큼이나 느릿한 행동이 신기할 정도로 기품 있어 보였다. 태어날 때부터 갖고 태어난 사람은 뭘 해도 저렇게 기품이 묻어나는 걸까? 새삼 준성이 아주 다른 세계의 존재라는 것을 실감했다.

준성은 소파에 편하게 앉아 다리를 꼬았다. 긴 다리를 천천히 꼬는 모습이 침이 꼴깍 넘어갈 정도로 섹시했다. 준성은 소파에 몸을 푹 파묻고 한 손에 커피를 든 채, 시현을 물끄러미 쳐다봤다. 깊고 검은 눈동자가 조금도 흔들리지 않고 자신을 주시하는 게 신경이 쓰여서, 시현은 어떤 표정을 지어야 할지 알 수 없었다.

준성은 아주 천천히 커피를 마셨고, 커피를 마시는 내내 시현에게서 눈을 떼지 않았다. 그래서 시현은 준성의 손에 들려 있는 커피를 빼앗아 준성의 입에 확 쏟아 부어 주고 싶은 심정이 되었다.

'그만 좀 쳐다봐!'

자기가 같이 있어달라고 했으면 무슨 말이라도 하는 게 예의인 것을, 대화할 의지도 없어 보이는 준성에게 화가 나기까지 했다.

"저, 사장님!"

"왜?"

"무슨 말씀이라도 해 보세요."

"무슨 말?"

"사장님이 여기 있으라고 하셨잖아요."

"굳이 말이 필요해?"

"어제도 말씀드렸다시피, 우리가 몸으로 대화하는 사이는 아니잖아요. 아, 제 뇌는 두부로 만들어지지 않았으니까 또 찌르지 마세요."

"자네가 해 봐."

"뭘요?"

"말."

"아니, 저의 존재를 필요로 하신 분은 사장님인데 왜 제가 애써서 대화를 이끌어가야 하는 거죠?"

"지금 잘하고 있네."

"그, 그래요?"

"응."

칭찬받았다. 업무적으로 받은 칭찬은 아니지만 그래도 기분이 좋았다.

"사장님, 그럼 여쭙고 싶은 게 있는데요. 전 이 회사에서 어디까지 일할 수 있어요?"

"어디까지 일하고 싶은데?"

"그걸 전혀 모르겠어요. 누가 지시를 내려 주는 것도 아니고, 어떤 식으로 일하라고 가르쳐 주시는 분도 없고…… 제가 알아서 해야 하는 것 같은데, 제 권한이 어디까지인지 알고 싶어요."

"어디까지였으면 좋겠어?"

"그걸 정말 모르겠는데…….”

"로운에선 능력만큼 권한을 줘."

"능력만큼이요?"

"응. 능력이 되면 뭐든 할 수 있지."

"하지만 사장님은…….”

"내가 뭐?"

"아니에요."

"자네, 내 능력을 의심하나?"

"어휴. 그럴 리가요."

의심하는 게 분명하다고 생각했지만, 준성은 그냥 넘어가기로 했다.

"그럼 만약 능력이 정말 좋으면, 사장님도 깜짝 놀라실 만큼 좋으면, 그러면 뭐든 할 수 있는 거예요?"

"응."

"뭐든? 뭘 하든 사장님이 터치 안 하세요?"

"응."

시현의 눈이 반짝반짝 빛났다. 준성은 그게 거슬렸다. 저 눈빛은 씩씩해지려는 눈빛이다.

"그럼 사장님. 그 능력을 보여드리려면 어떻게 해야 되요?"

"자넨 못 해."

"제가 왜 못 해요? 저도 할 수 있어요!"

"아니, 자넨 못 해."

무표정하던 준성의 얼굴에 서늘한 빛이 서렸다. 준성은 상품을 가늠하듯 시현을 위아래로 천천히 훑어봤다. 무표정할 때와는 달리 찌르는 듯한 시선.

"지금 자네의 차림새를 봐."

"제…… 차림새요?"

"난 분명 우리 회사가 VIP 고객들을 대상으로 한다고 말했어. 자네가 제대로 일할 생각이 있었다면, 그에 맞는 차림을 하고 있어야 하는 거 아냐?"

"하지만 이 옷은……."

"가진 옷 중에 가장 좋은 옷이라고 말하려고? 어디서 샀는지도 모를 정장에 싸구려 블라우스, 굽도 없는 낮은 로퍼. 지금 몸에 걸치고 있는 거 다 합쳐서 오십만 원은 되나?"

"……."

옷차림에 대해 지적받을 줄은 꿈에도 몰랐다. 학벌이나 스펙에 대해서라면 귀에 못이 박이도록 쓴소리를 들어왔기 때문에 적응이 됐지만, 옷차림으로는 지적을 받아본 적이 없었다. 비싼 옷을 입진 않지만 시현의 외모와 몸매가 뭘 입어도 고급스러운 느낌이 들게 해 주었기 때문이다.

생각지도 못한 지적에 시현은 입을 꾹 다물었다. 심장이 죄어 왔다.

"그런 차림으로 VIP를 만나서 뭘 할 수 있을 것 같아?"

"뭘 입었는지가 그렇게 중요한 건 아니잖아요."

"중요해. 왜 중요하지 않다고 생각하지? 똑같은 회사에 다녀도 허름한 청바지를 입고 다니는 사람과 잘 다린 정장을 입고 다니는 사람은 위치가 달라 보여. 안 그래?"

"……."

"자네가 입은 옷이 회사의 품격을 말해 주지. 다른 직원들 안 만나봤어?"

시현은 어제 만난 직원들의 모습을 떠올렸다. 전부 비싸 보이는 정장을 입고 있었다. 그들이 신은 구두도 반짝반짝. 아마 시현이 입은 옷의 가격을 다 합쳐도, 그들이 신은 구두 하나의 가격을 못 따라갈 것이다.

"그 꼴을 하고 VIP를 만나겠다고? 그건 회사의 질을 떨어뜨리는 짓이야."

"그럼…… 왜 절 입사시켜 주신 거예요?"

시현은 무릎 위에 놓인 손에 힘을 주고 준성을 쳐다봤다.

"학별도 안 좋고, 스펙도 안 좋아요. 게다가 옷 꼬라지도 이 모양이에요. VIP 고객들 대상으로 하는 로운에서, VIP 고객들 앞에 서지도 못할 저를 왜 뽑으신 거예요?"

"로운이 파스텔보다 못한 게 있나?"

준성은 대답 대신 전혀 관계없는 질문을 했다.

"없어요. 연봉도 훨씬 좋고, 근무 환경도 훨씬 좋아요."

"그럼 가서 사무실이나 지켜."

"사무실이나 지키라고 월급 주시는 건 아니잖아요."

"그런 거야."

"네?"

"그런 거라고."

다시 나른한 표정으로 돌아간 준성은 담배를 하나 꺼내 입에 물었다. 시현은 손톱이 무릎을 파고들어간 것도 못 느끼고 긴장해 있는데, 준성은 느긋하게 담배를 피우며 말했다.

"사무실이나 지키라고 월급 주는 거야."

"……지금, 무슨 말씀을 하시는 거예요?"

시현의 음성이 가늘게 떨렸다.

"말 그대로, 사무실이나 지키라고 월급 주는 거라고."

"……말도 안 돼. 그게 무슨 말이에요? 사무실이나 지키라고 월급을 주는 회사가 어디 있어요?"

"여기 있잖아."

"대체 왜요? 대체 왜 사무실이나 지킬 사람이 필요한 건데요?"

로운에 반드시 필요한 사람이라서 뽑힌 거란 생각은 애초에 하지도 않았다. 하지만 아무런 기대도 하지 않고 그냥 뽑아 놓은, 일종의 장식품 같은 취급을 받을 줄은 몰랐다.

"그만 나가."

준성이 귀찮다는 듯 말했다.

"말씀해 주세요. 대체 왜 사무실 지킬 사람이 필요한 건지."

시현이 단호하게 말했지만 준성은 대답해 줄 생각이 없는 듯 천천히 담배만 피웠다. 가슴이 서늘하게 식었다. 그래도 이 회사에서 무언가를 할 수 있을 줄 알았는데, 열심히 노력하면 보고 싶었던 '그것'들을 보게 될 줄 알았는데. 알고 보니 장식품 역할이나 하라고 불러온 거였다.

다른 사람들은 꿈의 직장이라고, 배부른 소리 말라고 할지도 모르겠다. 그래, 좋은 쪽으로 생각해 보면 연 4천만 원씩 공돈을 받으면서 하고 싶은 일을 할 수 있다는 말이 된다. 혼자서 쓰는 사무실에 앉아 자기계발을 하고, 공부를 하고, 책을 읽고…… 그러다가 힘들어서 쉴 겸 게임을 하거나 잠을 자도 뭐라고 할 사람은 한 명도 없었다.

하지만 시현은 그걸 납득할 수가 없었다. 아무 일도 하지 않으면서 돈을 받는다는 것. 게다가 자기계발은 해서 뭐 하겠는가. 꿈꾸던 직장에서의 대우가 이 모양인데.

아무짝에도 쓸모없는 인간이 된 듯한 기분이 들었다. 지금껏 자신이 해온 모든 것들이 부질없는 짓이었다는 생각을 지울 수가 없었다.

어떻게 사장실을 나와 사무실로 돌아왔는지 모르겠다. 정신을 차렸을 때, 시현은 사무실 벽에 등을 기대고 서서 천장을 올려다보는 중이었다. 언제나처럼 좋은 쪽으로, 긍정적인 방향으로 생각하려 했지만 그게 쉽지 않았다.

남들보다 스펙이 모자라기는 하지만 그래도 열심히 노력했다. 18살의 어린 나이에 집을 나와 어떻게든 먹고 살기 위해 애썼고, 쉽게 돈 벌 수 있다는 여러 가지 유혹을 다 이겨내고 성실하게 살았다. 힘들게 일하면서 공부를 하고, 삼류 전문대라도 졸업을 했다. 없는 돈에 영어 회화 학원도 다니고, 필요할 것 같아서 심리 상담사 자격증도 따뒀다. 한 달 내내 하루에 라면 반 개씩만 끓여 먹으면서도 견딜 수 있었던 건, 언젠가는 꿈을 이룰 수 있을 거란 희망 때문이었다.

눈물이 나올 것 같았다.

시현은 고개를 한껏 뒤로 젖히고, 두 손으로 얼굴을 감쌌다. 지금 이곳엔 아무도 없지만, 형편없을 게 분명한 이 표정을 드러내고 싶지 않았다.

"하아…… 진짜 바보 같다, 나. 뭘 기대한 거니?"

이야기 셋.

Hello
Wedding

1

포장마차를 하던 친구가 3년 동안 모은 돈으로 해외여행을 간다며 두 달 동안 포장마차를 맡아달라고 했다. 요리의 '요' 자도 모르지만, 재미있을 것 같아서 나만 믿으라고 큰소리를 치며 포장마차를 운영해 보기로 했다. 그렇게 2주가 흐른 지금, 그 많던 단골이 아무도 오지 않게 되는 쾌거를 이루었다.

명성은 닭꼬치를 손질하며 한숨을 쉬었다. 이놈의 닭꼬치 손질은 도대체가 익숙해지질 않는다. 어떻게 그렇게 모양 좋게 꽂는 거지?

닭과 씨름을 하고 있는데 손님이 왔다. 명성은 쳐다보지도 않고, '어서 옵쇼!' 인사만 우렁차게 했다.

"어? 주인아저씨 바뀐 거예요?"

여자 목소리였다.

"아뇨, 당분간만 제가 맡는 겁니다."

"아아. 오늘 사람 되게 없네요. 평소엔 너무 많아서 그냥 돌아간 적도 있었는데. 저 오뎅이랑 닭발 주세요."

닭발.

그건 아직 못 한다. 지난번에 다른 양념 없이 닭발에 고춧가루만 뿌려서 볶아 손님에게 냈다가 호되게 욕을 먹었다.

명성은 잠시 고민하다가 몸을 일으켰다.

포장마차에는 각각 네 명, 두 명씩 앉을 수 있는 테이블 두 개와 주방과 이어져, 바 형태로 된 테이블이 있었다. 여자는 바로 된 테이블에 앉아 있었다.

일어나자마자 보인 여자의 모습에 명성은 조금 놀랐다. 그녀의 눈이 굉장히 매력적이었기 때문이다. 고양이처럼 아몬드형으로 생긴 눈. 그 안에 가득한 검은 눈동자는 마치 흑진주같이 오묘한 빛을 띠고 있었다. 까맣다기보다는 진회색에 가까운 그런 빛깔.

"왜 그러세요?"

너무 빤히 쳐다본 모양이다. 여자가 이상하다는 듯 물었다. 명성은 흠흠, 헛기침을 하고는 악수를 청했다.

"차명성입니다."

"아, 이시현이에요."

갑작스러운 인사에 당황할 법도 한데, 시현은 아무렇지도 않게 명성의 손을 잡고 흔들었다. 추운 길을 와서 그런지 손이 차가웠다. 꼭 잡고 놔주지 않았더니 시현이 작게 웃었다.

"손 되게 따뜻하시네요."

시현의 미소는 기가 막히게 근사했다.

"네, 제가 좀 뜨겁습니다."

시현이 쿡쿡 웃으며 다시 자리에 앉았다.

"아, 시현 씨. 요새 저희 포장마차가 이벤트를 하는 중인데 말입니다."

"이벤트요?"

"네. 저랑 손님이랑 맛 대결을 펼치는 거죠."

"맛 대결이요?"

"예를 들자면, 시현 씨가 닭발을 주문하셨죠? 그럼 시현 씨도 주방에 들어와서 함께 닭발을 만드는 겁니다. 시현 씨도 만들고, 저도 만들고. 둘 중에서 맛있는 쪽이 이기는 거죠."

"이기면 상품이 뭐예요?"

"오십 퍼센트 할인."

"정말요?"

"네. 어떠세요? 참여하고 싶으시죠?"

시현은 관심이 생기는 듯 눈을 반짝반짝 빛내며 말했다.

"아뇨."

"……아니, 그럼 왜 관심 있는 척하셨습니까?"

"아저씨, 요리 못 하시죠?"

"네? 아저씨라고요? 제가 이래 봬도 동안 소리 듣습니다. 이 거 왜 이러세요."

"말 돌리시긴. 요리 못 하셔서 손님 떨어진 게 딱 보이는구 만."

시현은 아주 기민했다. 이렇게 들켰으니 어쩔 도리가 없다.

"네, 못 합니다. 그래서 친구 놈이 만들어 놓은 단골이 다 떠 나갔네요."

"주인아저씨는 언제 오시는데요?"

"이제 한 달 반 정도 남았을 거예요."

"그럼 단골들도 다시 돌아오시겠죠. 주인아저씨 음식 진짜 맛있거든요. 아저씨는 뭘 잘하세요?"

"여자 꼬시는 거요."

"……요리 종류로요."

"글쎄요. 아직 못 해 본 음식이 많아서 뭘 잘하는지 모르겠 는데요."

"그럼…… 지금까지 해 본 음식들은 다 못 하신다는 말씀이 네요."

"세상은 넓고 요리는 많으니, 그중 하나 정도는 잘할지도 모르죠."

"굉장히 낙천적인 분이시군요."

"그게 제 삶의 모토입니다. 언제 어디서나 가볍고 비어 보이게."

시현이 또 작게 웃었다. 역시 웃는 얼굴이 근사하다.

"그럼 아저씨, 제가 요리할 테니까 오늘 술값은 공짜로 해주세요. 안줏값은 낼게요. 오늘, 공짜 술 마시고 싶은 날이거든요."

"정말 그래도 되겠습니까? 안주도 그냥 드셔도 되는데."

"에이, 그럴 순 없죠. 아저씨나 저나 하루 벌어 하루 먹고 사는 처지인데."

시현은 입고 있던 코트를 벗더니, 팔을 걷어붙이고 주방으로 들어왔다. 주방이 넓지 않기 때문에 움직일 때마다 몸이 닿는데도, 시현은 움츠리거나 불쾌해하는 기색이 없었다.

"시현 씨, 손놀림이 예사롭지 않네요."

"네, 혼자 산 지 오래돼서요."

"그러시구나. 저도 혼자 산 지 오래됐습니다."

"대체 뭘 드시고 사셨어요?"

"사 먹었죠."

"돈 많으신가 보다."

"네, 많습니다."

사실을 말한 건데, 시현은 농담인 줄 알았는지 키득키득 웃었다.

"좋겠네요. 그렇게 돈 많으시면 저 옷 좀 사주세요."

시현이 닭발을 손질하며 말했다.

"옷이요?"

"네. 제가 다시는 회사 사장님이요, 제 옷차림 후지대요. 후져서 일도 안 시키겠내요. VIP 만나려면 그에 맞게 입어야 하는데, 이런 옷으로는 오히려 민폐래요."

"아니, 뭐 그런 놈이 다 있습니까? 일이랑 옷이랑 무슨 상관이라고."

"하아. 그런데 또 생각해 보면 틀린 말도 아니더라고요. 그래도 그런 거 있잖아요. 나름대로 열심히 살았는데, 옷차림이라는 건 노력이랑 아무런 상관이 없는 거잖아요. 물론 센스 있는 옷차림이라고 했으면 괜찮죠. 근데 센스고 뭐고 다 떠나서 비싼 옷, 명품 옷을 입어야 된다고 하니까…… 하…… 그렇더라고요."

"그러게요. 비싼 옷이 뭐가 그리 대단하다고. 상표 떼면 다 거기서 거긴데."

"그니까요. 회사 끝나고 회사 앞의 해성 백화점에 갔었어요. 거기 명품관이 있거든요. 어휴, 얼마나 번쩍거리는지…… 저처럼 입고는 들어가지도 못하겠더라고요. 그래도 용기 내서 들어갔거든요. 근데 옷 가격이…… 와…… 전요. 비싸 봐야 백만 원, 이백만 원…… 이렇게 생각했어요. 근데…… 와, 진짜…… 와…… 옷 살 돈으로 전세방도 얻겠더라고요. 아, 간장 어디 있어요?"

시현은 손질한 닭발을 프라이팬에 놓고 양념장을 만들기 시작했다. 간장과 고춧가루를 사용해 양념장을 만드는 손길이 능숙했다.

"아무튼 정말 더럽고 치사해서……."

"확 회사 때려치우세요."

"그게, 그럴 수가 없거든요. 조건이 진짜 좋은 데다가…… 제가 꼭 들어가고 싶었던 직장이었어요."

"제가 더 좋은 데 소개시켜 줄게요."

"더 좋은 데 없을걸요. 제가 다니는 곳이 이쪽 업계에서는 일위거든요."

거기까지 말한 시현은 입을 다물고 요리에 집중하기 시작했다. 그저 상아색 징그러운 닭의 일부였던 그것이 점점 맛깔난 모습으로 변해 갔다. 30분쯤 후, 시현은 명성이 절대 할 수 없었던 요리를 완성했다!

"맛있겠죠? 한 입 드셔 보세요."

시현이 젓가락으로 닭발 하나를 집어 명성의 입 앞으로 내밀었다. 명성이 입을 살짝 벌렸더니, 닭발이 쏙 들어왔다. 친구가 만들어 준 그 닭발 맛이었다.

"와, 시현 씨. 저랑 결혼하실래요?"

"그럴까요?"

시현이 웃으며 주방을 나갔다.

"제 친구가 만든 거랑 진짜 똑같은데요?"

"네. 주인아저씨가 노하우를 전수해 주셨거든요. 저 오늘 소주, 정말로 공짜인 거죠? 엄청 마실 건데."

"네, 그냥 막 가져다 드세요."

"아, 저 혹시 인사불성이 되면 택시 태우고 이 주소 좀 말씀해 주실 수 있으세요?"

시현이 백에서 종이를 꺼내 주소를 써서 내밀었다.

"아무 남자한테나 막 이렇게 주소 알려 주셔도 됩니까?"

"주인아저씨 친구분이시잖아요. 그럼 나쁜 사람은 아니겠죠, 뭐."

시현이 냉장고를 열고 소주를 몇 병 가져와 천천히 마시기 시작했다.

명성은 작은 간이 의자에 앉아 시현을 지켜봤다. 쾌활한 말투, 붙임성 있는 행동과는 달리 어딘지 모르게 슬퍼 보이는 눈빛이 신경 쓰여서 눈을 뗄 수가 없었다. 고양이 같은 눈동자에 서린 슬픔은 단지 직장 상사의 몹쓸 말에서 비롯된 슬픔이 아니었다. 그보다 더 깊고 아픈 슬픔. 손을 뻗어 위로해 주고 싶지만, 자칫 잘못 건드렸다가는 인생 전체가 와장창 깨져 버릴 것 같은 짙은 슬픔. 그것이 시현의 눈에 깊이 잠식해 있었다.

"아저씨도 한잔하실래요?"

문득 시현이 고개를 들고 물었다.

"손님도 없으니 그럴까요?"

"아저씨 되게 좋으시다. 아저씨, 바람둥이일 것 같아요."

시현이 두 병째 소주를 따며 말했다.

"그런 말 많이 듣습니다."

"실제로도 바람둥이죠?"

"그럴 리가요."

명성은 잔을 하나 가지고 시현의 옆으로 갔다. 소주를 따르는 시현의 손은 길고 예뻤다.

"짠, 해요, 우리."

시현이 고개를 옆으로 살짝 기울이며 말했다.

챙.

잔과 잔이 부딪치며 청량한 소리를 냈다. 시현은 잔에 든 걸 한 번에 비우고 크으, 하며 아저씨 같은 소리를 냈다.

"누군가랑 같이 술 마시는 거 되게 오랜만이에요. 오늘 술 진짜 잘 들어가겠다."

"친구 없어요?"

"응, 없어요."

농담으로 물어본 말이라서 당연히 농담으로 대답했는지 알았다. 하지만 시현은 쓸쓸한 표정으로 덧붙였다.

"정신 차려 보니까 친구라고 할 만한 사람이 없더라고요."

시현은 성격이나 외모나 친구가 많을 타입이었다. 이 정도 외모라면, 꼭 우정이 아니더라도 시현의 전화 한 통에 달려나올 남자들이 수두룩할 만도 했다. 시현의 얼굴에 떠오른 쓸쓸한 바람 같은 표정이 마음에 걸렸다.

"근데 아저씨. 아저씨 진짜 좋은 분인가 봐요. 제가 원래 낯선 사람이랑 술 마시고 그러는 거 잘 못 하거든요. 여기 주인 아저씨랑도 한 열 번 넘게 온 다음에야 친해졌었는데."

시현은 술을 잘 마셨지만 두 병을 비워갈 때쯤 되자 슬슬 취기가 도는지 말이 많아졌다.

"있죠, 아저씨. 아저씨는 결혼하셨어요?"

"아직 안 했습니다."

"그래요? 그럼 제 고객 하실래요? 제가 좋은 인연 만들어드릴게요."

"실례지만 하시는 일이……?"

"커플 매니저예요. 결혼정보회사 있잖아요. 거기서 일해요."

"아아."

"제가요, 아저씨. 커플 매니저가 되고 싶었던 이유가 뭔지 아세요? 돈도 돈이지만 꼭 보고 싶은 게 있었어요. 근데 지금 다니는 회사에선 돈 많이 줄 테니까, 그냥 가만히 앉아 있으라더라고요. 그 말을 딱 듣는 순간 어찌나 승질 나던지!"

"꼭 보고 싶은 게 뭔데요?"

"저 같은 사람도 행복한 결혼을 할 수 있다는 거요."

"시현 씨 같은 사람이요? 시현 씨 같은 사람이 어떤 사람인데요? 눈부시게 예쁜 사람?"

"에이, 농담도…… 그냥…….'

순간, 시현의 고른 눈썹이 괴롭게 일그러졌다. 시현은 손에 꼭 쥔 소주잔을 내려다보다가 한숨을 토해 내듯 말했다.

"평범한 사람이죠…… 아주 평범한 사람."

평범한 사람. 아니, 그렇지 않았다. 시현이 정말 평범하다면 저런 표정으로, 저런 말을 하진 않았을 것이다. 명성은 자신도 모르게 손을 올렸다. 하마터면 시현의 어깨를 감싸 자기 쪽으로 끌어당길 뻔했다. 손가락 끝이 시현의 어깨에 닿기 전, 정신을 차리고 손을 멈췄다.

'이런…….'

명성은 당혹스러웠다. 여자가 앞에서 엉엉 울어도 매몰차게 돌아설 수 있는 사람이 명성이었다. 그런데 어째서 이 여자에게 이렇게 마음이 쓰이는 걸까? 단지 눈이 매혹적이라서? 아니, 그건 아니었다. 이 정도 눈 예쁜 여자는 주위에 많다. 그 여자들에게 모두 마음을 썼다면 지금쯤 하렘을 세우고도 남았을 것이다.

"그럼 저보단 시현 씨가 먼저 결혼하셔야 하는 거 아닙니까? 시현 씨 이상형이 어떻게 되세요? 제가 주위에 괜찮은 놈 있으면 소개시켜드릴게요."

당혹스러움을 감추기 위해 말이 빨라졌다. 다행히 시현은 어느 정도 취해 있어서 눈치채지 못한 듯했다.

"제 이상형이요? 음, 저는요…… 백마 탄 왕자님이요."

"백마 탄 왕자님이요?"

"네. 공주님이 막 괴롭힘당할 때, 짜잔, 하고 나타나서 구해 주는 왕자님."

"아……."

"꼭 백마를 갖고 있어야 하는 것도 아니고, 그걸 타고 있어야 하는 것도 아닌데요…… 그냥요. 그냥 평생 저 하나만 사랑해 주고, 때리지도 않고…… 무엇보다……."

시현은 졸린지 천천히 엎드려 팔에 얼굴을 기대고, 그 자세로 명성을 올려다봤다. 그리고 가슴이 저밀 정도로 쓸쓸한 미소를 지으며 말을 이었다.

"무엇보다 제 딸 몸에 손대지 않는, 그럼 사람이요."

쿵!

시현의 말을 듣는 순간, 심장이 떨어지는 소리가 들렸다. 명성의 얼굴이 차갑게 굳었다.

"시현 씨, 혹시……."

"하아…… 졸리네요."

시현의 눈꺼풀이 오르내리는 속도가 점점 느려지는가 싶더니, 어느 순간 움직임을 멈췄다. 긴 속눈썹이 감긴 눈 아래로 짙은 그림자를 드리웠다. 명성은 굳은 표정으로 시현을 응시했다.

나 하나만을 사랑해 주고.

때리지도 않고.

딸 몸에 손을 대지 않는.

으득.

명성은 이를 악물었다.

시현이 깨어 있을 때 닿지 못했던 손이 시현의 등 위에 살며시 얹어졌다. 명성은 시현의 가냘픈 어깨에 손을 올린 채, 한참 동안 시현을 지켜봤다.

2

준성이 잘 준비를 하는데 정후가 사장실에 들어왔다.

"사장님, 오늘은 집에 가서 주무세요!"

"귀찮아."

"회사가 여관입니까? 격 떨어지게 하지 마시고, 얼른 일어나세요!"

정후가 억지로 준성을 일으켜 세웠다. 준성이 미간을 좁히고 정후를 노려봤다.

"자네, 나한테 화난 거 있어?"

"비서 주제에 어떻게 감히 사장님께 화를 내겠어요? 격 떨어지게. 얼른 코트 걸치세요."

"하아."

준성은 귀찮음을 노골적으로 드러내며 느릿느릿 코트에 팔을 꿰어 넣었다. 엘리베이터를 타고 지하 주차장으로 향할 때, 정후가 도저히 참을 수 없다는 듯 입을 열었다.

"사장님, 진짜 너무하신 거 아닙니까?"

"왜 또?"

"아침에 시현 씨한테 너무 심했어요. 그냥 사무실이나 지키라니……."

"공짜로 앉아 있으라고 한 것도 아니잖아. 돈 주겠다는데 뭐가 문제야?"

"시현 씨는 일에 대한 열정이 있는 사람이에요. 사장님이라면 아무것도 하지 말고 인형처럼 자리나 지키라는데, 그게 좋겠어요? 가만히 앉아만 있어도 돈 버는 거. 그거 그냥 거지잖아요, 거지."

"난 감사할 것 같은데. 평화롭잖아."

"……물론 사장님이야 그러시겠죠. 하지만 어떤 사람들은 굉장히 자존심이 세서, 아무 일 안 하고 돈 받아먹는 걸 수치스럽게 여기기도 해요. 사장님이 시현 씨한테 한 말은 지금까지 시현 씨가 노력한 모든 걸 부정하는 말이었어요."

"자네, 그 여자 좋아해?"

"여기서 그 말이 왜 나옵니까?"

"좋아하는 거 아니면 나한테 꽥꽥거리는 거 관둬."

"아, 그래요. 좋아합니다, 좋아해요. 시현 씨, 매력적이잖아요. 이제 됐어요?"

"응. 그럼 계속해."

"하아……."

준성과는 싸움이라는 것 자체가 되지 않았다. 이런 사람이 성대영의 일이라면 이를 갈며 달려드는 게 신기할 뿐이다.

"하여간 사장님. 시현 씨한테 너무 그렇게 대하지 마세요."

"왜? 내가 틀린 말 했어?"

"물론 틀린 말씀은 아니죠. 하지만 진심으로 일을 하려는 사람한테 사무실이나 지키라고 하신 건 너무하셨습니다. 그리고 옷 얘기만 해도 그래요. 이제 막 사회생활 시작한 사람이 돈이 어디 있어서 비싼 옷을 사 입겠습니까? 그렇게 신경에 거슬리시면 옷이라도 한 벌 사주시고 그런 말씀을 하시든가."

"그럼 몇 벌 사줘."

"네?"

"옷 몇 벌 사주라고."

"그러고 나서 또 막말 퍼부으시게요?"

"응. 그러라며."

"하아…… 됐습니다, 됐어요."

정후는 한숨을 쉬며 차에 시동을 걸었다. 뒷좌석에 몸을 파묻고 있던 준성이 말했다.

"해성 백화점으로 가."

"진짜로 옷 사주시게요?"

"응."

"전 안 도와드릴 겁니다."

"알아. 형님 있겠지."

"형님 안 계실걸요. 요새 포장마차 하시는데."

"아무튼 출발해. 해성에 명품관 열어 두라고 말해놓고."

10분 후, 명품관에 도착한 준성은 고민도 하지 않고 가장 가까운 곳에 있는 매장에 들어갔다. 그리고 급히 불려나온 듯한 점원에게 말했다.

"여기 있는 여자 옷이랑 구두, 다 담아줘."

3

잠에서 깨자마자 강렬한 두통이 엄습했다. 아니, 두통 때문에 잠에서 깬 걸지도 모르겠다. 시현은 두 손으로 관자놀이를 꾹 눌렀다.

"죽겠네……."

자신의 것 같지 않은 쉰 목소리가 흘러나왔다. 어제 너무 많이 마신 모양이다.

"아, 일어나기 싫다."

눈꺼풀을 들어 올리는 것조차 귀찮아서, 눈을 감은 채 뒤척거리다가 뭔가 다르다는 걸 느꼈다. 이불의 감촉이, 그리고 누워 있는 침대의 포근함이 다르다.

눈을 번쩍 뜬 시현은 시야에 들어오는 광경에 입을 쩍 벌리고 말았다.

"이게…… 어디래……?"

자신의 집이 아니었다. 파란색과 흰색으로 조합된, 바다가 떠오르는 시원한 인테리어. 이 방 안의 모든 것이 고급 가구라는 것쯤은 시현도 알 수 있었다.

"내가…… 뭔 짓을 저지른 거지?"

술김에 돈 많은 남자라도 꼬드긴 걸까? 불안한 마음에 심장

이 콩닥콩닥 뛰었다. 반사적으로 침대 옆자리를 확인했다. 세 명이 누워도 남을 것 같은 커다란 침대. 다행히 옷 벗은 남자가 누워 있다든가 하는 일은 벌어지지 않았다. 숨을 죽이고 귀를 기울여보았지만 이곳에 다른 인기척은 없었다.

"나 혼잔가? 여긴 어디지?"

시현은 두통도 잊고 조심조심 침대에서 내려와 거실로 나갔다. 넓은 거실엔 고급 가죽 소파와 대형 벽면 텔레비전, 깔끔한 바 등이 있었고, 소파 위에는 쇼핑백 몇 개가 놓여 있었다. 최고급 브랜드, 흔히 말하는 명품 매장의 쇼핑백이었다.

'나 혹시…… 취해서 막 지른 거 아냐?'

시현은 공포를 느꼈다. 쇼핑백은 컸고, 그 안에 뭔가가 잔뜩 들어 있었다. 만약 저걸 다 샀다면 갚아야 할 카드값이 어마어마할 것이었다.

명품을 지른 게 아니라 어디서 쇼핑백만 주워 온 것이기를 간절히 바라며 시현은 쇼핑백으로 손을 뻗었다. 쇼핑백을 들어 올리자, 팔랑, 종이가 한 장 떨어졌다. 영수증인 줄 알고 집어든 시현은 깔끔한 글씨체로 쓰인 편지를 읽는 내내 벌어진 입을 다물지 못했다.

시현 씨.

아무리 생각해도 혼자 사는 여성분을 택시에 태워 보내

는 건, 제 삶의 모토에 어긋나더군요.

그렇다고 제가 그 집에 들어가는 것도 실례인 것 같아서 호텔로 모셨습니다. 숙박비는 제가 계산했으니 안심하셔도 됩니다.

아, 그리고 쇼핑백 안에 들어 있는 것들은 선물입니다. 저 돈 많다고 했잖아요. 매일 외식을 해도 돈이 남아나죠.

오늘 입고 출근해서 재수 없는 사장 놈 콧대를 콱 눌러주세요.

포장마차 대리인 드림.

ps. 선물이 고맙다면 가끔 포장마차에 와서 요리 좀 도와주세요.

4

쇼핑백 안에 들어 있던 옷은 한두 벌이 아니었다. 일주일 동안 입을 것을 계산해서인지 상하의 다섯 벌 정도의 옷이 들어 있었고, 구두도 세 켤레나 있었다. 시현은 이 모든 옷의 가격이 얼마인지 가늠조차 할 수 없었다. 그래서 그 옷들에 쉽게 손을 대지도 못했다.

그중 한 벌을 입고 출근하기로 결심한 것은 그게 아니면 입을 옷이 없었기 때문이다. 어제 그런 말을 들은 마당에 똑같은 옷을 입고 출근하기도 민망했기에, 어쩔 수 없이 딱 한 벌에 손을 댈 수밖에 없었다.

흰색 바탕에 연한 핑크색으로 체크가 들어간 모직 원피스, 무늬가 예쁜 검은색 스타킹과 부드러운 토끼털이 달린 흰색 코트. 마지막으로 아이보리색 힐.

"그 아저씨는 내 사이즈를 어떻게 알았지?"

옷은 아주 잘 맞았다. 심지어 신발 사이즈도 정확했다.

시현은 호텔에서 나가기 전, 커다란 전신 거울 앞에 서서 자신의 모습을 점검했다. 지금까지 시현이 입었던 옷들에 비해 비싸 보이는 건 사실이었지만, 착용감은 예전 옷들과 다를 게 없었다. 그래도 이 비싼 것들을 선물해 준 명성에게 마음속으로나마 잊지 않고 감사 인사를 했다.

'아저씨, 잘 입을게요. 하지만 사장님 콧대가 눌리는 일은 없을 거예요. 우리 사장님의 정신세계는 제가 따라잡을 수가 없거든요.'

전철을 타고 갈까 하다가, 이 많은 쇼핑백을 든 채로 출근 전철을 타는 건 무리일 것 같아서 어쩔 수 없이 택시를 잡아탔다. 출근길이라서 차가 밀렸고, 요금이 올라갈 때마다 시현의 심박수도 올라갔다. 손가락을 꼼지락거리며 초조해하다가 피식 웃고 말았다. 아무리 명품 옷을 걸쳐도 본판은 변하지 않는

다. 몇 백, 어쩌면 천만 원이 넘을지도 모르는 옷들을 걸치고 만 원에 쩔쩔매는 꼴이라니.

택시비는 딱 만 원이 나왔다.

지각을 안 해서 다행이라고 생각하며 사무실 의자에 앉자마자 내선 전화가 울렸다.

"네, 이시현입니다."

[내려와.]

전화기 저편에서 들려오는 나른한 음성에 허리를 곧추세웠다. 준성의 목소리였다. 무슨 일이냐고 물어보기도 전에 전화는 이미 끊겨 있었다. 하여간 이 남자는…… 시현은 수화기를 내려놓고 일어나 자신의 모습을 내려다봤다.

준성의 콧대를 눌러줄 수는 없지만 조금이라도 놀라게 해줄 수는 있겠지.

시현은 옷매무새를 정리한 후, 당당하게 사장실로 향했다.

준성을 놀라게 해 줄 생각이었는데, 도리어 시현이 놀라고 말았다. 사장실 문을 열고 들어간 시현은 그 안에 펼쳐진 광경에 우뚝 멈춰 서서, 예쁜 옷을 입었다는 것도 잊고 바보 같은 표정을 짓고 말았다.

사장실 한구석에 높이 쌓여 있는 옷과 잡화들.

"사장님…… 옷 장사도…… 하시게요?"

"가져가."

책상에 앉아 있던 준성이 턱으로 옷을 가리키며 말했다.

"네?"

"그거 가져가라고."

"무슨 말씀이신지 잘 모르겠는데요."

"언어 영역이 약해?"

"그게 아니라요. 저게 다…… 뭔데요?"

"사이즈랑 취향을 몰라서 다 사 왔어. 적당히 골라서 가져가."

"사오셨다고요?"

"응."

"왜요?"

"자네 주려고."

"그러니까, 저걸 왜 저한테 줘요?"

"자네, 옷 없잖아. 회사 유니폼이라고 생각하고 입어."

"하……?"

기가 막혔다. 너무 기가 막혀서 가슴이 서늘하게 식었다. 시현은 쌓여 있는 옷을 노려봤다. 한 벌에 몇 백만 원씩 하는 명품들. 시현은 터벅터벅 걸어가 한 벌, 한 벌 들춰봤다. 모양은 똑같은데 사이즈만 다른 옷들도 있었다.

"이 옷들, 제가 안 입겠다고 하면 어떻게 되는 거죠?"

"갖다 버려야지."

"갖다 버린다고요?"

"응."

"즐거우세요?"

"뭐가?"

시현은 몸을 돌려 준성을 마주봤다.

"제 앞에서 돈 자랑 하는 거, 즐거우시냐고요."

"내가 자랑하는 걸로 보여?"

"아니요. 날 때부터 갖고 태어난 분이시니 특별히 자랑해야겠다는 생각을 하지도 않으셨겠죠."

"응. 자랑하는 거 아냐."

"자랑이 아니라, 지랄로 보이네요. 돈 · 지 · 랄."

"자넨 왜 화가 난 거야?"

까마득히 아래에 있는 부하가 지랄 운운하는데도 준성의 표정은 달라지지 않았다. 그래, 워낙 높은 곳에 있으시니 여기서 하는 말은 개가 짖는 걸로 들리겠지. 시현은 준성의 책상 앞으로 걸어갔다. 책상을 사이에 두고 선 시현은, 허리를 굽혀 두 손으로 책상을 짚었다. 그리고 준성과 눈을 맞췄다.

"사장님. 전 화가 난 게 아니라 결심을 했어요. 사무실이나 지키고 앉아 있으라고 하셨죠? 아니요, 전 발에 땀나게 뛰어다니면서 일할 거예요. 귀찮게 하지 말라고 하셨죠? 아니요, 전 모르는 게 있을 때마다, 원하는 게 있을 때마다 내려와서 사장님을 아주 귀찮게 해드릴 거예요. 그리고…… 회사에서 제 이상론적인 꿈을 펼칠 생각 하지 말라고 하셨죠?"

시현의 눈동자가 번뜩였다. 시현의 입술이 부드러운 타원형을 그리며 올라갔다.

"아니요. 이 회사를 아주 이상적인, 제 꿈의 공간으로 만들고 말겠어요."

시현이 떨림 없이 또박또박 말하는 동안, 준성은 팔짱을 끼고 앉아 시현을 물끄러미 응시하고 있었다. 시현이 말을 마친 후, 준성은 잠시 고민하는가 싶더니 시현에게 물었다.

"자네, 야광 물질 같은 거 바르고 다니나?"

"……."

이 남자한테 평범한 반응을 기대한 것이 잘못이다. 시현은 고개를 절레절레 흔들며 몸을 돌렸다.

"옷 안 가져가?"

시현의 등에, 준성의 음성이 부딪쳤다. 시현은 뒤도 돌아보지 않고 대답했다.

"사장님이나 실컷 입으세요."

탁.

사무실 문이 닫혔다.

준성은 담배를 꺼내 입에 물었다.

파스텔의 파티에서 시현을 봤을 때, 시현은 반짝반짝 빛나고 있었다. 와인을 뒤집어썼는데도 반짝반짝 빛나서 와인에 무슨 야광 물질이라도 들어 있었던 모양이라고 생각했다.

그런데 방금 전, 시현은 또 반짝반짝 빛을 냈다. 와인을 뒤집어쓴 것도 아니었는데.

'어쩌지……?'

준성은 잿빛 연기를 내뱉으며 사장실 구석에 쌓여 있는 옷들을 쳐다봤다.

'난 여장 취미가 없는데.'

"세상에는 자존감이 강한 사람이 있고, 자존심만 센 사람이 있어요. 저는요, 비서님. 자존감은 쥐뿔도 없는 주제에 자존심만 엄청 세요. 이런 사람을 세상에서는 진상이라고 부르죠."

둘만 있는 회의실에서 시현이 조금은 격양된 듯한 목소리로 말했다.

"사장님이 옷 한 벌 잘 포장해서 주셨더라면 정말 감사하면서 받았을 거예요. 엄청 감동받아서 충성을 맹세했을지도 몰라요. 하지만 지금 이건…… 적선이잖아요. 제가 없긴 해도 적선을 받을 만큼 가난하진 않거든요."

"시현 씨의 기분을 상하게 하려는 의도는 없으셨을 겁니다."

"네, 알아요. 그래서 더 화가 나요. 사장님은 아무 뜻 없이, 어쩌면 호의로 한 일일지도 모르는데, 그걸 감사하다고 생각하지 못하고 오히려 화를 내는 이 옹졸함이 화가 나요. 옹졸하다는 걸 알면서도 그걸 어쩌지 못하는 내 자신이 정말 싫어요. 그래서 성공하고 싶어요."

"성공한다고 달라질까요? 아, 물론 시현 씨가 진짜 옹졸한 사람이라는 건 아닙니다. 다만, 전 그냥 지금으로서도 문제가 없는 것 같아서요."

정후는 조심스레 말을 골랐다.

"사람은 누구나 옹졸한 면을 가지고 있습니다. 성공한 사람도 예외는 아니죠. 의외의 부분에서 화를 내고, 뭔가를 털어내지 못한 채 마음에 품고 있고, 또 자격지심을 느끼고. 그런 부분은 사장님에게도, 그리고 저에게도 있습니다. 그건 아주 인간적인 면이라고 생각하는데요. 게다가 저 같아도 옷 쌓아 놓고 가져가라고 하면 기분 나쁠 것 같고요. 어쩌면 버럭 성질 내고 이따위 회사 그만뒀을지도 모르죠. 그런데 시현 씨는 그만두거나 화내거나 훌쩍거리는 대신에 회사를 바꿔버리겠다고 하셨잖아요. 그건 오히려 굉장히 긍정적인 자세 아닙니까? 전 아주 좋아 보이는데요."

"비서님은 정말…… 사장님 사랑을 받을 만하세요."

시현의 말에 정후가 손사래를 쳤다.

"그런 끔찍한 말씀은 하지도 마세요. 이런 게 사랑이면, 그 사랑 두 번 받았다가는 말라 죽겠네요."

정후는 진심으로 끔찍해하는 것 같았다.

"그럼 제가 뭘 도와드리면 될까요?"

몸을 부르르 떨며 준성의 사랑을 멀리 내팽개친 정후가 진지한 표정을 지으며 물었다.

"많은 건 아니고요. 사장님이 어제 저한테 그런 말씀을 하셨어요. 능력을 보여 준 만큼 이 회사에서의 권한이 늘어난다고. 그거 사실인가요?"

"네, 사실입니다. 사장님은 수습할 능력만 있으면 무슨 짓을 해도 상관없다는 주의거든요."

"그럼 능력이 많을수록 사용할 수 있는 회사 돈도 많아지겠네요?"

"중요한 건, 쓴 것의 두 배 이상을 벌어들여야 한다는 점이죠. 그걸 위해서 능력을 검증받아야 하는 거고요."

"그 능력이라는 건 어떻게 보여드릴 수가 있죠?"

"당연히 실적이죠."

"역시 실적이군요."

"다들 입사연도에 차이가 나니까, 성혼의 개수로 능력을 가늠하지는 않습니다."

"그럼요?"

"한 사람에게서 얼마나 받아냈느냐."

"얼마나…… 라면, 회비 말인가요?"

"회비, 미팅 참가비, 그리고 성혼 후 사례금."

"아, 로운은 성혼 후에 사례금도 받는 시스템이에요?"

"아뇨. 그런 시스템은 아닙니다. 하지만 돈 자랑을 하고 싶어 하는 무리들이 있죠. 특히 졸부들. 졸부들 사이에선 '그 집에서 얼마 썼나너라.'가 큰 이슈가 됩니다. 명예가 없으니 돈으로라도 자신의 배포와 씀씀이를 자랑하려고 하는 거죠. 그래서 성혼이 되면 '좋은 인연을 맺어 주셔서 감사합니다.'라며 사례를 하는 게 관례가 되어 버린 거죠."

"그렇군요. 그럼 로운에서 가장 많이 받아낸 게 얼마예요?"

정후가 손가락 다섯 개를 펼쳤다.

"오, 오백만 원이요?"

"아뇨."

"그럼…… 오십……?"

소심하게 말하는 시현을 향해 정후가 부드러운 미소를 지었다.

"오천만 원입니다."

"……!"

부자들의 생각은 따라잡을 수가 없다. 5천만 원이라니. 시현으로서는 상상할 수도 없는 금액이었다. 벌어진 입을 다물지 못하는 시현에게, 정후는 계속해서 말했다.

"중요한 것은 얼마나 좋은 집안끼리 맺어 주었느냐가 아닙니다. 물론 그것도 중요하긴 하지만, 더 중요한 건 얼마나 대우를 해 줬느냐입니다."

"대우……."

"네. 졸부들, 특히 돈놀이, 땅 투기를 통해서 부자가 된 사람들은 자신의 위치를 증명받고 싶어 합니다. 우리의 대접이 마음에 들면 그들은 흡족함에 지갑을 열게 되는 거죠."

"아아……."

고개를 끄덕이긴 했지만 납득할 수는 없었다. 단지 증명받고 싶어서 그만한 돈을 쓴단 말이야?

"대우를 해 주는 방법은 여러 가지가 있습니다. 그 방법은 시현 씨가 찾아야 하는 거고요. 여기서 주의하셔야 할 것은, 시간이 너무 많이 드는 방법은 안 된다는 겁니다. 고객은 우리 회사만의 고객이 아닙니다. 다른 여러 회사에도 가입을 해 두었겠지요. 그중에서 가장 빠르게, 고객의 취향을 맞춰준 회사가 돈을 벌게 됩니다."

시현은 정신을 차렸다. 언제까지고 놀라기만 할 수는 없었다. 이 세계에 뛰어들었고, VIP를 상대하고자 마음을 먹었다면 정신을 똑바로 차리고 적응을 해야만 한다.

사무실로 돌아온 시현은 VIP 고객 리스트를 점검했다. 가입된 VIP 고객 중에는 이름을 들어본 기업의 친인척이 있는가 하면, 한 번도 이름을 들어본 적 없는 기업의 친인척이 있기도 했다.

'하지만 중요한 건 이름을 들어봤느냐, 못 들어봤느냐가 아니라는 거지. 이 사람들이 얼마나 돈을 낼 수 있느냐. 내가 이 사람들한테 얼마나 받을 수 있느냐. 그게 문제라는 거잖아. 하지만……'

시현은 회원 정보 페이지를 클릭했다.

회원 사진과 키, 몸무게, 스펙 등이 차례대로 기재된, 특별할 것 없는 파스텔에서와의 똑같은 정보들. 한 사람으로서가 아닌 상품으로서의 정보 나열.

'정말 이런 걸로 괜찮은 거야?'

재미없다.

서로 잘 맞는 상품과 상품의 연결 따위는 누구라도 할 수 있는 일이다. 이런 건 조금도 재미없고 시현이 하고 싶은 일도 아니다. 회사에서 인정을 받아, 하고 싶은 일을 하는 것도 중요하지만 그것보다 더 중요한 게 있었다.

그리고 그걸 위해 무엇을 먼저 해야 할지, 시현은 알고 있었다.

5

포장마차 문을 열고 들어오는 시현을 보며, 명성은 부드럽게 웃었다.

"오셨습니까?"

"네, 왔어요."

시현은 바형 테이블에 앉았다.

"뭐 드시겠습니까?"

"오늘은 안 마실래요."

"그럼 요리나 좀 해 주시겠습니까?"

"그러죠, 뭐. 뭘로 해드릴까요?"

"뭐든 좋습니다."

시현은 코트를 벗고 주방으로 들어갔다.

"아저씨, 옷 정말 감사해요."

시현이 능숙하게 양파를 손질하며 말했다.

"별말씀을요."

"사실 옷은 한 벌만 받고 나머지는 돌려드릴 생각이었어요. 한 벌 정도는 일 년 안에 어떻게든 갚을 수 있을 거라고 생각했거든요. 그런데 저 옷들 다 받아야 할 것 같아요. 갚는 데 좀 오래 걸릴 것 같은데, 무이자로 기다려 주실 수 있겠어요?"

명성은 시원스레 웃으며 시현을 쳐다봤다. 시현은 어제와 다른 눈빛을 하고 있었다. 반짝반짝 빛나는 눈동자가 눈부셔서, 감히 똑바로 쳐다보는 것조차 어려웠다.

"물론이죠. 얼마든지."

그냥 가져도 좋다는 말을 하면 시현은 저 옷들을 전부 돌려줄 것이 분명했다. 그만한 자존심은 있는 여자니까.

"그런데 눈빛이 정말 좋아지셨네요. 사장 놈한테 한 방 먹이셨습니까?"

시현이 까르르 웃었다.

"그러면 더 좋았겠지만 아쉽게도 그건 못했어요. 우리 사장님, 만만찮은 사람이라서요. 다만…… 이제 알게 됐어요."

"알게 되셨다고요?"

"네. 이제 제가 뭘 해야 할지 알게 됐어요. 그러니까 이젠 사장님한테 지지 않아요."

6

회원들의 성향을 파악하기 위해 VIP 파티를 열려고 했다. 시현에게는 아직 그럴 만한 권한이 없으니, 처음에는 정후를 꼬셨다. 하지만 정후의 반응은 부정적이었다.

"VIP 고객의 취향을 맞춰주려면 돈이 많이 듭니다. 어지간한 노하우 없이 파티를 주최했다간 적자가 클 텐데요."

그래서 이번엔 사원들을 직접 찾아가 부탁했다. 하지만 사원들의 반응도 탐탁잖았다.

"글쎄요, 파티는 좀⋯⋯."

"시현 씨를 도와주고 싶긴 하지만 VIP는 웬만해선 만족을 못 하거든요."

"한두 명은 몰라도, 전부를 상대로 하는 건 좀 힘들 것 같네요."

"VIP 파티는 일 년에 한 번 정도가 적당해요. 석 달 전에 열었는데, 어찌나 지치던지⋯⋯ 회사를 그만두고 싶을 지경이었다니까요."

결국 사원들을 포섭하는 것도 실패했다. 일이 쉽게 풀리지 않으리라는 건 예상했었기 때문에, 실망이 크진 않았다. 그리고 실은 제2의 방안, 제3의 방안까지도 마련해 두었다.

시현은 크게 심호흡을 한 후, 전화기로 손을 뻗었다.

7

준성의 점심 메뉴는 오늘도 순두부찌개. 시현은 돈가스를 시켰다. 밥 먹는 속도가 빠른 건 아닌데, 준성과 함께 먹으면 자신이 몹시도 게걸스러운 것처럼 느껴졌다. 준성의 밥 먹는 속도는 심각할 정도로 느렸다.

어떻게든 준성과 먹는 속도를 맞춰보려 했지만 결국 실패했다. 시현이 음식을 깨끗이 비웠을 때, 준성의 순두부찌개는 반 이상 남아 있었다.

"사장님."

"응."

"어려워요."

"뭐가?"

"VIP 고객들 상대하는 거요."

"밥 먹을 땐 일 얘기 하지 말라고 했을 텐데."

"전 다 먹었어요."

"난 아직 먹고 있어."

"그건 사장님 사정이고요."

준성이 불쾌한 빛을 감추지 않고 시현을 노려봤다. 저 정도 눈빛이 무서울 거였으면 애초에 시작도 안 했다. 시현은 마음을 다잡고 계속해서 말했다.

"이 회사에서 뭔가를 하려면 일단 사장님께 제 능력을 보여드려야 할 것 같고, 그래서 VIP를 좀 만나볼까 했는데…… VIP 만나는 게 이렇게 어려운 일인지 몰랐어요. 전화를 열여덟 통 했는데 그중에 아홉 통은 아예 받지도 않았고, 나머지 아홉 통은 바쁘다면서 그냥 끊어 버리더라고요. 통화도 힘든데, 만나는 건 더 힘들겠죠?"

"……."

"그래서 염치불구하고 사장님께 도움을 청하고 싶습니다."

시현은 마치 두목 앞에 선 막내 조폭이라도 되는 것처럼 꾸벅 허리를 숙이며 말했다. 준성은 아무래도 상관없다는 듯 느릿하게 숟가락을 움직였다. 관심 없다는 태도였지만 시현은 당황하지도, 포기하지도 않았다.

"능력 밖의 일에 부딪혔을 때는 도움을 받는 것 역시 능력이라고 생각합니다. 우리 회사에서 제일 능력 있으신 사장님의 도움을 받을 수 있다면, 그것 또한 능력이 아닐까요?"

"그래서?"

준성이 처음으로 숟가락을 멈추고 시현을 쳐다봤다.

"도움을 청한다면 그에 대한 대가도 치를 생각을 하고 있겠지?"

"당연하죠."

"난 모든 걸 가졌어. 자네가 나한테 해 줄 수 있는 게 뭐가 있지? 내가 솔깃할 제안이 아니라면, 난 자네한테 도움을 줄 이유가 없어."

"솔깃하실 거예요."

시현이 자신만만하게 말했다.

"사장님은 게으르시잖아요."

"……."

"제가 사장님의 수족이 되어드리겠습니다."

"수족?"

준성의 짙은 눈썹이 살짝 올라갔다. 그걸 보며 시현은 속으로 쾌재를 외쳤다. 어쨌든 주의를 끄는 데는 성공했다.

"네, 사장님. 사장님이 원하는 일이라면 뭐든 다 힐 수 있어요."

"나에겐 이미 김 비서가 있어."

준성의 단호한 말에, 잠깐이나마 들떴던 기분이 가라앉았다. 정후의 존재를 깜빡하고 있었다.

'하긴…… 나처럼 쥐뿔도 없는 애보다는 김 비서님이 시중을 들어 주는 게 훨씬 좋긴 하실 거야. 아무래도 사랑하는 사람의 시중을 받는 편이 행복할 테니까…….'

시현은 한숨을 푹 쉬었지만, 그래도 무너지지 않았다. 이미 제1안, 제2안이 모두 수포로 돌아갔다. 마지막 남은 제3안까지 실패할 순 없다.

"가정부도 할 수 있어요!"

"가정부?"

"네, 사장님. 제가 딴 건 몰라도 밥, 빨래, 청소는 기가 막히게 잘하거든요. 사장님이 손가락 하나 까딱하지 않으셔도 되게끔 그림자처럼 조용히, 하지만 벌처럼 빠르게 움직이겠습니다!"

시현의 당찬 포부를 듣던 준성의 얼굴에 미소가 떠올랐다. 시현으로서는 처음 보는 준성의 미소. 인형 같은 얼굴에 소리 없이 번지는 그 미소가 감개무량할 정도로 아름다워서, 시현은 자기도 모르게 숨을 멈추고 말았다.

눈이 시릴 정도로 예쁜 미소가 이곳이 회사라는 것도 잊게 만들었다. 환한 미소는 아니었다. 미소라는 것조차 의심스러울 정도로 옅은 미소였는데, 그 미소가 마법과도 같이 시현의 손목을 잡아끌었다.

만져야 돼.

하나의 욕망만이 시현을 지배했다.

저 미소를 만져야만 해.

시현의 손이 멋대로 움직여 준성의 볼에 닿았다. 수염을 깨끗하게 깎은 부드러운 볼이 손바닥에 가득 담겼다. 시현은 그 상태에서 손을 움직이는 것조차 죄스러워, 준성의 볼에 손을 댄 채로 가만히 멈춰 있었다. 손바닥을 타고 올라오는 체온이 따뜻해서, '사장님도 사람은 사람이구나.'라는 생각을 했다.

그렇게 손을 댄 채로 얼마나 시간이 흘렀을까. 옅은 미소조차 사라져 무표정으로 돌아간 준성이 시현을 물끄러미 응시하며 입을 열었다.

"자네, 뭐 하는 거야?"

화가 난 것도, 불쾌한 것도 아닌 평소와 다름없는 단조로운 어조. 하지만 시현은 총에 맞은 사람처럼 소스라치게 놀라며 손을 떼었다.

"허억!"

"놀라야 할 사람은 나잖아. 왜 자네가 놀라?"

"사, 사, 사장님이 안 놀라시니까 제가 대신 놀래 드리는 거죠!"

시현은 당혹감에 말도 안 되는 소리를 내뱉었다. 적반하장으로 화를 내는 시현의 행동에 준성이 납득했다는 듯 고개를 끄덕였다.

"그렇군. 고마워."

"벼, 별말씀을요……."

아무렇지도 않은 척 자리에 앉으면서도, 이 당혹스러움과 창피함을 어떻게 수습해야 좋을지 알 수 없었다. 심장이 쿵쿵 울렸다. 이 소리가 준성에게까지 들릴까 봐 걱정이 됐다. 시현은 애꿎은 소파를 꽉 움켜쥐었다. 그러지 않으면 부끄러움을 이기지 못하고 사장실에서 뛰쳐나가게 될 것만 같았다.

"그럼 그렇게 해."

"히잇!"

준성이 갑자기 말을 하는 바람에 이상한 소리를 내고 말았다.

"왜 그래?"

"그, 그, 뭐, 뭐, 뭐요?"

"응?"

"뭐, 뭘 그렇게 해요?"

"자네, 알츠하이머라도 걸린 거야?"

"……그, 그렇진 않거든요! 기억력은 좀 안 좋지만."

"가정부를 하겠다면서. 그렇게 하라고."

"저, 정말요?"

생각지 못한 승낙이었다. 며칠 동안 사장실 앞에 무릎을 꿇고 앉아 허락해 달라고 애원할 각오까지 하고 있었다. 그런데 이렇게 쉽게 허락할 줄이야. 심지어 오늘은 제멋대로 뺨까지 만졌는데.

"응, 정말이야."

"하, 하지만 어제까지만 해도 저한테 사무실이나 지키라고 하셨잖아요."

"그랬지."

"그런데 왜 지금은……?"

"오늘 자네 스타일은 나쁘지 않거든."

"아…….."

"어제도 그랬고."

어제도, 오늘도 명성에게 선물 받은 옷을 입고 왔다. 어제 아무 말도 없기에, 시현의 옷차림 따위는 신경 쓰지 않는 줄로만 알았다. 하지만 그건 시현의 오해였다. 준성은 시현을 똑바로 보고 있었다.

알 수 없는 사람이란 생각이 들었다.

뭐든 다 귀찮아하는 것 같고, 건성으로 사람을 대하는 것 같지만 사실은 제대로 보고 있는 사람.

준성에게서 눈을 뗄 수가 없었다. 그저 느릿하게 움직이는 인형 같다고 생각했던 그에게서 발견한 인간적인 면이 시현의 마음을 사로잡았다. 실례라는 것도 잊고, 그의 아름다운 얼굴을 물끄러미 응시했다. 그렇게 쳐다보지 말라는 불호령이라도 떨어지면 어떻게든 시선을 떼어 보련만, 준성은 민망해하지도 않고 시현의 시선을 받아냈다.

마법에 걸린 듯한 시간이 흘러갔다. 정후가 사장실의 문을 두드리지 않았더라면, 마른침을 삼킬 생각조차 하지 못한 채 그대로 사장실의 망부석이 되어 버렸을지도 모르겠다.

"사장님, 드릴 말씀이 있는데요."

정후의 음성에 시현은 퍼뜩 정신을 차리고 준성에게서 시선을 떼었다.

"응, 들어와."

준성이 나른하게 대답했다. 사장실의 문이 열림과 동시에,

시현이 벌떡 일어났다.

"저, 저는 나가보겠습니다."

"응."

정후의 얼굴을 제대로 보지도 못하고 도망치듯 사장실에서 나왔다. 쿵쿵거리는 심장의 울림을 정후나 준성이 들었을까 봐 걱정됐다. 얼굴이 붉게 달아올랐다는 것을 시현 자신조차 느낄 수 있었다. 서둘러 엘리베이터에 올라 거울을 봤더니, 귓불까지 빨개져 있었다.

시현은 두 손으로 볼을 감쌌다. 뜨겁게 달아오른 얼굴과 달리, 손은 차갑게 식어 있었다. 차가운 두 손의 체온도 달아오른 볼을 쉬이 식히지 못했다. 시현은 거울 안에 비치는 자신의 눈동자가 들떠 있음을 깨달았다.

"아, 웬일이야."

시현은 믿을 수 없다는 표정으로, 거울 속의 자신을 향해 손을 뻗었다.

"이시현, 너 설마…… 사장님을 좋아하게 된 거니?"

이야기 넷.

1

　멍하니 시간을 보냈다. 정신을 차려 보니 퇴근 시간이 되어 있었다. 기계적으로 코트를 걸쳤다. 사무실에서 나가기 전, 잠시 창문을 열어봤다. 평소에는 닫혀 있는 창문을 여니, 차가운 바람이 훅 밀려 들어왔다.

　"하아."

　몇 번째인지 모를 한숨을 쉬며 손가락으로 창문을 쭉 내리그었다. 머릿속에서 준성의 얼굴이 떠나지 않았다. 자세히 보지 않으면 깨닫지 못할 만큼 연한 미소를 띤 그 남자의 얼굴이 뇌리에 콱 박혀 있었다. 떨쳐내기 위해 다른 일에 집중하려 했지만 쉽지 않았다. 결국은 남은 시간 내내 준성의 얼굴과 그

허스키한 음성을 생각하고 말았다.

"사장님은 남자를 좋아하잖아. 뭐, 설령 여자를 좋아한다고 해도 나한테까지 기회가 오지도 않겠지만."

다른 세상에 사는 사람이었다. 길지 않은 결혼정보회사 생활을 하면서 알게 된 게 있다면, 결혼은 결국 '급'이 맞는 사람들끼리 하게 된다는 점이었다. 상급은 상급끼리, 하급은 하급끼리.

준성은 그중에서도 특급의 위치에 있었다. 머리를 아무리 뒤로 젖혀도 까마득히 멀어서 잘 보이지 않는, 그런 위치.

"아니, 아니. 애초에 사장님은 김 비서님을 좋아한다니까! 위치 따져 가면서 고민할 필요도 없어."

시현은 고개를 절레절레 저어 준성에 대한 생각을 떨쳐냈다. 하지만 그건 시도로만 끝났다. 아무리 머리를 세게 흔들어도 준성은 떨어져 나가지 않았다. 그는 화가 날 정도로 매력적이었다.

"아, 사장님은 마성의 게이인가 봐. 여자까지 홀딱 반하게 만들다니."

아마도 이건 연예인을 향한, 그런 감정일 거라고 생각하기로 했다. 연예인을 향한 동경과 약간의 설렘. 좋아하는 연예인을 보면 가슴이 두근거리는, 딱 그 정도의 감정.

그렇게 여기는 편이 마음이 편했다.

"그래. 사장님이랑 김 비서님은 잘 어울리기도 하고…… 내가 두 사람 사이에 끼어들 수는 없지. 끼어든다고 해서 껴 주지도 않겠지만."

시현은 쓴웃음을 지으며 창문을 닫았다.

정후는 퇴근할 준비를 하는 중이었다. 허벅지까지 내려오는 까만색 코트가 정후와 아주 잘 어울렸다. 넥타이를 반듯하게 맨 정후는 금욕적으로 보이기까지 했다.

"시현 씨, 오셨어요."

빙그레 미소를 짓는 정후를 보자, 내심 죄책감이 들었다. 저렇게 예쁜 사람의 남자에게 잠깐이나마 설레는 감정을 품었던 자신을 호되게 나무랐다.

'그래, 사장님은 역시 김 비서님이랑 잘 어울려.'

정후는 겉으로 싫은 척하긴 하지만 사실은 준성을 좋아하고 있을 게 분명했다. 직원들 앞에서는 차가워 보일 만큼 정중하고 딱딱한 정후가 준성의 앞에서만큼은 말투와 행동이 애교스럽게 변하니까.

시현은 정후를 아주 많이 좋아했기 때문에, 정후가 행복해졌으면 했다. 단지 그들이 남자라는 이유만으로 색안경을 끼고 그들을 바라보고 싶지 않았다.

"사장님께 말씀은 들었습니다. 오늘부터 사장님의 가정부를 하기로 하셨다고요."

"아, 죄송해요."

"네? 왜 저한테 사과를 하시죠?"

"아뇨, 그게…… 김 비서님이 하셔야 되는 일을 제가 빼앗은 것 같아서……."

"오히려 제가 감사할 일인데요."

정후가 상큼하게 웃었다.

역시 좋은 사람이다. 아니, 어쩌면 그만큼 준성의 마음을 신뢰하기에, 연적일지도 모르는 여자에게 이렇게 사심 없는 미소를 지어 줄 수 있는 걸지도.

"사장님 댁이 어디 있는지는 모르시죠? 오늘은 제가 사장님 댁으로 모셔다드리겠습니다."

"아, 사장님은요?"

"오늘은 약속이 있으셔서……."

"우와, 사장님이 밖으로 나가기도 하시는군요!"

"네, 가끔은요."

정후의 표정이 아주 잠깐 어두워졌다.

"사장님 댁에 가면 뭘 해 먹을 만한 게 아무것도 없을 테니 사가는 게 좋을 거예요. 중간에 마트에 들를까요?"

"네. 그런데 사장님도 안 계신데 막 들어가도 되는 거예요?"

"그런 걸 신경 쓰는 분은 아니니까요."

정후의 차를 타고 마트로 향했다.

정장을 잘 차려입은 정후는 마트에서 돋보이는 존재였다. 마트에 들어가자마자 사람들의 시선이 정후에게로 쏠리는 게 느껴졌다. 시현은 괜히 으쓱한 기분이 들었다.

카트를 하나 꺼내서 물건들을 담았다.

"사장님은 고기 종류는 안 드십니다."

시현이 소고기를 사려고 했더니 정후가 말렸다.

"고기를 싫어하세요?"

"네. 사장님이 좋아하는 음식은 죽, 순두부, 계란찜처럼 굳이 씹지 않아도 넘길 수 있는 음식이에요."

"설마……."

"씹는 걸 귀찮아하시죠."

"……."

"그 양반, 조만간 치아가 퇴화돼서 사라질 겁니다."

"사장님은 역시…… 전생에 나무늘보였겠죠?"

"현재도 나무늘보인 것 같은데요."

"원래 그렇게 게으르셨어요?"

"네, 천성이죠. 부잣집에서 태어났기에 망정이지, 평범한 집에서 태어났으면 지금쯤 노숙자가 되어 있을 겁니다."

"아…… 사장님이 원래 부자셨어요?"

시현의 질문에 정후가 걸음을 멈추고 시현을 돌아봤다.

"모르셨습니까? 사장님은 해성 그룹의 막내 아드님이십니다."

멍하니 정후를 바라보던 시현의 입이 살짝 벌어졌다. 시현은 그 상태로 정후를 바라보다가 한발 늦게 새된 탄성을 질렀다.

"네엑?"

"아, 정말 모르셨나 보네요. 그걸 모르는 사람도 있다니……신선한데요?"

"저, 정말이에요? 정말 사장님이 저 해성 그룹 자제분이에요?"

정후가 이런 걸로 거짓말을 할 리는 없겠지만, 도저히 믿어지지가 않아 다시 한 번 물었다.

"네, 정말입니다."

"하…… 어쩐지…… 기품이 좔좔 흐르더라니……."

"방금 전까지는 나무늘보라고 하지 않으셨나요?"

"아하하하하하."

놀랄 수밖에 없었다.

해성 그룹은 전자 기기에서부터 보험 상품까지, 손이 안 닿는 곳이 없는 우리나라 굴지의 거대 기업이었다. 외국 사람들도 그 이름을 알 정도로 유명한 기업. 뉴스에서나 보고 들을 수 있었던 그런 사람이 이토록 가까운 곳에 있는 줄은 꿈에도 몰랐다.

그전에도 멀리 느껴지던 사람 앞에 '해성 그룹'이란 타이틀이 붙자 준성이 더 멀게만 느껴졌다. 앞으론 더욱 정중하게 행동해야지.

몇 시간에 전에 느꼈던 작은 두근거림과 설렘조차 꿈처럼 아득해졌다. 다른 사람도 아니고 '해성'의 막내아들이다. 해성 그룹은 시현에게 있어서 신기루와도 같은 비현실. 준성은 그 비현실에 속해 있는 사람이었다. 그런 사람에게 감정을 품는다는 것 자체가 말이 되지 않았다. 준성은 연예인보다도 더 먼 곳에 있었다.

그래서 장을 다 보고 나올 때쯤엔 사무실에서 느꼈던 알싸한 고통마저 깨끗이 사라지고 없었다.

준성의 집은 압구정에 있는 고급 오피스텔이었다. 못해도 50평은 넘을 것 같은 그의 집은 회사의 사장실과 다를 것이 전혀 없었다. 축구를 해도 좋을 만큼 넓은 거실에 있는 거라고는 소파 하나. 그 흔한 텔레비전조차 없었다. 주방에도 냉장고 하나만 덩그러니 놓여 있었는데, 그거라도 있는 게 다행이었다.

정후가 자꾸 식기와 칼, 도마 등을 카트에 담기에 왜 그러나 싶었는데, 이런 이유 때문이었나 보다. 담백하다 못해 춥게 느껴지기까지 하는 주방은 처음이었다.

"도대체…… 사장님은 집에서 뭘 하시는 걸까요?"

"소파에 누워 계시거나 침대에 누워 계시겠죠."

정후는 놀라운 일도 아니라는 듯, 들고 온 봉지에서 식기를 꺼내 주방으로 옮겼다. 시현은 정후와 함께 식기를 정리하며 물었다.

"그럼 사장님은 매일 뭔가를 시켜 드시는 거예요?"

"집에서는 거의 안 드십니다. 회사에서 시켜 드시는 게 전부일 거예요."

"주말에는요?"

"굶으시겠죠."

"헐……."

"그래도 용케 안 돌아가시고 살아계시는 게 참 기특하지 않나요?"

"비서님 눈에 뭔들 안 기특하겠어요."

"네?"

"아, 아니에요."

두 사람의 은밀한 마음을 눈치챘다는 티를 낼 수는 없었다. 흔치 않은 사랑을 하는 만큼, 그 마음을 타인에게 들키고 싶지는 않을 것이다.

"그럼 시현 씨, 전 이만 가보겠습니다."

정후는 주방 정리를 끝내자마자 현관문으로 향했다.

"가시게요? 저녁 드시고 가시지."

"저의 소중한 개인 시간을 사장님과 보내고 싶진 않습니다. 아마 사장님은 저녁을 드시고 오실 테니, 내일 아침에 드실 식사만 준비해놓으시면 될 겁니다."

"사장님, 늦으실까요?"

"글쎄요."

정후의 표정이 또 어두워졌다.

"아마 곧 오시겠지요."

"그럼 전 식사만 준비해놓으면 되는 거예요? 그래도 기다렸다가 사장님은 뵙고 가야겠죠?"

"음…… 아무래도 사장님을 뵙고, 앞으로 뭘 하면 좋을지 듣고 가시는 게 좋겠네요. 그럼 먼저 가보겠습니다. 수고하세요."

정후가 나간 후, 시현은 거실 한복판에 서서 방 안을 쭉 둘러봤다. 이렇게 넓은 집에 와본 건 처음이라서 여기저기 구경을 해 보고 싶었지만 관뒀다. 주인도 없는 집을 구석구석 살피는 건 실례가 될 테니까.

내일 아침 식사로는 가볍게 계란죽을 끓였다. 시간이 걸리는 음식이 아니었기에, 요리를 끝내고 음식물 쓰레기까지 갖다 버렸는데도 한 시간밖에 안 지나있었다.

준성을 기다리긴 기다려야 하는데, 뭘 하면서 시간을 보내야 할지 막막하기만 했다. 거실에 있는 거라고는 소파 하나가 전부.

시현은 두리번거리다가 결국 놀거리 찾기를 포기하고 소파에 앉았다. 소파는 사장실에 있는 것만큼이나 포근하고 편했다. 소파에 몸을 푹 파묻고 앉아 다리를 꼬고, 준성처럼 거만한 표정을 지으며 '자네는 언어 영역이 딸리나?'라고 말해봤다. 어색하긴 하지만 꽤 그럴싸해서, 차준성 성대모사를 개인기로 삼는 것도 괜찮겠다는 생각을 했다.

"자네는 언어 영역이 딸리나? 거기 앉아. 자네 커피는 안 사왔어? 자넨 커피 타러 취직했나?"

준성을 흉내 내면서 놀았는데도 시간은 더디게 흘러갔다. 시현은 아예 소파에 길게 누워 스마트폰을 열었다.

남들은 버스에서도, 편의점에서 뭔가를 사면서도 쉴 새 없이 스마트폰으로 메신저를 할 만큼 친구가 많은데, 시현은 이런 시간에 편하게 메세지를 보낼 만한 친구가 없었다. 등록된 친구의 목록을 쭉 내리다가, '최영호'라는 이름을 클릭했다.

[영호야, 잘 지내?]

몇 번을 지운 후에야 완성된 간단한 문장. 전송 버튼만 누르면 되는데, 멈춘 손이 더 이상 움직이지 않아 결국은 문장을 삭제하고 휴대폰을 내려놨다.

"하아……"

가구가 별로 없는 넓은 공간에 있어서인지, 아니면 낯선 곳에 와서인지 평소보다 마음이 허했다. 시현은 깊은 한숨을 내쉬며, 두 손으로 얼굴을 감쌌다.

"나, 인생 진짜 헛살았구나……."

2

5년 만에 방문한 클래식 바는 예전과 달라진 게 전혀 없었다. 하나 있다면 흐르는 음악 정도로, 한창 유행하는 어느 팝 가수의 허스키한 보이스가 홀 안을 채우고 있었다. 만나기로 한 사람은 가장 안쪽, 촛불로 밝힌 구석진 자리에 앉아 있었다.

"오랜만에 오셨네요."

준성을 알아본 바텐더의 인사를 받으며 안으로 걸어갔다. 준성은 약속 상대의 맞은편에 앉아, 인사도 없이 담배를 꺼냈다.

"잘 지냈어?"

그녀의 질문에 대답 대신 담배 연기를 뱉었다.

"여전하네."

그녀가 살짝 웃었다.

준성은 담배를 피우며 그녀를 물끄러미 응시했다. 아주 가끔씩, 공식적인 자리에서 보기는 했지만 따로 만나는 건 아주 오랜만이었다. 그녀는 오래전, 준성을 떠나던 날의 모습과 달라진 것이 거의 없었다. 하나 있다면 조금 짧아진 헤어스타일과 얼굴에 묻어나오는 세월의 흔적 정도.

그녀는 늘씬한 다리를 감싼 H 라인 스커트 위에 두 손을 가지런히 올려놓았다. 몸에 밴 기품은 조금도 사라지지 않았다. 약간의 흐트러짐도 없이 허리를 꼿꼿이 세운 자세도 여전했다.

준성은 다 피운 담배를 재떨이에 비벼 끄고, 또 한 개비를 꺼냈다.

"담배, 너무 많이 피우는 거 아냐?"

그녀가 쓰게 웃으며 물었다.

저 미소를 기억한다.

준성을 떠나던 날에도, 그녀는 비슷한 미소를 지었다. 지금 짓는 미소보다 조금 더 쓴 미소. 그래서 보고 있는 준성까지도 저절로 인상을 찌푸리게 만들었던 그런 미소.

윤예나.

준성이 철들 무렵부터 준성의 옆자리를 지켰던 그녀는 5년 전, 준성의 가장 친한 친구였던 대영과 백년가약을 맺었다.

오빠 날 사랑하지 않아.

떠나기 전 그녀가 남긴, 아직도 흐릿해지지 않은 그 목소리
가,

오빠에게 난 보기 좋은 액세서리일 뿐이야. 수많은 액세서
리 중에서 제일 마음에 드는 액세서리.

오히려 점점 더 또렷하게 준성을 파고들었다.

오빠는 내가 떠난 이유를 평생 알 수 없을 거야. 자기 자신
만 사랑하는 사람이니까.

그녀의 말대로였다. 5년이 지났지만, 여전히 이해할 수가
없었다.

예나가 원하는 것이라면 뭐든지 해 줬다. 갖고 싶은 걸 사줬
고, 만나고 싶다고 하면 만났다. 놀러 가고 싶다고 하면 놀러
갔고, 키스하고 싶다고 하면 키스를 했다.

무엇하나 부족하지 않게끔 다 해 주었는데, 결국 예나가 선
택한 사람은 준성이 아닌 대영이었다. 차라리 준성보다 더 나
은 사람을 선택했더라면 준성도 이토록 화가 나지 않았을 것

이다. 하지만 대영은 준성보다 나을 게 없었다. 외모도, 스펙도, 어느 하나도.

"오랜만에 만났는데 나한테 할 말 없어?"

예나가 물었다.

"할 말은 너한테 있는 것 같은데."

준성은 심드렁하게 대꾸했다.

이 자리에 앉아 있고 싶지 않다. 친했던 친구의 부인이 된 그녀를 보면, 뱃속 깊은 곳에서부터 끄지 못할 증오가 폭발할 듯 타올랐다.

"뭐 마실래?"

예나가 말을 돌렸다.

"뭐든."

"버번을 좋아하지?"

"이젠 그거 안 마셔."

"……그래? 그럼 뭘 시킬까? 오빠가 마시고 싶은 걸로 해. 오늘은 내가 살게."

"널 앞에 두고 뭘 넘길 수 있을 만큼 비위가 좋진 못해."

준성의 말에 예나의 얼굴이 하얗게 질렸다.

"너 마시고 싶은 거나 마셔."

예나의 입술이 파르르 떨렸지만, 준성은 무시했다. 예나는 울음을 참으려는 듯 고개를 숙였다. 연두색 원피스를 입은 어깨가 가늘게 떨렸다.

툭.

예나의 손등으로 눈물이 떨어졌다. 한 방울, 두 방울. 하지만 준성은 예나를 달래주지 않았다. 질질 짜는 여자 따위는 질색이다.

'그러고 보니…… 그 여자는 울지도 않던데…….'

상황에 어울리지도 않게, 시현이 떠올랐다.

아주 대성통곡을 해드리려고 했죠.

우는 것보다는 빈정거림을 택하는 여자.

'정말 이상한 여자야.'

아무리 정후가 농간을 부려서라고는 하지만, 점심시간 때마다 꼬박꼬박 사장실에 찾아와 접시라도 삼킬 것처럼 밥을 먹는 시현이 재미있었다. 특히 오늘은 그 정도가 심했다.

사장님이 손가락 하나 까딱하지 않으셔도 되게끔 그림자처럼 조용히, 하지만 벌처럼 빠르게 움직이겠습니다!

자신의 포부를 당당하게 밝히는 시현의 행동이 참을 수 없이 웃겨서, 결국 웃음을 터뜨리고 말았다. 그것 좀 웃었다고 시현이 뺨에 손을 댈 줄은 몰랐지만.

'왜 얼굴을 만져댄 거지? 웃지 말라는 경고였나?'

그러고 보니, 시현의 눈빛이 심상치 않았다.

'하긴. 자길 무시하는 걸 싫어하는 여자니까.'

도통 속을 알 수 없는 여자였다. 바보인가 싶다가도 똑똑한 모습을 보이고, 울 줄 알았는데 빈정거리고, 도망칠 줄 알았는데 화를 내면서 맞서고. 행동을 짐작할 수가 없어서 같이 있는 시간이 싫지 않다.

폭발할 듯 끓던 속이 언제 그랬냐는 듯 차분히 가라앉았다. 입에 물고 있던 담배를 끄고 바텐더를 불러 브랜디를 시켰다.

예나가 고개를 들었다.

"브랜디…… 싫어하잖아."

예나의 눈가가 붉게 충혈되어 있었다.

"별로."

"난 오빠에 대해 아는 게 별로 없구나."

"응. 나도 너에 대해 아는 게 없으니까."

"……."

예나는 어색하게 입술 양쪽의 근육을 끌어당기며 웃었다.

"하고 싶은 말은?"

"왜 그렇게 서둘러?"

"약속이 있거든."

"약속? 누구랑?"

"내가 너한테 그런 얘기까지 해야 되나?"

"그런 건 아니지만……."

"그럼 부른 용건이나 말해. 두 번 묻게 하지 말고."

"알았어."

예나가 결심한 듯 심호흡을 했다. 준성은 예나의 풍만한 가슴이 성급히 오르내리는 것을, 아무런 감정도 없이 지켜봤다.

"이제 그만 했으면 좋겠어."

"그만?"

"대영 오빠 일 방해하는 거."

"……."

"오빠가 아직 나한테 많이 화가 나 있는 거 알고 있어. 하지만…… 이제 그만 해, 오빠. 대영 오빠, 많이 망가졌어. 오빠가 더 방해하지 않아도 이젠 충분해."

예나의 말은 거짓이 아니었다. 대영은 망가졌다.

예전의 대영은 아무 여자에게나 집적거리는 남자가 아니었다. 오히려 지고지순하다는 표현이 어울리는 남자였다. 예나의 마음이 준성에게 있다는 걸 알면서도, 예나 한 사람만 바라봤으니까.

지난번 파스텔 파티장에서 대영이 시현에게 집적대는 모습을 목격했을 때, 가장 놀란 사람은 준성이었다. 자신이 보고 있는 남자가 대영이 맞는지 의심스러울 정도였다.

"그 여직원, 오빠 회사로 거뒀다는 얘기를 들었어."

"네 남편이 그 여직원한테 무슨 짓을 했는지는 못 들었고?"

"……들었어."

"사장에게 부당한 짓을 당하고 잘린 사람을 거둔 것뿐인데, 그게 문제가 돼?"

"……아니. 문제가 되진 않아."

예나가 떨리는 목소리로 대답했다.

"그럼 나한테 무슨 말을 하고 싶은 거지?"

"그걸…… 마지막으로 해 줘."

"……."

"부탁이야, 오빠. 이제 대영 오빠를 건드리지 말아줘."

"돌아가."

"오빠……."

"두 번 말하게 하지 마."

"……."

예나가 어쩔 수 없다는 듯 일어났다. 돌아가려던 예나가 다시 몸을 돌려 준성의 옆으로 다가왔다. 준성은 세 개비째의 담배를 꺼내는 중이었다. 예나는 자신을 쳐다보지도 않는 준성 쪽으로 허리를 굽혀, 준성의 머리카락에 살짝 입술을 묻었다. 그리고 다시 허리를 편 후, 준성에게 말했다.

"나는 여전히 오빠를 사랑해. 하지만 오빠 아니야. 예전에도, 지금도 날 사랑한 적 없어. 우리가 이렇게 된 건 나만의 잘못이 아니야. 대영 오빠의 잘못은 더더욱 아니고. 오빠는 원망할 곳을 잘못 찾은 거야."

예나가 차가운 목소리로 말하는 동안, 준성은 예나가 옆에 없다는 듯 행동했다. 그런 준성을 물끄러미 내려다보던 예나는 작게 한숨을 내쉬곤 다시 걸음을 옮겼다. 예나가 나간 후, 바텐더가 술을 가지고 왔다.

준성은 병에 가득 찬 호박색 액체를 물끄러미 응시하다가 작은 잔에 가득 차도록 따랐다. 한 잔, 두 잔. 평소와 달리 급하게 술을 마신 준성은 마지막 담배를 필터까지 피우곤 자리에서 일어났다.

정후를 부르면 바로 달려올 테지만, 아무도 만나고 싶지 않았다. 택시를 타고 기계적으로 회사의 주소를 말했다. 한창 달리던 중에 문득 시현이 떠올랐다.

'갔겠지.'

10시가 넘은 시간이었다. 그림자처럼 일하고 벌처럼 재빨리 집에 돌아갔을 것이다. 그렇게 생각하면서도 입은 제멋대로 움직였다.

"기사님, 압구정으로 가주세요."

오피스텔 앞에 내린 준성은 섣불리 발을 내딛지 못하고 담배를 꺼냈다. 담배를 입에 물고 고층 오피스텔을 올려다봤다. 이곳에서 살게 된 지 꽤 오래됐는데도, 자신의 방이 어디쯤에 위치하는지 알지 못했다.

사람들은 아마도 퇴근 후 자신의 집에 들어가는 그 순간을 가장 즐거워할 것이다. 하지만 준성은 그렇지 않았다. 텅 빈 그 공간에 들어가는 건, 5년이 지난 지금도 지옥으로 향하는 길을 밟는 것처럼 불쾌했다.

이 오피스텔을 구입했을 때엔 예나가 곁에 있었다. 지독할 정도로 강하게 파고든 그녀의 향기는, 그녀가 사다 놓은 물건을 모조리 갖다 버렸는데도 사라지지 않았다.

이사를 가버리면 될 일이지만 그러지 않았다. 그녀의 향기와 추억이 남은 이곳에서 대영과 예나를 향한 증오를 키웠다. 예나의 향기가 다른 때보다 짙은 날에는 독한 술을 마시며, 재기불능으로 무너져 버린 성대영의 모습을 머릿속에 그렸다. 그거 하나, 딱 그거 하나만을 바라보며 지금껏 살아왔다.

어느새 다 피운 담배꽁초를 쓰레기통에 버리고 느릿하게 걸음을 옮겼다. 엘리베이터를 타고 또 내리고 닫혀 있는 문의 비밀번호를 눌렀다.

삑. 삑. 삑. 삑. 삑. 삑.

문이 열렸다.

불이 켜져 있었다.

돌아간 줄 알았던 시현은 소파에 누워 있었다. 어째서일까. 그 모습을 보는 순간, 무릎이 휘청거릴 정도로 안심을 했다.

준성은 신발을 벗고 들어가, 소파 옆에 서서 시현의 잠든 얼굴을 내려다봤다. 하얗고 자그마한 얼굴이 믿어지지 않을 만큼 괴롭게 일그러져 있었다. 잘 정돈된 미끈한 눈썹과 긴 속눈썹이 드리운 눈은, 5년 전 에나가 품었던 쓴 미소보다 훨씬 더 쓰고 또 써서, 준성은 자신도 모르게 입술을 깨물었다.

어째서 이 씩씩한 여자는 이토록 괴로운 표정으로 자고 있는 걸까.

준성은 시현을 깨우지 않고 그 옆에 가만히 앉았다. 준성이 앉는데도 시현은 깨지 않았다. 새근새근 들려오는 숨소리에 괴로운 듯한 신음이 섞여 있었다. 준성은 정면을 향해 앉은 채 고개만 옆으로 돌려 시현을 바라봤다.

일그러져 있던 눈에서 주르륵, 눈물이 흘러내린 건 순식간에 일어난 일이었다.

"제발⋯⋯."

도톰한 입술이 달싹거리며, 쉰 음성을 뱉어냈다.

"제발⋯⋯ 때리지 마세요⋯⋯ 제발⋯⋯ 잘못했어요⋯⋯ 제발⋯⋯ 용서해 주세요⋯⋯."

흐느낌과 함께 들려오는 음성에, 준성은 숨을 멈췄다. 꽉 감은 눈 사이로 쉴 새 없이 흘러내리는 눈물이 이상하게도 날카롭게 변해 준성의 가슴을 찔렀다. 허우적거리던 시현의 손이 방어를 하듯 자신의 얼굴을 가렸다.

무수한 폭행 속에 내던져져 있다가, 닿지 않을 고통의 비명을 지저귀며 죽어 가는 작은 새.

시현의 모습이 그와 같아서, 준성은 자기도 모르게 시현의 손목을 향해 손을 뻗었다. 부러질 것처럼 가느다란 손목을 잡고 준성은 나직하게 속삭였다.

"자네는 자면서 우는군. 그거 참 아파 보이는데."

3

"그러니까…… 잠에서 깨어났더니 눈앞에 사장님의 얼굴이 있더라…… 뭐, 그런 말 들어 보신 적 있으세요?"

"아니."

"하하하하하하하."

"자네, 실성했어?"

"하하하하. 그럴 리가요. 하하하하하."

스스로 생각하기에도 자신의 모습이 반미치광이 같기는 했지만 웃는 것 외에는 달리 할 게 없었다.

그도 그럴 것이, 아침 햇살에 눈이 부셔서 잠에서 깼는데 눈을 뜨자마자 보인 게 준성의 얼굴이었다. 처음에는 꿈인 줄 알고, 준성의 뺨을 툭툭 치며 '이야, 역시 잘 생겼다. 얼굴은 진짜 근사해.'라는 말까지 했다.

"자네는 사람 뺨 때리는 걸 좋아해?"

라는 준성의 말에,

"어이구. 말까지 하네? 나도 똑같이 할 수 있는데."

라며 어젯밤 연습했던 차준성 성대모사까지 선보였다. 그런 시현을 물끄러미 응시하던 준성의 얼굴에 연한 미소가 묻어나온 후에야, '혹시…… 현실은 아니겠지?'라는 의심을 했다.

그러다가 퍼뜩 정신을 차렸는데, 현실이었다. 그러니 웃을 수밖에. 얼굴에 경련이 일 정도로 열심히 웃던 시현은 갑자기 정색을 하고 외쳤다.

"이건 명백히 소파의 잘못입니다! 얘가 너무 포근하더라고요. 도저히 일어날 수가 없었어요."

"응."

"죄송해요."

"소파 잘못인데 왜 자네가 사과해?"

"정말…… 소파 잘못이라고 생각하세요?"

"자네가 그렇다면서."

"그, 그렇긴 하지만…… 아하하하하."

"그럼 소파 잘못이겠지."

시현은 준성을 어떤 얼굴로 봐야 할지 알 수 없었다.

"왜 안 깨우셨어요?"

"출근 시간이 아니니까."

"하지만…… 전 침입자잖아요."

"가정부라며."

"그래도 입주 가정부도 아니고…… 하아…… 정말 죄송해
요, 사장님. 저 진짜 아무 데서나 막 자고 그러는 애는 아닌
데…… 아, 진짜 왜 그랬지? 정말 죄송해요."

"난 자네한테 화나지 않았는데, 자네는 내가 화를 내줬으면
좋겠어?"

준성은 사무실에서처럼 소파에 나른하게 기대어 앉아 심장
이 두근거릴 만큼 매혹적인 시선을 보내며 물었다.

"그럴 리가요. 화내는 걸 좋아하는 사람이 어디 있겠어요.
전 그냥…… 아니, 아니. 그냥 화를 내주세요. 차라리 사장님
이 화를 내주셔야 제 마음이 편할 것 같아요."

"화가 안 나."

"정말요?"

"응."

"왜죠?"

"……그 이유까지 설명해야 돼?"

"아뇨, 그런 건 아니지만…… 정말 화 안 나신 거죠? 나중에 이 일 꺼내서 막 몰아붙이거나 약점으로 삼기 없기예요?"

"알겠어."

시현은 안도의 한숨을 쉬며 소파에서 일어났다. 거실에는 흔한 벽걸이 시계조차 없어서 휴대폰으로 시간을 확인해야 했다. 오전 7시 10분. 조금만 서두르면 아침을 차려 먹고 나가도 지각은 하지 않을 시간이었다.

"아침 드실 거죠?"

"됐어."

"계란죽 끓여놨는데. 데우기만 하면 돼요."

"그럼 해 봐."

주방으로 들어가 어제 만들어 놓은 계란죽을 꺼내 약한 불에 끓이기 시작했다. 준성은 창가로 걸어가 시현을 등지고 서서 담배를 피우고 있었다. 시현은 죽이 끓기를 기다리며 냉장고에 기댄 채로 준성의 뒷모습을 지켜봤다.

흰색 얇은 셔츠 위로 준성의 몸매가 고스란히 드러났다. 넓은 어깨와 단단해 보이는 등, 잘록한 허리. 밥을 잘 챙겨 먹지 않는 것치고는 남자다운 몸이라서 조금 놀라웠다.

어제 산 예쁜 그릇을 꺼내 죽을 담아 상을 차렸다.

"사장님, 식사하세요."

"응."

식탁에 앉은 준성이 옆에 서 있는 시현을 올려다봤다.

"자넨 안 먹어?"

"전 가정부니까요. 소리 없이 움직이고 벌처럼 빠르게!"

"그런 것치고는 충분히 시끄러웠어. 그냥 앉아서 먹지?"

"그래도 될까요?"

"응."

시현은 얼른 죽을 담아와 준성의 맞은편에 앉았다. 뜨겁지 않은 죽인데도 준성이 먹는 속도는 여전히 느렸다.

"어떠세요?"

"뭐가?"

"맛이요."

"맛있어."

"정말요?"

"자넨 속고만 살았어?"

"그냥 믿어지지 않아서요."

"뭐가?"

"사장님 같은 분이 제가 한 음식을 맛있다고 해 주시는 거요."

"나 같은 분이 어떤 분인데?"

"해성 그룹 막내 아드님 같은 분?"

"아아. 대단하지."

"응, 정말 대단해요."

"나 말고 우리 할아버지가. 그렇게 많은 직원을 거느리다니. 난 절대 못 할 거야."

"하지만 사장님도 한 회사의 사장이시잖아요."

"로운은 작으니까."

"작다니요. 커플매니저들한테는 꿈의 직장인데! 제가 로운에 얼마나 들어오고 싶었는지 아세요? 전 로운에서 일하게 될 거라고는 꿈도 안 꿨었어요. 엄청 스펙 좋고 그런 사람들만 뽑을 줄 알았는데…… 뭐, 까놓고 보니 사무실이나 지키라고 뽑은 거였지만."

"사무실을 지키는 게 왜 싫은 건지 도무지 모르겠어. 자네는 나가서 노는 걸 좋아해?"

"에이, 나가서 노는 거랑은 다르죠. 그냥 증명받고 싶은 것 같아요."

"증명?"

"네. 저는 스펙도 안 좋고 그럴싸한 배경 같은 것도 없지만, 그래도 뭐 하나는 제대로 잘해내는 인간이라는 걸 증명받고 싶어요."

"그런 게 증명이 필요한 일인가?"

"저한테는 필요해요. 열등감이 있거든요."

"자네는 자네대로 잘해내고 있어."

준성이 말했다.

"제가요?"

"응. 계란죽, 아주 맛있어."

준성의 담담한 그 한마디가, 시현의 귀에 상냥하게 내려앉았다. 계란죽으로 인정받고 싶은 건 아니었지만 그래도 준성의 칭찬이 기분 좋았다.

준성은 계란죽이 맛있다는 걸 증명이라도 하려는 듯, 그릇을 깨끗하게 비웠다. 시현이 설거지를 하는 동안 준성이 씻으러 들어갔다. 준성이 집에 있어도 할 게 없는 건 마찬가지였다. 시현은 멍하니 천장을 보며 준성이 나오기를 기다렸다.

준성은 먹는 속도만큼이나 씻는 속도도 느렸다. 욕실에서 들려오는 쏴아아, 물 떨어지는 소리가 끊일 줄을 몰랐다.

시현 집의 침대보다 훨씬 넓고 편한 소파에서 푹 잤는데도, 창문으로 들어오는 햇살을 받고 있노라니 노곤함이 밀려왔다. 꾸벅꾸벅 조는데, 드디어 물소리가 끊기고 잠시 후 욕실 문이 열렸다.

준성은 알몸이었다.

아니, 허리에 수건 한 장만 두르고 있었다.

이런 순간, 여자들은 보통 비명을 지르지만 시현은 비명조차 지르지 못했다. 다비드상처럼 적당한 근육이 붙은 완벽한 몸매가 눈앞에 있으니 비명보다는 감상이 우선이었다. 자신

의 눈앞에 있는 게 하늘 같으신 사장님의 몸이라는 것도 잊고 정신없이 훑어봤다. 그러다가 뒤늦게 상황을 깨닫고는 "꺄앗!" 하고 짧게 비명을 질렀다.

다른 수건 한 장으로 머리의 물기를 닦던 준성이 심드렁하게 중얼거렸다.

"늦었어."

"느, 늦다니요!"

"볼 거 다 봤잖아."

"아직 중요한 부분은 안 봤거든요!"

"보고 싶어?"

"그럴 리 없잖아요!"

"그런 것치고는 눈이 탐욕스러운데."

"어휴. 아니에요. 이건 깜짝 놀라서 벌벌 떠는 눈빛이에요."

"그래."

준성은 적당히 대꾸하며 젖은 머리를 뒤로 쓸어넘겼다. 이마를 드러낸 준성은 놀랍도록 샤프했다. 진한 눈썹 아래의 또렷한 눈매는 맹수 같았고, 봉긋한 이마에서 곱게 떨어지는 콧날은 날카로웠다.

"자네는 안 씻어?"

"아, 씻어야죠!"

너무 열심히 보고 있었나 보다. 이러다가는 변태로 오인을 받아도 할 말이 없다.

시현은 서둘러 욕실로 들어가 문을 닫았다. 준성이 씻고 나온 흔적과 온기가 그대로 남아 있었다.

시현은 샤워를 하기 위해 옷을 벗으며 크게 한숨을 내쉬었다.

나 지금 뭘 하고 있는 거니?

다 씻고 나갔을 땐 정후가 와 있었다. 정후는 준성과 마주보고 서서 준성의 넥타이를 매주는 중이었다. 키가 훤칠하게 큰 두 남자가 아주 가까이 얼굴을 맞대고 서 있는 모습은 장관이었다. 시현은 숨을 멈추고 둘의 모습을 바라봤다.

"사장님, 출근할 땐 적어도 타이 정도는 직접 매는 게 어때요?"

"응."

"응이라고만 하지 마시고요. 제가 사장님 마누라도 아닌데 매일 넥타이까지 챙겨드려야 되겠어요?"

정후는 투덜거리면서도 손을 멈추진 않았다. 남의 넥타이 매주는 게 쉬운 일은 아닌데, 정후의 손길은 능숙했다. 그런 두 사람을 보며 시현은 생각했다.

'아, 우리 사장님. 사랑받고 계시는구나.'

흡사 신혼부부와도 같은 두 사람의 모습에서 눈을 뗄 수가

없었다.

정후는 넥타이를 다 맨 후에야 시현 쪽으로 고개를 돌렸다.

"시현 씨, 씻으셨습니까?"

그 순간 시현은 자신이 늦은 밤 불쑥 남의 신혼집에 찾아온 불청객처럼 느껴졌다. 그래서 어색하게 '안녕하세요.' 하고 인사를 하는데, 준성이 끼어들었다.

"반칙이야."

반칙이라니, 갑자기 무슨 말인가 싶어 준성을 쳐다봤다.

"난 수건만 두르고 나왔는데, 자네는 다 갖춰 입고 나왔잖아."

도대체 무슨 생각일까.

시현은 할 말을 잃었다. 그건 정후도 마찬가지인 듯, 어이없다는 표정으로 준성을 쳐다보고 있었다. 시현은 정후가 오해할지도 모른다는 생각에 어떻게든 변명거리를 만들어 내려고 했는데, 정후가 먼저 입을 열었다.

"그럼 시현 씨는 이제 사장님이랑 동거하시는 겁니까?"

"그럴 리가욧!"

"그런가 봐."

시현이 기겁하며 비명처럼 외친 것과 달리, 준성은 나른하게 중얼거렸다.

"뭐, 뭐가 그렇다는 거예요! 없는 사실 지어내지 마세요!"

하늘 같은 해성 그룹 막내 아드님에게 다시는 소리를 지르지 않으리라 다짐했건만, 그 다짐은 하루도 지나지 않아서 와르르 무너지고 말았다. 이 남자는 상대로 하여금 소리를 지르게 하는 데 천부적인 재능이 있다.

"하지만 자네는 우리 집에서 잤잖아."

"그건 실수라니까요. 제가 진짜 아무 데서나 막 자고 그러는 여자는 아니에요. 소파가 너무 포근해서 그만…… 죄송해요, 비서님. 오해하지 말아주세요."

"저한테 죄송할 건 없는 것 같은데요. 소파가 포근한 것도 사실이고."

정후가 빙그레 웃으며 말했지만, 시현의 눈엔 그게 노기 띤 미소로만 보였다. 정후에게만큼은 미움을 받고 싶지 않았기에 시현은 필사적으로 변명을 했다.

"진짜 사장님이랑 아무 일도 없었어요. 사장님한테 제가 뭐 사람으로나 보이겠어요? 그냥 소파에 널브러져 있는 정체 모를 물체로만 보였을 거예요. 그렇잖아요. 사장님 옆엔 비서님이 계신데."

"전 사장님 댁에서 잠을 자진 않는데요."

"헛……!"

"뭐, 괜찮지 않습니까? 사장님 식사를 챙겨 주고 집안일까지 하시려면 같이 사는 것도 좋을 것 같은데요."

저건 신뢰일까. 아니면, 나의 사장님이 너 따위 여자에게 딴 마음 품을 리 없을 거란 자신감, 거기서 비롯된 여유일까.

시현은 정후의 무한한 애정이 놀랍기만 했다. 시현이었더라면, 자신이 사랑하는 남자가 다른 여자와 하룻밤을 같이 지냈다는 말을 들었을 때 저토록 여유 있는 모습을 보이지 못했을 것이다.

"아니에요. 왔다갔다하면서도 충분히 할 수 있어요. 출근길에 좀 일찍 들러서 아침 챙겨드릴 수도 있고. 게다가…… 사장님 댁은 제 스타일이 아니에요."

"그래요? 하긴…… 이 집이 자기 스타일인 사람은 별로 없겠죠."

정후가 텅 빈 집을 둘러보며 납득한다는 듯 고개를 끄덕였다.

"그쵸? 어젯밤에 사장님 기다리면서 정말 할 게 없더라고요. 그 흔한 컴퓨터조차 없을 줄이야."

"사."

어느새 나갈 준비를 마친 준성이 툭 뱉어내듯 말했다.

"필요한 거 사. 카드 줄 테니까."

"네? 하지만…… 전 사장님 취향도 모르고……."

"자네가 쓸 거니까 자네 취향으로 사면 되겠지. 그런데 자네는 그 꼴로 출근할 거야?"

"아뇨, 그럴 리가……."

정후의 방문에 당황해서 출근 준비를 해야 한다는 걸 까맣게 잊고 있었다. 시현은 서둘러 머리를 말리고 옷매무새를 점검했다. 화장품이 없어서 화장은 포기. 그 흔한 비비크림조차 바르지 못했다. 준비를 끝내고 거실로 돌아왔을 때, 정후는 차를 가지러 갔는지 보이지 않았고 준성만 소파에 앉아 담배를 피우고 있었다.

"저, 준비 다했어요. 늦어서 죄송합니다."

"응."

준성이 재떨이에 담배를 비벼 끄며 일어났다.

"다시 한 번 죄송하다는 말씀을 드리고 싶어요."

"자네, 오늘 달라 보이는데?"

"네? 아…… 오늘 화장을 못 해서…… 가는 길에 화장품 가게에서 비비 크림이라도 사야겠어요."

"그냥 둬."

먼저 신발을 신은 준성이 문을 열며 말했다. 무슨 말인가 싶어 허리를 굽힌 채, 고개만 들어 준성을 올려다봤다. 준성은 한 손으로 문고리를 잡고 시현을 내려다보며 덧붙였다.

"그게 훨씬 나은데."

나비가 심장 위에 살짝 내려앉았다가 파드득거리며 날아갔다. 신발을 신어야 하는데 손이 움직이지 않았다. 눈앞에 존재하는데도 비현실적으로 느껴지는 준성의 허스키한 음성이 마법처럼 시현을 옭아맸다.

꽤 오랜 시간 멈춰 있었던 것 같은데, 준성은 시현을 재촉하지 않았다. 시현은 정신을 차리고 떨리는 손으로 구두를 마저 신었다.

복도로 나가 엘리베이터를 향해 걸었다. 준성은 한 뼘 정도 떨어진 거리에 있었다. 행여나 그의 팔에 팔이 부딪칠까 걱정이 돼, 상체를 거의 움직이지 않고 뻣뻣하게 걸었다. 그가 걸음을 옮길 때마다 은은하게 풍겨 오는 스킨 향기가 몹시도 자극적이었다.

엘리베이터에 타, 똑같이 정면을 마주보고 섰다. 엘리베이터 문에 설치된 거울로 그의 얼굴이 보였다. 무슨 생각을 하는지 전혀 알 수 없는 느긋하고도 나른한 표정. 그래서 더욱 비현실적으로 보이는 아름다운 얼굴.

준성의 얼굴에서 간신히 눈을 떼며 시현은 생각했다.

'이제부터 사장님을 마성의 차 사장, 줄여서 마차라고 불러야겠어.'

4

출근 전에 준성의 집에 들러 아침을 차려 주고, 퇴근을 하면 준성과 함께 준성의 집으로. 간단한 저녁과 이튿날 먹을 아침을 준비한 후, 쓸고 닦고 빨고 다리고. 그런 생활을 한 지 2주일쯤 지나니, 그 모든 게 당연한 일상처럼 되어 힘들다는 생각도 들지 않았다.

주말에는 아침 일찍 방문했는데, 준성은 의외로 벌써 일어나 담배를 피우고 있었다. 아침을 먹고 청소를 끝내고 더는 할 일이 없어서 멍하니 앉아 있노라니, 준성이 카드를 내밀며 말했다.

"필요한 거 사."

이왕 이렇게 된 거, 막 써 주겠다는 생각으로 텔레비전부터 오디오, 컴퓨터까지 필요한 것들을 다 질러버렸다. 끊임없이 배달되어 오는 물건들을 보며 놀랄 줄 알았던 준성은 오히려 가소롭다는 표정을 지었다.

"이게 다야?"

오기가 생겨서 이튿날에도 쇼핑을 했다. 이번에는 굳이 필요하지도 않은 장식품들부터, 도저히 이 집과는 어울리지 않는 커다란 분홍색 곰 인형까지 사버렸다. 시현보다 더 클 것 같은 곰 인형이 배달되었을 때, 준성은 살짝 미간을 좁히긴 했지만 뭐라고 하진 않았다.

정신을 차리고 보니, 준성의 집은 완전히 시현의 취향으로 변해 있었다. 하지만 준성은 소파만 있으면 취향 따위는 아무래도 상관없는 듯 보였다.

그렇게 시간을 보내면서도 틈틈이 포장마차로 향했다. 준성에게 이만큼 인정받을 수 있었던 것은 명성이 사준 옷 덕분이기도 하니까, 바쁘다고 해서 포장마차의 일을 등한시할 수는 없었다.

포장마차 대리인인 명성은 언제나 부드러운 미소를 지어줬고, 가슴이 달달해질 정도로 다정하기까지 했다. 거기에 돈도 많으니 아마도 굉장한 바람둥이일 거란 생각이 들었다. 하지만 경계심이 생기진 않았다.

하루 일과를 마치고 포장마차에 들러, 요리를 하며 수다를 떠는 것이 시현에게는 유일한 낙이었다. 그 시간만큼은 다른 것들을 다 잊고 편하게 있을 수 있었다.

그리고 오늘, 그 유일한 낙이 사라졌다.

포장마차에 들어가기 전부터 맛있는 냄새가 나서,

"와, 아저씨! 이제 혼자 요리도 하실 수 있게 됐네요!"

라고 말하며 들어갔는데, 명성이 아닌 원래의 주인이 서 있었다.

"전 원래 혼자 요리도 할 줄 아는데요."

오랜만에 만난 포장마차 주인은 전과 다름없이 수더분하게 웃으며 시현을 반겼다.

"아…… 여행은 잘 다녀오셨어요?"

"네. 무사히 다녀왔어요. 오랜만이네요."

어제까지만 해도 저 자리에는 명성이 있었다. 같이 요리를 하며 수다를 떠는 동안, 명성은 이 일에 대해서 한마디도 해 주질 않았다. 명성이 이토록 갑작스럽게 사라져 버린 것이 당혹스럽기도 하고, 서운하기도 하고, 심지어 슬프기까지 했다.

'뭐야…… 말 한마디도 없이.'

사실 명성이 시현에게 자신의 일정에 대해 낱낱이 고할 이유는 없었다. 오히려 빚이 있는 건 시현이었다.

'빚도 갚아야 하는데…….'

포장마차 주인에게 연락처를 물어볼까 하다가 관뒀다. 명성이 시현에게 한마디의 언질도 없이 그만뒀다면 그럴 만한 이유가 있는 것일 테니까. 명성에게 진 빚은 적금처럼 차근차근 모아뒀다가 어느 정도 모인 후에 포장마차 주인에게 부탁을 해서 전해 주면 되겠지.

오뎅탕에 소주를 한잔 마시고 포장마차에서 나왔다. 늘 그곳에 있으리라 생각했던 명성의 부재가 사무치게 느껴졌다.

생각해 보면, 명성은 유일한 친구였던 것 같다. 퇴근 후 아무 때나 찾아가 회사 일에 대해서, 어제 본 텔레비전 프로그램에 대해서, 그날 점심 메뉴에 대해서 사심 없이 수다를 떨 수 있었던 유일한 친구.

유일한 친구가 사라진 밤은, 직장에서 잘렸던 그 밤보다 훨씬 추웠다.

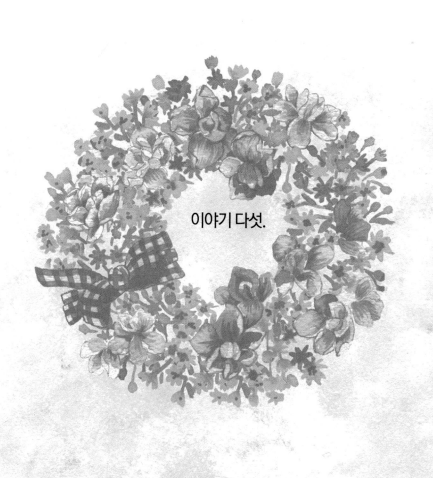

이야기 다섯.

1

저녁을 먹고 설거지를 하는데, 웬일로 준성이 소파에 가지 않고 시현의 옆에 섰다. 설거지를 하는 손에 준성의 시선이 따끔따끔하게 느껴졌다. 훈수를 두는 것도 아니면서 바짝 붙어 서 있는 준성이 신경에 거슬렸다. 한마디 하기 위해 고개를 돌린 시현은, 준성의 얼굴이 생각보다 가까이에 있어서 깜짝 놀랐다.

"뭘 그렇게 보세요?"

시현이 머리를 살짝 뒤로 빼며 물었다.

"물 흐르는 거."

"그게 그렇게 재미있으세요?"

"자네 이번 주말에 뭐 해?"

늘 그렇듯 준성과의 대화는 중구난방으로 튀었다.

"사장님 아침 차려드리고 빨래하고 청소하고…… 뭐, 늘 하던 거 하겠죠."

"자네는 약속도 없어?"

"약속도 없어서 죄송하네요."

"잘됐네."

"제가 친구 없는 게 그렇게 잘된 일인가요?"

"친구도 안 만들고 뭐 했어?"

"사장님 집안일 해드리잖아요."

"고마워."

"……도대체 저랑 무슨 얘기를 하고 싶으신 거죠?"

"주말에 시간 좀 내."

"시간이요?"

달그락, 달그락. 그릇 부딪치는 소리가 경쾌했다. 시현은 몇 개 안 되는 그릇을 깨끗하게 정리하고 돌아섰다. 준성은 그때까지도 시현의 옆에 서 있었다.

"갑자기 웬 시간이요? 아, 커피 드실래요?"

"응. 아메리카노지?"

"오늘은 카페라테요."

식후 커피는 준성의 담당이었다. 원래는 시현이 하려고 했지만 기계를 작동시키는 법을 몰라 한 번 고장을 냈더니, 그 후부터는 자연스럽게 준성이 커피를 탔다. 준성은 능숙하게 기계를 작동시켜 에스프레소를 네 개 추출하고 세 개는 자신의 잔에, 한 개는 시현의 잔에 부었다. 그리고 시현의 것에는 뜨거운 우유를 약간.

준성과 시현은 색깔만 다른, 똑같은 모양의 머그잔을 들고 소파에 앉았다.

"이번 주말에 강호 그룹에서 자선 파티를 열어."

"강호 그룹이면 그…… 컴퓨터랑 가전제품 만드는 회사죠?"

"응. 자선 파티는 돈 자랑은 물론 마음 씀씀이까지 공개적으로 내보일 수 있는 자리야. 크게 여는 행사니까 대부분의 상류층이 참가할 거고. 거기에 데려가 줄게."

시현은 눈을 동그랗게 뜨고 준성을 쳐다봤다.

"절 데려가 주신다고요?"

"응."

"그럼…… 기회네요?"

"응. 가정부 일을 잘해 줬으니까."

"와…… 정말 기회를 주시네요?"

"난 거짓말 안 한다니……."

거기까지 말한 준성은 말을 멈출 수밖에 없었다. 시현이 갑자기 준성을 끌어안았기 때문이다. 시현의 갑작스러운 행동에 준성은 눈을 크게 떴다.

"감사해요, 사장님!"

시현의 목소리가 준성의 귓가에 울렸다.

"정말 감사해요, 사장님! 우와, 정말 감사해요!"

쩌렁쩌렁 울리는 목소리를 들으며, 준성은 피식 웃음을 흘렸다.

시현이 회사에 입사한 지 한 달이 다 되어가는 동안, 아무것도 할 수 있는 게 없었는데 처음으로 기회가 생겼다. 그 기쁨에 다른 걸 생각할 겨를도 없이 준성을 끌어안고 말았다. 뒤늦게 자신이 너무 오버했다는 사실을 깨달았지만, 어떤 식으로 준성에게서 떨어져야 할지 알 수 없었다.

'난 제정신이 아닌 게 분명해.'

자기가 끌어안은 주제에 확 밀쳐버릴 수도 없고, 그렇다고 어물쩍 넘기며 떨어지는 것도 민망할 것 같아서, 준성의 목을 꽉 끌어안은 채로 굳어 있었다. 차라리 준성이 한마디 해 줬으면 좋겠는데 언제나 그렇듯 준성은 나무라지도, 재촉하지도 않았다.

시현이 입을 다물자 침묵이 내려앉았다. 조용한 침묵 틈으로 시현과 준성의 숨소리만 은은하게 퍼졌다. 그러다 어느 순간부터 시현의 심장 박동이 빨라지기 시작했다. 평소보다 빠르고 큰 심장 뛰는 소리가 준성의 귀에도 들릴 것이 분명했다.

게다가 가슴 부분이 준성의 팔에 닿아 있어서, 두근거림이 전해질 것 같았다.

'어떡하지?'

고민이 되는 와중에도, 팔 안에 가둬진 그의 체온이 좋았다. 바로 앞에서 흩날리는 그의 향기에 취할 것만 같았다.

시현은 마른침을 꼴깍 삼키며 팔에서 살짝 힘을 뺐다. 이러면 알아서 빠져나가겠지.

하지만 준성은 빠져나가지 않았다. 워낙 게으른 사람이니 빠져나가는 것조차 귀찮아서 가만히 있는 게 분명했다.

가만히 앉아 있던 준성이 천천히 고개를 돌렸다. 자칫 잘못하면 코끝이 부딪칠 정도로, 서로의 숨결이 얽힐 정도로 가까운 거리. 여느 때보다도 가까이에 있는 준성의 눈동자를 똑바로 마주할 수 없어서 눈을 질끈 감았다가, 이 상황에서 눈을 감는 게 더 이상하다는 것을 깨닫고는 다시 눈을 떴다.

"그럼 주말에 갈 거지?"

이런 와중에도 준성은 동요한 기색이 없었다. 혼자서 두근거리고 당황한 자신이 바보처럼 느껴질 정도였다.

"아, 네……."

대답하면서 은근슬쩍 팔을 풀고 준성에게서 떨어져 앉았다.

"어떻게 입고 가야 될까요?"

준성의 얼굴을 똑바로 볼 수가 없어서, 애꿎은 머그잔만 노려보며 물었다.

"글쎄. 원하는 대로."

"파티에 가서 주의할 건 없어요?"

"너무 많이 먹지 마."

"저 그렇게 많이 먹는 편은 아니거든요. 사장님이 적게 드시는 거죠."

"자넨 접시도 먹을 것 같아서 무서워."

"별걸 다 무서워하시네. 걱정 마세요. 사장님을 먹진 않을 테니까."

"그거 고맙군."

가슴이 설레었다.

개강 파티, 100일 파티 같은 건 가봤지만, 대기업에서 주최하는 제대로 된 파티에 가는 건 처음이었다. 그곳에 올 수많은 사람들이 전부 VIP일 거라고 생각하니 긴장이 됐다.

원래부터 VIP의 존재를 특별하게 생각했던 건 아니다. 아무리 돈이 많아도 다 똑같은 사람이겠거니, 그렇게만 생각했다. 하지만 로운에 들어온 후로 그 생각이 달라졌다. VIP는 시현이 생각했던 것보다 더 대하기 힘든 사람들이었다.

그들의 취향을 하나, 하나 맞춰주지는 못하겠지만 적어도 무시당하지 않을 정도는 되어야 한다. 그 때문에 그동안 회사에서 상류층 사회의 잡지와 책들을 열심히 읽어뒀다.

로운에 가입한 사람들 중 몇 명이나 오게 될지는 모르겠지만, 안면을 트는 것만으로도 반 이상은 해낸 거다. 로운에서 꼭 하고 싶은 일이 있으니, 이번 기회를 놓치지 않겠다고 시현은 다짐했다.

2

　명성은 자신의 앞에 앉아 있는, 한때 동생의 연인이었던 여자를 응시했다. 일이나 파티 때문에 가끔 마주치는 일은 있었지만 이렇게 단둘이 만나는 건 처음이었다. 별로 만나고 싶지 않은 사람이지만, 괜한 일로 만나자 하는 여자는 아니기에 어쩔 수 없이 약속 장소에 나왔다.

　예나는 여전히 아름다웠지만 한편으로는 지쳐 보였다.

　"오랜만이에요, 오빠."

　"반년만인가? 재성에서 연 파티에서 봤었지?"

　"네. 그땐 제대로 인사도 못 드리고…… 죄송해요."

　"죄송할 건 없지. 우리가 따로 인사를 나눌 만한 사이는 아니니까."

　명성의 차가운 말에 예나가 힘없이 미소를 지었다. 남자의 보호 본능을 자극하는 청초한 모습.

"어쩐 일로 보자고 한 거야?"

"부탁을 드리고 싶은 게 있어서요."

"부탁?"

예나의 할아버지는 정계에서 힘을 가진 국회의원이었고, 아버지는 잘나가는 무역 회사의 사장, 어머니는 유명 대학의 교수였다. 모든 것을 다 가진 예나에게 '부탁'이라는 단어는 어울리지 않았다.

"윤예나가 나한테 부탁할 게 있단 말이야? 내가 가진 거라고는 백화점밖에 없는데…… 하지만 네가 원하면 백화점도 살 수 있잖아."

"준성 오빠를…… 말려 주세요……."

짐작했던 말이었다. 명성은 서늘한 눈빛으로 예나를 응시했다.

"오 년이에요. 준성 오빠가 대영 오빠의 일을 방해한 기간이. 오 년 동안 대영 오빠는 자기가 가진 걸 다 쏟아 부었어요. 하지만 준성 오빠를 이길 순 없었죠. 파스텔은 대영 오빠한테 남은 마지막 하나예요. 그것마저 뺏기지 않도록, 준성 오빠를 좀 말려 주세요."

예나의 음성은 절박했다. 하지만 명성의 표정은 누그러지지 않았다.

"글쎄. 그건 본인들의 문제 아냐?"

"파스텔 VIP 고객이 이젠 별로 안 남았어요. 어제만 해도 다섯 명이 로운으로 옮겼어요. 하루 만에 다섯 명. 해성의 힘이 버티고 있으니 가능한 일이겠죠. 하지만 대영 오빠의 뒤엔 아무것도 없어요. 자존심 때문에 제 힘을 빌리려고 하지도 않으니까요. 전 대영 오빠를 도울 방법이 없어요."

"성대영은 혼자의 힘으로 해내고 있고, 차준성은 부모 힘을 빌려서 하고 있으니 부당하다는 말을 하고 싶은 건가?"

"그런 건 아니에요. 배경도 능력이니까."

"하지만 넌 잘못 생각하고 있는데? 내 동생도 자존심이 있는 놈이라서 말이야, 그렇게 쉽게 부모님의 손을 빌리지는 않지."

"하지만……."

"하고 싶은 말이 뭔지는 알겠어. 하지만 그건 내가 끼어들 문제가 아니야. 사랑하는 여자가 있었고, 그 여자가 가장 친한 친구 놈과 결혼을 해 버렸지. 그런 상황에서 행복을 빌어 주며 잘 가라고 인사를 할 남자가 몇이나 될 것 같아?"

"준성 오빠는 정도가 지나쳐요."

"정도가 지나치진 않아. 내가 봤을 땐 딱 적당해. 흉기를 들고 가서 난동을 부린 것도 아니고, 널 납치해서 가둬둔 것도 아니고, 집안의 권력을 이용해서 두 사람의 결혼을 방해한 것도 아니잖아. 이 정도면 아주 긍정적인 모습이지 않아?"

"하지만 대영 오빠에겐 잘못이 없잖아요. 제가 대영 오빠를 선택한 것뿐인데…….”

“성대영은 인형이 아냐. 널 거부할 수도 있었지만 친구를 버리고 너와 결혼하는 걸 택했지. 이건 성대영의 선택에 대한 결과물이야. 아마 성대영도 예상했겠지. 차준성이 이런 식으로 덤벼들리라는 걸. 오히려 문제는 너한테 있는 거 아냐?”

명성의 차가운 질책에도 예나의 기품 있는 자세는 무너지지 않았다. 예나는 무릎 위에 두 손을 가지런히 올려두고 명성의 다음 말을 기다렸다.

“성대영이 변했다는 말이 심심찮게 들려오더군. 밖에서 그 정도인데 집에선 더하겠지. 그럼 성대영은 왜 변했을까? 차린 회사가 망해서? 자기가 친구보다 못나서? 성대영이 그런 걸로 변할 녀석이 아니라는 건 네가 더 잘 알 거야. 시작하는 자본금 자체가 다르니 차준성이 작정하고 덤벼들면 회사가 망하는 건 당연한 거고, 성대영보다 차준성이 잘난 것도 어제오늘 일이 아니니까.”

명성은 담담히 말을 이었다.

“성대영이 변한 건 아마도, 친구까지 버리고 선택한 여자의 마음이 아직까지도 친구를 향해 있다는 걸 눈치챘기 때문이겠지.”

인형처럼 앉아 있던 예나의 얼굴에서 핏기가 빠져나갔다. 예나는 창백한 얼굴로 명성을 노려봤다.

"전 준성 오빠를 사랑하지 않아요."

"그건 내가 상관할 일이 아니야. 내가 잘못 안 거라면 어쩔 수 없는 거고. 다만 내가 말하고 싶은 건……."

"……."

"내 동생에게 다시 돌아올 생각하지 마. 성대영과의 결혼 생활이 네가 상상했던 것과 달라도 그건 네가 책임질 문제지, 내 동생이 책임질 문제는 아니야. 도망치고 싶으면 다른 데로 도망쳐. 우리 형제한테 나 이만큼이나 내 남편을 생각하는 여자다, 그런 모습을 보여 놓고 은근슬쩍 도망쳐올 생각하지 말고."

예나의 자세는 조금 전과 다름없었지만 숨결이 거칠어졌다. 예나는 분노를 가라앉히기 위해서인지, 정곡을 찔린 걸 감추기 위해서인지 흐트러진 호흡을 가다듬기 위해 애쓰고 있었다. 명성은 그런 예나를 잠시 노려보다가 자리에서 일어났다. 더는 이 여자와 한자리에 있고 싶지 않았다.

"전 차준성한테 돌아갈 생각 없어요. 전 제 남편을 사랑하고 있다고요!"

뒤에서 예나의 목소리가 들려왔지만, 명성은 돌아보지 않았다.

그녀는 모를 것이다. 그녀가 떠난 후, 준성이 하루에 몇 갑의 담배를 피우는지. 얼마나 황량한 집에서 생활하는지. 얼마

만큼 많은 밤을 회사에서 지새우는지. 자기 멋대로 준성의 마음을 해석하고, 편한 곳으로 도망쳐버린 그녀는 절대로 모를 것이다.

3

허리 라인이 부드럽게 들어간 연두색 롱 드레스는 정후가 골라줬다.

이번 자선 파티에 준성과 함께 가기로 했다는 말을 들은 정후는 굉장히 놀라더니,

"그럼 우리 같이 사장님을 좀 놀라게 해줍시다."

라며 토요일 오전에 만나자고 했다. 약속시간에 맞춰 회사에 가니 기다리고 있던 정후가 시현을 차에 태우고 부티크샵으로 향했다.

"사장님 카드니까 마음껏 써봅시다."

"그래도 될까요?"

"사장님이 초대를 하셨으니 사장님이 책임을 지셔야죠."

준성과 관계된 일이라면 정후는 가끔씩 이상한 논리를 밀어붙이곤 했다.

고급스러운 샵에 들어가, 정후는 그곳의 주인이라도 되는

듯 옷을 골라주었다. 수십 벌의 드레스를 입어본 후, 마지막으로 남은 것이 하늘색 미니 드레스와 연두색 롱 드레스. 일생일대의 선택지 앞에 놓인 듯 진지하게 고민을 하던 정후가 결국 고른 건 연두색 롱 드레스였다.

부드러운 실크 재질의 드레스는 가슴 부분이 적당히 파여 있었고, 어깨를 한껏 드러나게 했다. 입으면 몸의 곡선을 부드럽게 떨어뜨려 날씬해 보이는 그런 드레스였다.

드레스에 어울리는 구두와 목걸이, 팔찌. 거기에 헤어스타일과 메이크업까지 손을 봤더니 어느새 파티 시간이 얼마 남지 않았다.

계산서에 적힌 어마어마한 가격을 본 순간 숨이 멈추도록 놀랐지만, 정후는 아무렇지도 않게 일시불로 카드를 그었다.

"비서님, 이건 정말 너무 비싼데요?"

"제 카드도 아닌데요, 뭐."

"아니, 그래도……."

"괜찮습니다, 시현 씨. 사장님이 게으르기는 해도 책임감은 있는 분이에요. 파트너한테 옷 한 벌 사주는 정도로 노여워하진 않으실 겁니다."

시현이 보기엔 노여워하기에 충분한 금액이었지만, 정후는 자기가 책임질 테니 걱정 말라고 호언장담을 했다. 시현으로서는 걱정 말라고 하니 걱정하지 않는 수밖에 없었다.

"뒷좌석에 앉으세요."

시현이 당연한 듯 조수석에 앉으려고 하기에 정후가 먼저 뒷문을 열어 주었다. 공주님을 모시듯 조금 과장스럽게 모션을 취했더니, 시현의 볼이 발그레 달아올랐다.

정후는 무슨 일이 있을 때마다 뺨이 발그레 붉어지는 시현의 모습을 보는 것이 즐거웠다. 순수한 소녀 같은 모습이라서, 보고 있으면 가슴이 풋풋해졌다.

따지고 보면 시현이나 정후나 나이 차이가 많이 나는 것도 아닌데 어째서 이토록 잘 보살펴줘야 하는 어린 동생처럼 느껴지는 건지 모르겠다. 이런 면 때문에 여성 혐오증이 있는 준성도 시현을 밀어내지 않는 걸까.

사실 준성과 자선 파티에 가게 되었다는 말을 들었을 때는 깜짝 놀랐다. 준성은 사람이 많은 곳을 싫어했고, 격식을 따지는 상류층의 파티는 무슨 알레르기라도 있는 것처럼 피했다. 강호 그룹의 자선 파티는 일 년에 한 번씩 열리는 커다란 파티로, 참가자들도 많은 편에 속했다.

매년 정후가 아무리 애원을 해도 참가하지 않았던 강호 그룹의 자선 파티에 스스로 참가 의사를 밝히다니. 천지가 개벽할 일이었다.

'그러고 보니…… 윤예나 씨를 만나고 온 날에도 집에서 주

무셨지.'

준성과는 아주 오래전부터 알아왔기에, 준성이 왜 집에 잘 들어가지 않는지도 알고 있었다. 준성이 살고 있는 오피스텔은 예나와 함께 돌아다니며 고른 오피스텔. 어쩌면 두 사람의 첫 보금자리가 됐을지도 모르는 공간이었다. 예나의 취향으로 채워졌던 그곳은 예나가 떠나는 날 깨끗이 비워졌다.

5년 동안 준성의 마음이 비어 버린 것처럼, 준성의 집도 깨끗하게 비워져 있었다. 그런데 얼마 전 준성의 집을 방문했을 땐, 제법 사람 사는 모양새를 갖추고 있었다.

정후는 백미러로 시현을 쳐다봤다. 시현은 들뜬 듯 상기된 표정으로 차창 밖을 내다보며 정체 모를 노래를 흥얼거리고 있었다. 연두색 청초한 드레스와 어울리는 연한 화장을 한 시현은 놀랍도록 사랑스러웠다. 숲의 엘프라고 해도 믿을 사람이 나올 정도였다.

'설마…… 사장님이 시현 씨를……?'

의심스러울 수밖에 없는 상황이었다.

처음에는 성대영에게 창피를 준 여자라서 관심을 보였다고만 생각했는데, 지금까지 준성의 태도를 돌이켜보면 '관심'이라는 단어로만 표현하기에는 무리가 있었다. 여자라는 생물이 사장실에 침입해 함께 점심을 먹고, 대화를 하고, 심지어 집까지 드나드는데도 준성은 그것에 대해 가타부타 말이 없었다.

지금쯤이면 귀찮다고 투덜대면서 시현을 자르라는 소리를 할 법도 한데.

'하지만…… 시현 씨는 사장님 스타일이 아닌데.'

이전에 사귀었던 예나는 어른스럽고 병약해 보이는 스타일이었다. 하지만 시현은 아무리 좋게 봐줘도 병약해 보이진 않았다.

'에이, 뭐…… 내가 상관할 일이 아니지.'

준성이 시현에게 관심이 있든 없든, 그건 정후가 신경 쓸 문제가 아니었다. 정후는 그저 시현이 준성을 아주 귀찮게 만드는 걸 보고 싶었고, 나아가 시현이 회사에서 어디까지 해낼 수 있는지를 알고 싶었다.

저는요, 비서님. 자존감은 쥐뿔도 없는 주제에 자존심만
엄청 세요.

회의실에서 담담하게 이야기하던 시현의 표정이 아직도 눈에 선했다. 조금도 꾸며내지 않은 어른스러움이 자연스럽게 흘러나오는 그녀를 보며 '이 여자는 정말 긍지가 높구나.'라는 생각을 했다. 성대영에게 '아저씨'라고 부를 때보다 훨씬 더 마음에 들어서, 그녀가 원하는 것을 꼭 이루었으면 좋겠다는 바람까지 갖게 되었다.

"아, 비서님. 정말 죄송해요."

파티장에 거의 도착했을 때, 시현이 생각났다는 듯 말했다.

"네?"

"그러니까…… 하아…… 제가 사장님 파트너로 파티에 가는 거요. 그거 정말 별 의미 없는 거거든요. 파트너를 한 명만 동반해야 한다는 것도 몰랐고요. 원래는 비서님이 함께하셨어야 하는 자리인데."

가끔씩 시현은 정후가 이해할 수 없는 말을 하곤 했다. 정후로서는 시현이 준성을 상대해 주는 것이 고마울 따름이다. 도대체 어느 바보가 차준성의 옆자리에 앉아서 말상대를 해 주는 걸 좋아하겠는가. 로운의 사원들조차도 시현과 준성이 점심을 함께 먹는다는 얘기를 듣고는 안됐다며 명복을 빌어줬을 정도였다.

"저한테 죄송하실 건 없습니다. 큰 의미가 있는 일이라도 괜찮고요. 여하튼 시현 씨에게는 좋은 기회니까 많은 분들과 안면을 트고 오시기를 바랍니다."

"충고해 주실 건 없나요?"

"음…… 결혼은 젊은이들이 하지만 결혼의 진행은 그들의 부모가 하게 됩니다. 성혼에 대한 사례를 지불하는 것도 그들의 부모고요. 시현 씨가 연세 있으신 분들과 잘 통하는 분이었으면 좋겠네요."

준성은 파티장 입구에 서 있었다. 멀리에서도 준성은 눈에 띄었다. 단정하게 차려입은 검은색 슈트와 진회색 코트. 그리고 넥타이 매는 게 귀찮아서 선택했을 나비넥타이.

담배를 피우는 준성을 알아본 사람들이 준성에게 아는 체를 했다. 그럴 때마다 준성은 가볍게 고개를 숙여 답례를 했는데, 멀리서도 준성이 귀찮아하는 게 느껴졌다.

좀 더 괴롭힐까 싶은 마음에 바로 다가가지 않고 차를 멈춰 세웠지만 길게 시간을 끌진 않았다. 기다리는 시간이 길어지면, 그대로 택시를 잡아 집으로 돌아갈 게 분명한 사람이니까.

입구를 향해 차를 천천히 움직였다. 뒤늦게 차를 알아본 준성이 느릿한 걸음걸이로 다가왔다.

'시현 씨를 보면 놀라겠지?'

괜히 으쓱해졌다.

"시현 씨, 잠깐 기다리세요. 제가 문 열어드리겠습니다."

정후는 시현의 대답을 듣지도 않고 먼저 차에서 내렸다.

"사장님, 일찍 오셨네요."

"자네가 늦은 거야."

"시간은 정확하게 지켰는데요. 담배 좀 끄세요. 옷에 냄새 뱁니다."

"응."

준성이 근처에 있는 재떨이로 걸어가기 위해 등을 돌렸을 때, 정후는 뒷문을 열어 시현이 내릴 수 있도록 도와주었다. 뒷문을 닫았을 때, 담배를 끈 준성어 몸을 돌렸다. 그리고 시현을 발견했다.

준성의 두 눈이 똑바로 시현을 향하고 있었다. 그저 놀랄 줄로만 알았다. 하지만 준성의 눈동자에 담긴 감정은 놀람 그 이상이었다. 구경꾼인 정후의 얼굴조차 붉어질 정도로 강렬하고 농밀한 시선. 그 눈동자에 담긴 뜨거운 감정이 고스란히 내비쳐, 정후는 마른침을 꿀꺽 삼켰다.

반사적으로 시현의 표정을 확인했다. 시현도 저 눈빛을 눈치챘을까.

하지만 시현은 조금도 눈치챈 것 같지 않았다.

"어우, 드레스 끌리면 어쩌죠?"

"대여한 거야?"

그제야 준성의 눈에 담겨 있던 농밀한 무언가가 사라졌다.

"아뇨, 그런 것 같진 않은데……."

"그럼 진흙탕에서 굴러도 상관없잖아."

"아니, 비싼 옷 입고 굳이 진흙탕에서 구를 이유가 없잖아요."

"자네 언어 영역 몇 점 받았어?"

"하도 오래전 일이라서 가물가물하네요."

"알츠하이머 맞네."

"그냥 기억력이 안 좋은 거라니까요."

둘은 만담 커플처럼 주제를 알 수 없는 대화를 주고받았다. 방금 전 보았던 그 강렬한 감정이 전부 거짓말인 듯 느껴졌다. 하지만 정후는 확신했다.

'우와. 사장님이 시현 씨를 엄청 좋아하시는구나. 뭐, 나랑은 상관없지만.'

해성 그룹 막내 아드님이 여자와 함께 파티에 참가한 것은 연회장에 있는 모두를 놀라게 하는 일이었다. 하지만 시현은 사람들의 반응보다는, 자선 파티라고는 생각할 수 없을 만큼 호사스러운 연회장의 분위기가 더 놀라웠다. 자선 파티라고 하기에 조금쯤은 자중하는 태도로 수수하게 연회를 즐기며, 제삼세계의 배고픈 아이들을 위한 대화 같은 걸 나눌 줄 알았기 때문이다.

"제가 생각했던 거랑 너무 달라요."

시현이 작은 목소리로 속삭였다.

"뭘 생각한 거야?"

"좀 진지할 줄 알았는데."

"더 이상 어떻게 진지해? 저 고상한 척하는 표정들을 봐."

"사장님은 권력과 부의 정점에 계시면서도 부자들한테 되게 가차 없네요."

"정점에 있는 건 내 부모님이겠지."

"부모님이 곧 사장님이죠."

"아니, 부모님은 부모님일 뿐이야. 나랑은 아무런 상관없지."

시현은 사람들에게서 눈을 떼고 준성을 올려다봤다.

"정말 그렇게 생각하세요?"

"자넨 생각하지도 않은 말을 하기도 해?"

"가끔 놀라면 개 소리를 내면서 짖기도 하거든요."

"뇌에 이상이 있는 거 아닌가?"

"사장님은 제 뇌에 이상이 있었으면 좋겠어요?"

"그런 게 좋을 리 없지. 하지만 자네는 이상이 있어 보여. 검사를 받는 게 좋을 것 같은데."

"그런 말씀을 진지하게 하지 좀 마세요. 꼭 진담인 것 같잖아요."

"진담이야."

얄미운 소리만 하는 남자지만, 조금 전의 말은 제법 강렬히 가슴에 꽂혔다.

부모님은 부모님일 뿐이야. 나랑은 아무런 상관없지.

들고 싶었던 말이, 누구보다도 부모의 혜택을 많이 받은 준성의 입에서 나올 줄은 몰랐다. 불우한 가정환경에 처해 있는 사람들이 열등감을 감추기 위해서 하는 말인 줄로만 알았는데.

준성은 거침없이 둥근 테이블 중 하나로 향했다. 흰색 천으로 덮인 4인용 둥근 테이블에는 각각 좌석을 지정하는 팻말이 놓여 있었다. '차준성', '이시현' 둘의 이름이 나란히 적힌 자리에 가서 앉았다.

도착하자마자 자리에 앉은 사람은 준성과 시현뿐이었다. 대부분은 연회장 중앙에 삼삼오오 모여서 기품 있는 미소를 지으며 친분을 쌓고 있었다. 시현이 이 파티에 온 것도 친분을 쌓기 위해서였기에 그냥 앉아 있으려니 마음이 초조했다.

"사장님, 저희도 가서 인사하고 그래야 하는 거 아니에요?"

"아니야."

"하지만 다들 인사하고 그러는데……."

"그냥 있어."

해성 그룹의 막내 아드님쯤 되는 사람은 그냥 있어도 된다는 걸 시현은 전혀 몰랐다. 그냥 있을 뿐인데, 준성을 알아본 사람들이 테이블 근처로 다가오기 시작했다. 그들은 상냥한 미소를 짓고 있었지만, 시현의 눈엔 먹잇감을 노리는 하이에나처럼 보여서 가슴 한편이 서늘해졌다.

바짝 긴장해 있는데, 준성이 손등으로 시현의 무릎을 툭 쳤다.

"긴장하지 마. 자네는 내 파트너니까."

"아, 넵!"

"목소리가 커. 저들이랑 안면을 트고 관계를 유지하고 싶다면 내 파트너라는 걸 각인시켜줘야 돼. 로운 클럽 사장의 파트너로서 어떻게 행동해야 할지는 공부하고 왔지?"

회사에서는 나무늘보처럼 느릿느릿 행동하던 준성이지만 이곳에서는 확실히 달랐다. 느릿하다는 말보다는 느긋하고 여유롭다는 표현이 어울리는 행동과 차가운 느낌이 들 정도로 가라앉은 눈빛이 낯설었다. 시현이 원하는 대로 꾸민 거실의 소파에 나란히 앉아, 함께 텔레비전을 보던 그 남자가 아닌 것 같았다.

"차 사장, 이거 오랜만입니다. 이런 자리에 오실 줄은 몰랐는데요."

나이가 지긋해 보이는 중년의 남자가 오늘의 첫 타자였다. 그 남자를 시작으로 너도나도 준성에게 달려들었다.

여기서 볼 줄은 몰랐다. 올 줄 알았으면 우리 딸도 데리고 올 걸 그랬다. 회사는 잘되어 가냐. 소식은 자주 들었다.

틀에 박힌 인사말이 오간 후, 그들은 당연하다는 듯 시현에게로 관심을 돌렸다.

"그런데 같이 오신 분은……?"

"제 파트너입니다."

준성의 말투는 정중했지만 비굴하진 않았다. 시현은 이제부터 시작이라는 걸 깨달았다. 정중하지만 비굴하지 않게, 예의바르지만 굽실거리지 않고. 준성의 파트너로서 손색이 없게 행동해야 했다.

충분한 시간을 들여 천천히 일어나 자신을 쳐다보는 사람들과 한 번씩 눈을 맞췄다. 호기심과 적개심과 질투. 거짓말로도 호감이라고 부를 수 없는, 날 선 감정 가득한 눈빛이 모여 시현을 공격했지만, 시현은 주눅 들지 않았다. 이 정도에서 무너질 거였으면 애초에 시작도 하지 않았을 것이다.

마지막 사람에게까지 시선을 보낸 후, 시현은 부드럽게 미소를 지었다. 시현이 지을 수 있는 가장 어른스럽고 기품 있는 미소. 비록 만들어낸 거지만 자연스럽게 얼굴 전면으로 번지는 그 미소는, 적개심을 품고 쳐다보는 이들마저 내심 감탄할 정도로 아름다웠다.

"안녕하세요. 이시현이라고 합니다. 앞으로 종종 뵙게 될 텐데, 잘 부탁드립니다."

평소의 당찬 목소리가 아닌, 한 톤 낮은 매력적인 음성으로 자신을 소개했다. 옆에 서 있던 준성마저도 놀란 듯 시현을 쳐다봤다.

"시현 씨는 어느 댁 자제분이신가? 들어본 적이 없는

데……."

제일 처음 준성에게 말을 걸었던 남자가 물었다.

"저는……."

대답하려는데, 준성이 시현의 말을 끊었다.

"로운의 고급 인력입니다."

시현은 눈을 크게 뜨고 준성을 쳐다봤다. 준성이 이런 식으로 도움을 줄 거라고는 생각도 하지 못했다. 준성의 성격상 이 파티에 데려와 준 걸로 끝낼 줄 알았는데.

"현재는 제 수족으로 활동하고 있습니다."

"아…… 김 비서님은 어딜 가고요?"

"김 비서가 모든 걸 다 잘하는 건 아니니까요. 김 비서가 할 수 없는 일을 하고 있습니다."

확실히 정후가 할 수 없는 일을 하고 있기는 했다. 계란죽과 소고기죽을 맛있게 끓이고, 구김 없이 빨래를 하는 건 시현만의 노하우니까. 하지만 준성의 소개는 시현이 하는 일이 '집안일'이 아닌, 다른 굉장한 일인 듯 보이게 했다.

'고마워요, 사장님.'

그 순간 시현은 준성을 위해 평생 충성을 바쳐도 좋다는 생각까지 했다.

모였던 사람들이 떠난 후, 또 다른 무리들이 다가왔다. 그러기를 몇 차례 반복한 후에야 한숨 돌릴 시간이 생겼다. 준성과 인사를 하고 간 사람들은 여기저기 흩어져서 이쪽을 흘끗흘끗 보며 작은 목소리로 무언가를 이야기하고 있었다.

"사람들이 절 쳐다보는 것 같아요."

"내 파트너니까."

거만한 대답이었지만 얄밉지 않았다.

"그나저나 회사에서의 사장님과 대외적인 자리에서의 사장님은 완전히 다르네요. 밖에서도 회사에서처럼 뒹굴거리실 줄 알았는데."

"그렇게 일해서 어떻게 로운을 키웠겠어?"

"로운이 사장님이 키운 회사가 맞긴 맞군요."

"자네는 날 뭐라고 생각하고 있었던 거야?"

"로운 클럽의 마스코트, 나무늘보."

"……."

"그런데 사장님, 궁금한 게 있는데요."

시현이 짐짓 심각한 표정으로 허리를 굽히고 은밀하게 속삭였다.

"밥은 언제 먹어요?"

"……."

준성이 주최 측에 말을 해 둔 건지, 이 테이블에는 준성과 시현뿐이었다. 시현을 훔쳐보던 시선들도 어느 정도 시간이

지난 후에는 사라져서, 느긋한 저녁을 즐길 수 있었다.

식사는 깔끔하게 차려입은 웨이터가 테이블로 직접 가져다 주었다. 전체요리부터 시작하는 프랑스식 코스 요리였다. 고급 요리라고는 3만 얼마짜리 뷔페에서 먹어본 게 전부였기에, 말로만 듣던 프랑스식 코스 요리라는 말에 가슴이 부풀었다. 하지만 요리가 나올수록 시현의 얼굴은 실망으로 구겨졌다.

"양이 너무 적어요."

"끝까지 다 먹으면 배불러."

"너무 천천히 나오잖아요. 감질나게."

"그럼 내 거 먹어."

"그건 안 되죠. 차준성 파트너로서의 품격을 지켜야 하는데……."

"그나마 생각이라는 걸 해서 다행이군."

"그래도 사장님 접시에 요리 남아 있는 거 보면 다 먹어 버리고 싶으니까 얼른 다 드세요."

"그건 무슨 논리야?"

"얼른요. 안 그러면 게걸스럽게 다 뺏어먹을 거예요."

"자네는 정말……."

준성은 시현이 귀찮아서 견딜 수 없다는 표정을 지었지만, 결국은 포크를 손에 들었다. 단순히 씹기 귀찮다는 이유로 순두부와 죽을 즐겨 먹는 준성에게 채소와 고기 요리는 최악의 요리. 하지만 시현이 게걸스럽게 먹어 버리는 꼴을 보느니, 귀찮아도 깨끗이 비우는 편이 나았다.

"막상 씹어 보니까 별거 아니죠?"

"난 채소를 좋아하지 않아."

"야채죽은 잘만 드시던데요, 뭐."

"요리의 완성은 무름에 있지. 얼마나 무르게 만들었는가."

"사장님, 그러다 진짜로 치아가 퇴화될 걸요. 어쩌면 식물이 되어 버릴지도 몰라요. 물만 주면 자라는 식물."

"그것도 괜찮겠네."

준성의 말대로 코스 요리의 마지막에 이르자 어느 정도 포만감이 느껴졌다. 디저트로 나온 것은 양젖으로 만들었다는 진하고 달콤한 아이스크림이었다. 호강한다는 느낌이 저절로 들 만큼 달콤한 아이스크림을 혀 위에서 살살 녹이고 있을 때, 자선 파티를 주최한 강호 그룹의 회장이 단상 위로 올라왔다.

머리가 희끗희끗한, 꽤 성격 있을 것 같은 노인이었다.

노인은 까랑까랑한 목소리로 식사는 입에 맞았냐, 오늘도 자리를 함께해 주셔서 감사하다, 세상에는 힘들게 살아가는 사람들이 많이 있다, 적어도 가장 기본적인 음식의 문제라도 해결할 수 있게끔 힘을 모아줬으면 좋겠다, 라는 이야기를 했다. 얘기 중간마다 간간이 섞이는 농담들에 사람들은 무척이나 고상한 웃음소리로 답했다.

20분가량의 연설이 끝났다. 참가자들은 노인이 단상에서 내려갈 때까지 자리를 지켰다. 그 후에는 처음과 비슷한 분위기로 돌아갔다. 친목을 위해 삼삼오오 모여 작은 목소리로 대화를 나누고, 기품 있는 웃음을 짓고.

습관적으로 준성을 쳐다봤지만 준성은 이제부턴 알아서 하라는 듯 아무 말도 하지 않았다. 아까부터 준성에게 말을 걸고 싶은 듯 움찔거리던 여자가 다가오려고 하기에, 시현은 서둘러 가장 궁금했던 것을 물었다.

"사장님, 여기 화장실 어디에 있어요?"

긴장을 한 탓인지 속이 매스꺼웠다. 그저 사람과 사람이 만나는 자리라고 생각하면 그만이지만, 인생이 걸린 중요한 기회라고 생각하니 좀처럼 부담감이 사라지지 않았다.

화장실은 복도 끝에 있었다. 연회장의 북적거리는 분위기와 달리 복도는 몇 명의 오가는 사람들을 제외하곤 조용한 편이었다. 화장실 세면대에서 손을 씻다, 잠시 천장을 올려다봤다.

'할 수 있어!'

라고 생각하지만, 사실은 조금 주눅이 들었다. 이번 파티가 파스텔에서 주최했던 준VIP 파티와 크게 다를 바 없을 거라고만 생각하고 있었다. 하지만 분위기가 완전히 달라서 적응하기가 쉽지 않다. 자칫 잘못 건드리면 챙, 하는 소리와 함께 깨질 것 같은 아슬아슬한 공기가 시현을 압박했다.

깨끗하고 커다란 거울에 비친 모습을 잠시 바라봤다. 값비싼 연두색 드레스를 입은 모습이 어색했다. 고급스러운 명품 정장에 익숙해지기까지도 오래 걸렸는데, 이런 드레스는 평생 익숙해지지 않을 것 같다.

'난 뼛속까지 보통사람이야. 그러니까 무서워할 거 없어. 부자들은 잃을 게 많지만 난 잃을 게 없잖아. 저 사람들 사이에서 좋은 평가를 받고 사랑을 받을 생각은 버려. 어차피 저들이랑 나는 다른 세계에 있어. 난 그 세계를 발판 삼아서 지금보다 위로 올라갈 생각만 하면 되는 거야.'

그렇게 각오를 다지고 화장실에서 나왔다.

그런데 화장실에서 나오자마자 누군가 시현의 손목을 거칠게 틀어잡았다. 깜짝 놀라 비명을 지르려 했지만, 상대의 손이 더 빠르게 움직였다. 상대의 손이 시현의 입을 틀어막았다. 시현은 버둥거렸지만 벗어날 수가 없었다. 상대가 우악스럽게 시현을 끌어당겼다. 끌려가면서 도와줄 사람이 없는지 복도를 살펴봤다. 저 멀리 연회장 입구 쪽에 누군가 보인 것 같았다.

"읍…… 으읍!"

"입 닥쳐."

시현이 소리를 치려 하자 상대가 협박조로 경고했다. 귀에 익은 목소리였다.

시현은 저항하지 못하고 화장실 맞은편에 있는 빈방으로 끌려들어갔다. 종업원들이 쉬는 곳인지 몇 개의 사물함과 타원형의 테이블, 불편해 보이는 의자들이 놓여 있었다. 상대는 안으로 들어오자마자 문을 잠그고 시현의 몸을 돌려세워 벽에 밀어붙였다. 상대의 얼굴을 확인한 시현은 눈을 크게 뜰 수밖에 없었다.

'이 사람이 왜……?'

성대영이었다.

대영은 험상궂은 얼굴로 시현을 노려봤다. 술을 마셨는지 얼굴이 불그레했고 술 냄새가 풍겨 왔다.

"네가 왜 여기에 있는 거야?"

대영이 거친 목소리로 물었다.

대답을 하려고 했지만, 대영의 손이 시현의 입을 막고 있어서 그럴 수가 없었다. 시현은 그저 간절한 눈으로 대영을 쳐다볼 수밖에 없었다.

"씨발. 네가 왜 여기 있냐고! 차준성, 그 새끼야? 그 새끼가 널 불러들였어?"

순순히 고개를 끄덕여도 되는 건지 알 수 없어서 시현은 가만히 있었다. 대영이 바닥에 침을 퉤, 뱉더니 음흉한 미소를 지었다.

"그래, 뭐. 아무래도 상관없어. 그 새끼가 날 엿 먹이고 싶어서 널 끌어들인 모양인데…… 너 같은 계집이 어디에 있든, 나한텐 문제될 게 없거든."

대영의 음산한 목소리가 신경에 거슬렸다. 입안이 바싹바싹 말랐다. 지금 대영이 짓고 있는 눈빛을 본 기억이 있다. 아주 비슷한 상황에서.

남자들이 저런 눈빛을 지으며 저런 웃음을 흘릴 때 무슨 생각을 하는지, 시현은 심장이 옥죄도록 알고 있었다. 공포와 두려움이라는 감정이 경고도 없이 폭발했다. 다른 생각을 할 여유가 없었다. 잊고 있었던, 아니, 잊으려고 노력했던 거친 숨결과 음탕한 눈빛이 실체를 가지고 시현의 목을 움켜쥐었다.

숨을 쉴 수가 없었다.

시현의 어깨를 꽉 누르고 있던 대영의 손이 어깨에 걸려 있는 드레스의 끈을 옆으로 당겼다. 끈이 흘러내리며 뽀얀 어깨가 드러났다. 대영의 눈에 굶주린 짐승처럼 게걸스러운 욕망이 떠올랐다.

철컥.

달칵.

대영은 욕망에 취해, 시현은 공포에 질려, 누군가 열쇠로 문을 열었다는 것을 알아채지 못했다.

"이런, 이런. 성 사장. 여긴 욕구를 풀기 적당한 장소가 아닌데."

상황과 어울리지 않는 가벼운 음성이 질식할 것 같던 공기를 와장창 깨뜨렸다. 대영은 총이라도 맞은 사람처럼 소스라치게 놀라며 시현에게서 떨어졌고, 시현은 와들와들 떨며 들어온 사람을 쳐다봤다.

"재미있는 얘기가 들려와서 와본 건데, 이건 전혀 재밌지 않네. 성 사장, 대체 뭘 하고 있는 거야?"

"혀, 형……님……?"

대영의 눈에 서려 있던 욕망이 순식간에 사라지고, 당혹감과 공포가 그 자리를 채웠다.

"여, 여긴 어쩐 일로……?"

"왜? 내가 오면 곤란한 일이라도 있었나?"

"아, 아뇨, 형님. 이건 오햅니다. 저는…… 그러니까…… 그래요. 이 여자가 절 유혹해서 어쩔 수 없이……."

"그래?"

"네, 형님. 전 그러고 싶지 않았는데…… 이 여자가 갑자기 들이대는 바람에……."

대영은 이 상황의 책임을 시현에게 떠넘겼다. 하지만 시현은 그걸 반박할 생각조차 하지 못했다. 조금 전 한 남자에게 당할 뻔했다는 공포의 찌꺼기가 여전히 남아 있는 데다가, 문을 열고 등장한 인물이 너무 예상 밖이었기 때문이다. 그래서 지금 일어나는 일들이 공포에 질린 나머지 자신이 만들어낸 유쾌한 상상일지도 모른다는 의심마저 들 정도였다.

"전 결혼한 몸이라고 했는데…… 절 여기로 끌어들여서…… 절 억지로…….""

"그거 대단한데? 저런 가냘픈 몸으로 성 사장을 휘두르다니…… 대단하네요, 시현 씨. 숨겨진 근육이라도 있는 겁니까?"

"……아저씨."

이 방에 들어온 후, 처음으로 입을 열었다. 달싹거리는 입술 사이로 흘러나온 목소리에 명성이 빙그레 미소를 지었다. 얼굴 전체에 부드럽게 번지는 해사한 미소를 보는 순간, 목을 움켜쥐고 있던 공포가 스르륵 물러났다. 밀물처럼 다가온 안도감에 눈물이 날 것 같았지만, 우는 대신에 눈을 크게 떴다.

"그런데 시현 씨, 유부남 킬러셨습니까?"

"그럴 리 없잖아요!"

간신히 정신을 차린 시현이 버럭 외쳤다.

"그렇죠? 전 또 시현 씨 꼬시려면 결혼이라도 해야 하는 걸까 봐 걱정했네요."

"그런 거 절대 아니에요. 절대!"

"네, 네. 어쩔 거야, 성 사장. 자네 때문에 시현 씨를 오해해서 시현 씨가 나한테 화내잖아. 나 무섭단 말이야."

"혀, 형님…… 두 분, 아는 사이……셨습니까?"

대영의 얼굴은 하얗게 질려 있었다. 전세가 역전되었지만 시현은 통쾌함을 느낄 수 없었다. 바보처럼 공포에 질려 반항도 하지 못했던 자신이 한심했다. 조금은 컸다고 생각했는데, 부당한 폭력에 맞서지 못했던 그 시절과 하나도 달라진 것이 없었다.

"아는 사이 정도가 아냐."

성큼성큼 다가온 명성이 시현의 어깨를 감싸며, 흘러내렸던 드레스 끈을 자연스럽게 올려 주었다.

"시현 씨는 나한테 요리도 해 주는 분이라고."

"……!"

대영이 경악했다.

"무슨 짓을 하고 다니는 거야, 성 사장. 나 이런 거 되게 싫어하는데."

"형님. 저, 저는…… 그럴 의도가 아니라…… 그 년…… 아니, 그분이 저한테 한 짓이 있어서……."

"한 짓? 아, 혹시…… 파스텔 파티에서 자네한테 '아저씨'라고 했던 아가씨가 시현 씨였어?"

대영이 얼굴을 붉혔다.

"그게 뭐 어때서? 시현 씨는 나한테도 아저씨라고 해. 아저씨라고 불렀다고 해서 강간해도 되는 건 아니잖아. 안 그래?"

"아, 아닙니다, 형님! 전 정말 그러려던 게 아니라……."

"어쩌려던 거였는데?"

한순간, 명성의 목소리에서 유쾌함이 사라졌다.

"내 눈엔 그렇게 보였는데, 내가 잘못 알았나 보지? 그럼 내가 납득할 만한 설명을 해 봐, 성대영."

늘 장난만 치는 사람인 줄 알았는데, 무표정한 명성은 팔뚝에 소름이 돋을 정도로 무서웠다. 시현조차도 침을 꿀꺽 삼키며 명성을 쳐다봤다. 손가락 하나만 살짝 움직여도 대영의 목을 칠 수 있다는 기세로, 명성이 다시 입을 열었다.

"설명해 보라고 했어, 성대영."

"다, 다시는…… 다시는 이런 일 없을 겁니다, 형님. 제가 취해서……."

"난 그 말을 아주 싫어해. 술이 면죄부가 되는 건 아니지."

"그럼 제가 어떻게 해야……."

"시현 씨, 어떻게 해야 좋을까요?"

"네?"

"피해자는 시현 씨니까 시현 씨가 판결을 내리세요."

"아, 그러네요!"

시현은 자괴감을 감추기 위해 일부러 더 밝은 목소리를 냈다. 대영은 명성을 대할 때와 달리, 눈을 부릅뜨고 시현을 노려봤다. 둘의 기색을 눈치챈 명성이 끼어들었다.

"시현 씨. 저 중학교 일진 흉내 좀 내도 되겠습니까?"

"네? 아, 그러세요."

명성이 고맙다는 듯 살짝 고개를 숙이더니, 험악한 표정으로 대영을 노려보며 말했다.

"눈깔아, 성대영."

대영이 움찔하며 시선을 아래로 내렸다.

"자, 시현 씨. 이제 편히 생각하셔도 됩니다."

"음, 그럼…… 연회장 단상에서 스트립쇼 어때요?"

놀란 듯 대영이 다시 고개를 들었다.

"오, 괜찮네요. 눈에는 눈, 이에는 이죠."

"하지만 형님! 전 저 여자를 스트립……."

"닥쳐, 성대영."

"윽……!"

대영은 분하다는 표정을 지었지만, 명성에게 대들진 못했다. 시현은 명성이 도대체 어떤 위치에 있는 사람인지 궁금했다. 수천만 원에 호가하는 명품 옷들을 선물해 줬을 때만 해도, '엄청난 부자인가 보다.'라고 그렇게만 생각하고 넘어갔다. 하지만 지금 이 상황을 보면 명성은 '그냥 부자'인 것만이 아니었다. 명성에겐 대영을 꼼짝 못 하게 만들 무언가가 있었다.

"뭐 해?"

나른한 목소리가 끼어들었다.

대영이 화들짝 놀라며 뒤를 돌아봤다. 준성이 입구에 비스듬히 기대어 서 있었다.

"차준성⋯⋯."

대영의 입에서 신음과도 같은 소리가 흘러나왔다. 준성은 대영이 보이지 않는다는 듯, 시현과 명성을 한 번씩 쳐다보고는 시현에게 시선을 고정시켰다.

"자네, 거기서 뭐 해?"

"사장님, 그게⋯⋯."

"오랜만에 보는 형한테 인사도 안 하기냐?"

명성이 씩 웃으며 말했다.

"형이요?"

시현의 질문에 명성이 대답했다.

"네. 제가 차 사장 형입니다. 아주 진한 피를 나눈 친형."

"아아⋯⋯."

오늘은 놀랄 일만 생기는 것 같다.

차명성. 차준성.

비슷한 이름이다. 처음 이름을 들었을 때 두 사람을 연관시키지 못한 게 이상할 정도였다.

하지만 그럴 수밖에 없었다. 둘은 한 공간에 있어도 형제처럼 보이지 않았다. 닮지 않은 얼굴, 완전히 다른 분위기. 그나마 입매 부근이 조금 비슷하다.

"아아, 형."

준성이 인사 같지도 않은 아는 체를 하고는 다시 시현을 쳐다봤다.

"화장실을 만들고 있는 줄 알았어. 재주 많은 친구라고 감탄하고 있었는데 여기서 뭐 하는 거야?"

여전히 느릿한, 아무런 감정의 변화도 찾아볼 수 없는 말투였다. 하지만 시현은 그 목소리에 노기가 담겨 있다는 느낌을 받았다.

"하나뿐인 동생이 웬일로 예쁜 아가씨를 파트너로 데리고 왔다는 말을 들어서 방문했는데, 여기서 별로 즐겁지 않은 일이 벌어지고 있더라고."

시현 대신 명성이 말했다. 준성은 명성을 쳐다보지도 않고 대꾸했다.

"형한테 질문한 거 아닌데."

명성은 시현의 어깨를 감싼 손에 살짝 힘을 줬다. 그리고 시현을 이끌어 준성의 앞으로 걸어갔다. 준성과 가까운 거리에서 멈춘 명성은 준성을 물끄러미 응시하며 말했다.

"파트너를 잘 챙겨야지."

"성인이잖아."

"여자잖아."

"그래서?"

"내가 제시간에 도착하지 않았더라면 시현 씨는 아주 고된 시간을 보내고 있었겠지. 파트너라는 놈이 연회장에서 여유 부리고 있는 동안."

"그런 건 본인이 감당할 문제 같은데."

시현은 준성의 무덤덤한 말에 상처를 받았다. 준성에게 많은 것을 기대한 것은 아니었다. 준성과 자신의 사이에 무언가가 있다고 생각한 적도 없었다. 하지만 그래도, 적어도 얼굴을 맞대고 지내는 한 회사의 식구라면 부당한 일을 당했을 때 작은 공감이라도 해 줄 줄 알았다.

하지만 준성은 그러지 않았다. 아까 준성의 목소리에 담겨 있다고 생각했던 노기도 착각이었을 것이다. 자기 멋대로 만들어낸 착각. 너무나 어처구니없는 일을 겪었을 때 적어도 사장님이 날 위해 조금은 분노해 줄 거라는, 그런 말도 안 되는 착각.

시현이 믿을 수 없다는 눈빛을 보냈지만 준성은 신경 쓰는 것 같지 않았다.

"믿을 수가 없네."

명성의 음성이 낮아졌다.

"내 동생이 이렇게 형편없는 놈이었어?"

"이게 왜 형편없지?"

준성은 전혀 모르겠다는 표정이었다.

"총을 든 형사들도 파트너의 안전은 걱정해. 네가 시현 씨를

데리고 이곳에 왔으면, 최소한 시현 씨의 안전을 걱정하는 정
도의 성의는 보여야 하는 거 아냐?"

"자네, 그렇게 위험한 상황이었어?"

시현은 대답하지 않았다. 어떤 대답을 해도 무심한 반응이
돌아올 것이 뻔했다. 그리고 그런 준성에게 실망하게 될 자신
을 보고 싶지 않았다.

"성 사장이 성적 욕구가 아주 넘쳐흐르더라고. 이런 곳에서
도 자제하지 못할 만큼."

"흐응."

명성이 시현 대신 말했고, 준성은 시현이 예상했던 반응을
보였다. 가슴이 뻥 뚫린 기분이 들었다. 어째서일까. 저 남자
에게 기대한 것은 아무것도 없는데, 이런 파티에 데려와 준 것
만으로도 감사하고 있는데, 어째서 이렇게 가슴에 구멍이 뚫
린 듯 허전한 기분이 드는 걸까.

대영에게 안 좋은 일을 당할 뻔했을 때보다, 지금 준성의 반
응이 더 아팠다. 아까는 쉽게 참을 수 있었던 눈물이 지금은
어려웠다. 아무렇지도 않은 척 웃으며 '저 괜찮아요.'라는 말을
하고 싶은데, 말 대신 괴로운 신음이 나올 것 같았다. 시현은
아랫입술을 꼭 깨물었다.

시현의 어깨가 가늘게 떨리는 걸 느낀 명성이 시현의 어깨
를 끌어당겼다.

"넌 안 되겠다, 차 사장."

명성은 시현을 끌어안다시피 하고 말했다.

"자기 몸 챙기기도 힘든 것 같으니까, 시현 씨는 내가 챙겨야겠어. 문제 있냐?"

"아니. 형이 원하는 대로 해."

준성이 옆으로 살짝 비켜 나갈 공간을 만들어줬다. 시현은 준성의 얼굴을 쳐다볼 수가 없어서, 명성에게 기댄 채로 그곳을 빠져나왔다.

시현과 명성이 나간 후, 대영도 은근슬쩍 그곳을 빠져나가려 했다. 하지만 준성이 다시 입구를 가로막았다. 대영은 핏기가 빠져나간 얼굴로 준성을 올려다봤다.

"준성아……."

"자네, 내 파트너한테 나쁜 짓을 했어?"

대영이 마른침을 삼켰다. 평소보다 느릿한 말투에 감당 못할 분노가 섞여 있다는 것을 대영은 알 수 있었다. 준성과 20년 넘게 친구로 지내는 동안, 저런 말투를 쓰는 걸 딱 한 번 봤다.

5년 전, 예나와의 결혼이 결정되어 친구로서 용서를 빌러 갔을 때.

자네는 이제 내 친구 아니야.

그때와 비슷한 억양. 아니, 어쩌면 그때보다 훨씬 더 분노한 듯한 말투에 온몸의 털이 곤두섰다.

"준성아. 형님이 뭔가 오해를 하고 있는 거야."

"형은 오해 안 해."

"아냐. 진짜야. 시연? 시현? 아무튼 그 여자가 나한테 접근해서 다시 회사로 돌아오고 싶다고 그러는데, 갑자기 형님이 들어오신 거야. 내가 부인도 있는데 무슨…… 그런 짓은 절대로 안 하지. 너도 나 알잖아. 나 그런 짓 하는 놈 아냐."

"난 자네를 몰라. 하지만 내 파트너에 대해서는 알고 있지. 내 파트너가 자네 회사로 다시 돌아가고 싶어 할 이유가 없어."

"아니라니까! 제길! 넌 그 여자가 어떤 여잔지 몰라서 그래. 그 여자가 전에 회사에서 무슨 짓을 했는지 알아? 소문은 이상하게 났지만 그게 진짜가 아냐. 저 여자, 뒤에서 호박씨나 까는 비열한 여자라고! 너도 나 같은 꼴 당하기 전에 저 여자 잘라 버리는 게 좋을걸? 네가 나 싫어하고, 복수하고 싶고 그래서 저 여자 데려다 놓은 건 알겠는데…… 저 여잔 진짜 아니라고! 넌 모르겠지만, 난 아직 널 친구라고 생각해. 그래서 너 걱정해서 하는 말이야. 저 여자, 네 회사 말아먹을 거야! 너도 넋

놓고 있다가 내 꼴 날지도 몰라."

대영이 다급히 늘어놓는 두서없는 변명을 준성은 끊지 않고 들었다. 대영이 비로소 말을 끝냈을 때, 준성이 물었다.

"여기 흡연 가능해?"

"어? 아…… 어어. 뭐, 괜찮겠지. 통풍구도 있고."

"응."

준성이 느릿하게 담배를 꺼내 입에 물었다. 준성의 담담한 행동에 대영은 이대로 넘어갈지도 모른다는 희망을 품었다. 준성은 대영의 존재를 잊은 것처럼, 천천히 담배 연기를 음미했다. 한 대를 다 피운 준성은 구석에 있는 쓰레기통에 꽁초를 버리고 방에서 나가려 했다.

"주, 준성아? 우리…… 괜찮은 거지?"

대영의 질문에 준성이 걸음을 멈췄다.

"자네가 윤예나랑 결혼했을 때, 난 자네를 내 앞에서 무릎 꿇리고 펑펑 울게 하고 싶었어."

"하, 할게! 무릎 꿇고 울게. 네가 해달라는 거 다 해 줄게."

"늦었어."

준성이 뒤도 돌아보지 않고 말했다.

"난 지금 자네를 이 세상에서 지워 버리고 싶어졌거든."

이야기 여섯.

Hello
Wedding

1

  가슴이 끓는다. 부글부글 끓는 기운이 심장을 관통해 이내 전신으로 번졌다.

  세상에 화를 낸다고 해결되는 것은 없고, 화를 내봐야 얻는 것은 두통과 에너지 고갈뿐. 그래서 어지간한 일에는 화를 낸 적이 없었다. 어릴 적에는 원하는 대로 흘러가지 않는 일에 떼를 쓰기도 했지만, 철들 무렵부터는 화를 낸 기억이 딱 한 번밖에 없다. 대영이 예나와 결혼을 하게 된 일에 대해 용서를 빌러 왔던 그날, 딱 한 번.

  지금 와서 생각해 보면 그게 정말 화를 냈던 건지 의문이 생긴다. 그때는 지금처럼 손바닥이 땀으로 축축하게 젖진 않았으니까.

어째서 이렇게 화가 나는 걸까.

평정심을 유지하기 위해 노력했지만 연회장으로 향하는 걸음이 급해지는 걸 막을 수가 없었다. 명성의 뒤에서 바들바들 떨고 있던 시현의 모습이 지워지지 않았다. 그 모습 위에 언젠가 봤던, 시현의 잠든 얼굴을 타고 흘러내리던 눈물이 겹쳐졌다.

늘 제멋대로 구는 아가씨 따위 울든 떨든 이쪽과는 관계없는 일이다. 머리로는 그렇게 생각하는데 몸의 반응이 그렇지 않았다. 손톱이 파고들 정도로 꽉 쥔 주먹과 턱이 아플 정도로 악문 이.

어째서일까. 어째서 이렇게나 화가 치미는 걸까.

연회장의 커다란 유리문 너머로 시현이 보였다. 연두색 드레스를 입은 시현은 눈이 부시도록 아름다웠다. 하얀 피부 위로 부드럽게 떨어지는 실크 드레스가 시현의 잘록한 허리를 돋보이게 했다. 가느다란 목선 위에 자리 잡은 작은 얼굴엔 화사한 미소가 묻어나오고 있었다. 겁에 질려 바들바들 떤 적 없다는 듯이.

그런 여자다. 울 상황에서 빈정거릴 수 있는 여자. 자존심이 상할 상황에서 그렇구나, 납득하는 여자. 그러니까 겁에 질려 무서운 상황에서도 저렇게 웃을 수 있는 거겠지.

들어가서 그녀의 옆에 서야 하는데 발이 움직이지 않은 이유는 그녀의 옆에 서 있는 명성 때문이었다. 명성은 머리가 좋고 여자의 마음을 잘 헤아리니까, 아마도 시현이 왜 이곳에 온 건지 금세 파악했을 것이다. 명성은 중요한 사람들, 특히 곧 결혼할 자제가 있는 사람들에게 시현을 소개시켜 주고 있었다.

결혼정보회사를 운영하며 빈둥거리는 해성의 막내아들 준성보다, 곧 회사를 이어받을지도 모른다는 소문이 도는 해성의 장남 명성이 함께 있는 편이 시현에게는 더 좋은 일이었다.

시현은 명성을 올려다보며 웃었다. 입안의 침이 바싹 마를 정도로 부드럽고 달콤한 미소였다. 그 순간, 분노와는 다른 불쾌한 감정이 준성을 덮쳤다. 부글부글 끓는 것이 아닌, 바늘로 콕콕 찌르는 듯한 통증.

준성은 돌아섰다.

시현을 보고 있으면 영문 모를 감정들이 부딪쳐온다. 그래서 피곤하다. 고요하고 평온한 상태가 좋다. 제어할 수 없는 여러 감정이 뒤섞이는 건 조금도 즐겁지 않다.

밖으로 나와 근처의 벤치에 앉았다. 쌀쌀한 공기에 식은 벤치가 차가웠다. 준성은 담배를 꺼내 입에 물고 불을 붙였다. 흐읍, 들이마신 짙은 연기가 쌉쌀하게 폐를 한 바퀴 돌았다. 그래도 평소와 다른 감정들은 조금도 가라앉지 않았다.

"사장님?"

준성을 발견한 정후가 다가왔다.

"여기서 뭐 하세요? 시현 씨는요?"

"형이랑 같이 있어."

"형님이요? 명성 형님이요?"

"응."

"아니, 왜요? 시현 씨 파트너는 사장님이잖아요. 그럼 사장님이 챙기셔야죠."

"난 내 몸 챙기기도 힘드니까."

명성이 했던 말을 따라 했더니, 정후가 납득한다는 듯 고개를 끄덕였다.

"그렇긴 해요. 애초에 사장님이 누굴 파트너 삼아서 파티에 참석한다는 것부터가 말이 안 됐죠. 자기 몸 건사하기도 힘드실 텐데."

평소에는 귀찮았던 정후의 수다가 오늘만큼은 편안했다.

"근데 형님은 어떻게 시현 씨랑 같이 있는 거예요? 사장님이 소개시켜 주신 거예요?"

"아니. 원래 아는 사이인 것 같던데."

"그래요? 이야, 시현 씨도 인맥 좋네. 해성 그룹 장남을 다 알고…… 그럼 시현 씨의 첫 번째 고객이 형님이 되는 것도 재미있을 것 같은데요. 이슈도 될 거고…… 그러다가 아예 시현 씨가 형님이랑 딱 결혼을 해 버리시면…… 그거 진짜 재미있을 것 같지 않아요?"

정후는 즐거워 보이는데 준성은 전혀 즐겁지가 않았다. 정후를 빤히 쳐다보노라니, 정후가 쑥스럽다는 듯 머리를 긁적였다.

"에이, 사장님. 시현 씨한테 차였다고 저한테 관심을 주시면 안 되죠. 전 남자 별로 안 좋아해요."

"자넨 말이 너무 많아."

"맞아요. 원래 수다쟁이인데 다른 사람들 앞에서 정중한 척하려면 힘들거든요. 그러니까 사장님 앞에서라도 수다를 떨어야죠."

"내가 우스워?"

"우습긴요. 사장님이 그렇게 재미있는 사람이었으면 제가 뒤에서 사장님 욕을 하겠어요? 사장님은 엄청 재미없고, 오히려 짜증 유발자니까 그런 걱정은 하지 않으셔도 돼요."

우습게 보는 게 분명했지만 무시하기로 했다.

"사장님, 무슨 일 있었어요?"

한동안 말을 안 했더니 눈치를 보던 정후가 물었다.

"응."

"무슨 일이요?"

"성 사장을 제거해야겠어."

"그러고 계시잖아요."

"아니, 진짜로."

"진짜로? 그럼 뭐, 능력 좋은 킬러라도 소개시켜드려요?"

"응."

"……사장님이 그러시면 진심 같아서 무서워요."

"진심이야."

"무슨 일이신데요?"

"글쎄. 그만 가야겠어."

"가긴 어딜 가세요. 시현 씨 놔두고."

"형이……."

"아무리 형님이 챙기고 있어도 시현 씨를 데리고 오신 분은 사장님이세요. 책임감 좀 가지세요, 책임감 좀!"

"자넨 정말 내가 우습지?"

"사장님은 하나도 안 웃긴 분이라니까요."

정후의 깐깐한 잔소리를 듣고 있으니 연회장으로 돌아가는 게 나을 것 같았다. 준성은 간다는 말도 없이 일어나 안으로 들어갔다.

"시현 씨 좀 잘 챙기세요!"

정후는 마지막까지 잔소리를 했다.

시현의 옆엔 여전히 명성이 있었고, 대영은 돌아갔는지 보이지 않았다. 사실 이번 파티에 대영이 왔다는 걸 알고 있었지만, 그런 짓을 벌일 줄은 몰랐다.

준성이 들어가자 기가 막히게 알아챈 사람들이 하나둘씩 다가왔다. 준성은 건성으로 대답하며 자리로 돌아가 앉았다.

"파티, 재미없지 않아요?"

와인잔 두 개를 들고 준성의 옆자리, 그러니까 시현의 자리에 앉은 여자는 어느 저축은행 회장의 딸이었다. 가슴이 파인 와인색 드레스가 그녀의 흰 살결을 돋보이게 했다. 터질 듯 풍만한 가슴은 수술한 게 분명했다. 보는 것만으로도 구역질이 날 것 같아, 준성은 그녀에게서 눈을 떼었다.

"젊은 사람끼리 한잔해요, 우리."

그녀가 들고 있던 잔 하나를 준성에게 내밀었다. 하지만 준성은 받지 않았다. 그녀는 불쾌한 기색 없이 와인잔을 준성의 앞에 내려놨다.

"계속 파트너만 보고 계시네요. 정말 그런 사이세요?"

"……."

"흐응…… 차준성 씨는 여자를 싫어한다는 말을 들었던 것 같은데, 그렇지도 않은가 봐요. 그럼 나한테도 기회 있는 거죠?"

"……."

"준성 씨 파트너는 다른 파트너를 찾은 것 같은데, 준성 씨도 나랑 놀아요. 우리, 꽤 잘 맞을 것 같은데. 전 김희영이라고 해요."

"왜?"

"네?"

"우리가 왜 잘 맞을 것 같은데?"

"아, 그거야……."

희영은 그런 식의 질문이 돌아올 걸 생각하지 못했는지 더듬더듬 말을 이었다.

"비슷한 위치에 있기도 하고…… 음, 그리고…… 준성 씨 파트너, 평범한 여자잖아요. 저런 사람들은 딱 보면 그게 풍기거든요. 집착 같은 거? 준성 씨는 그런 거 싫어하잖아. 우리 같은 사람들한테 생활에 대한 집착은 어울리지 않으니까."

"좋아해."

"네?"

"좋아한다고. 집착."

"아…… 그래요……? 뭐, 따지고 보면 나도 집착이 없는 건 아니니까. 갖고 싶은 것도 많고, 하고 싶은 것도 많거든요. 나에 대해 들은 거 있어요? 나, 미국에서 음악 전공했는데."

희영은 계속해서 떠들어댔다.

"자네, 결혼하고 싶어?"

"네?"

"결혼하고 싶냐고."

"아…… 아, 물론…… 아, 물론 언젠가는 결혼을 해야죠. 하지만…… 우리 오늘 처음 만났는데 결혼 얘기까지는…….”

"기다려.”

당황한 희영을 내버려두고 준성은 시현에게 다가갔다. 시현은 명성의 옆에서 어느 대학 총장 부부와 대화를 하고 있었다. 준성은 우선 대학 총장 부부에게 인사를 하고 시현을 쳐다봤다. 시현은 눈을 동그랗게 뜨고 준성을 쳐다봤는데, 준성은 그런 시현의 표정이 꽤 마음에 들었다.

"잠깐 시간 좀 내.”

"무슨……?”

총장 부부 옆이라서 그런지, 시현의 말투가 평소와는 달랐다.

"결혼하고 싶어 하는 여자가 있어.”

"아…… 그래요?”

"응.”

"저, 그럼…… 오늘 대화 즐거웠습니다. 잠깐 자리를 좀…….”

"어머, 그러세요. 다음에 또 봐요. 정말 재미있는 아가씨네. 명성 씨 파트너, 너무 괜찮은 여자예요.”

총장의 부인이 말했다. 명성은 빙그레 웃으며 '감사합니다.'라고 대답했다. 명성이 가라고 눈짓을 했기에, 준성은 시현을 데리고 그 자리를 벗어났다.

"자네, 언제부터 우리 형 파트너가 된 거야?"

"아까 그래도 된다면서요?"

"언제?"

"사장님이야말로 알츠하이머 있는 거 아니에요?"

"저 여자야. 김희영."

준성이 어이없다는 표정으로 앉아 있는 희영을 가리켰다.

"예쁘네요."

"고친 거야."

"성형외과 의사라도 되세요?"

"……"

말문이 막힌 듯 준성이 입을 다물었다. 시현은 그런 준성에게서 희영에게로 눈길을 돌렸다.

준성과 희영의 자리에 하나씩 놓여 있는 와인잔. 준성의 자리 쪽으로 살짝 기울이고 있던 희영의 상체, 도발적으로 부푼 가슴. 그리고 무엇보다도 질투와 짜증을 담아 시현을 노려보는 저 표정을 보니 아무리 봐도 준성을 꼬시기 위해 온 여자였다. 지금 그녀의 눈에 시현은 반갑지 않은 불청객쯤으로 여겨질 게 분명했다.

"저 여자, 사장님을 꼬시러 온 것 같은데요."

"아냐. 결혼하고 싶대."

"사장님이랑 하고 싶은 거겠죠."

"난 싫어."

"어쨌든 접근하는 여자를 거절하는 건 사장님이 직접 하실 일이죠. 절 끌어들이지 마세요."

"자네 고슴도치야?"

"갑자기 무슨 말이에요?"

"왜 그렇게 가시를 세워?"

"그거야……."

아까 사장님이 한 짓을 생각해 보세요, 라고 하려다가 입을 다물었다. 따지고 보면 준성의 행동이 잘못된 행동은 아니었다. 시현이 성인이니 알아서 감당해야 하는 것도 사실이다. 여기까지 함께 와준 것만으로도 준성에게 고마워해야 했다. 준성이 시현을 걱정하지 않는다고 해서, 대영과 시현 사이에 있었던 일에 대해 분노를 느끼지 않았다고 해서 시현이 화를 낼일은 아니었다.

"왜 말을 하다 말아?"

"아니에요. 제가 잘못 생각하고 있었어요."

희영은 다가오다 멈춘 채 대화를 나누는 두 사람의 모습에 짜증이 났는지 와인을 벌컥 마시고 일어나려 하고 있었다.

"저 여자는 결혼을 하고 싶어 해. 누구랑 하고 싶어 하는지는 중요하지 않잖아."

준성이 참을성 있게 말했다. 시현은 고개를 돌려 준성을 올려다봤다. 준성이 하는 말의 의미를 이제야 알 것 같았다.

"제 첫 번째 고객이 될 수도 있는 거군요."

"응."

시현은 서둘러 희영에게 다가갔다. 희영은 다른 테이블로 걸어가는 중이었다.

"저, 안녕하세요."

시현의 인사에 희영이 불쾌감을 감추지 않고 시현을 노려봤다. 이런 반응은 예상했다. 자기가 관심을 주던 남자와 다정하게 대화를 나누는 여자가 곱게 보이진 않을 것이다.

이 여자는 어떻게 공략해야 할까.

"사장님이 소개를 해 주셨어요. 몸매가 굉장히 좋고 지적인 여성분이 계신데 아직 미혼이시라고."

"준성 씨가…… 정말 그렇게 말했어요?"

먹혔다!

"네. 사장님이 그런 식으로 여성분을 칭찬하는 일은 드물어서 깜짝 놀랐어요. 그런데 정말 몸매가 굉장히 예쁘세요. 질투 날 정도예요."

"뭐, 그쪽도 나쁘지 않네요."

희영은 금세 기분이 좋아진 듯했다.

"보아하니 로운의 회원을 유치하기 위해 나한테 온 것 같은데…… 준성 씨가 뭐라고 했는지는 모르겠지만, 난 결혼이 급하진 않아요."

"어휴, 당연하죠. 가만히 있어도 남자들이 알아서 다가올 텐데……."

"뭐야, 너무 그렇게 띄워 주지 마요. 사람 비위 되게 잘 맞춰 주네."

"전 비위 맞춰 주고 그런 거 잘 못 해요. 파스텔에서도 사장님 비위 못 맞춰서 잘렸는걸요."

"파스텔? 혹시…… 성대영 씨한테 아저씨 어쩌고 했다는…… 그 직원이 자기였어?"

"어머! 그 얘기, 알고 계셨어요?"

"뭐야, 자기 진짜 마음에 든다. 안 그래도 성대영 씨, 나한테까지 치근거려서 정말 짜증났었는데."

그 일이 이런 식으로 도움이 될 줄은 몰랐다. 부자들의 세계에도 여느 곳과 마찬가지로 소문이 빠르게 번진다는 게 신기했다. 희영은 완전히 마음을 풀었는지, 비어 있는 테이블에 앉아 시현을 손짓으로 불렀다.

"그 얘기 좀 더 해 봐. 파스텔에서 잘리고 나서 어떻게 로운에 들어가게 된 거야?"

시현은 잠시 망설였지만, 고객에게 개인적으로 다가가기 위해서는 어느 정도 자신의 사생활을 밝혀야 할 필요가 있다고 생각했다. 게다가 로운의 입사 과정은 감춰야 할 만큼 대단한 비밀도 아니었다.

시현은 입사하기까지 있었던 일에 대해 짧게 요약해서 말했고, 희영은 그걸 흥미진진하게 들었다. 상사의 비위를 못 맞춰 줘서 회사에서 잘리고, 좌절해서 빈둥거리다가 다른 좋은 기회를 얻어 입사를 하고. 마치 어느 영화의 줄거리라도 듣는 것처럼, 희영은 시현의 말 하나하나에 집중하고 또 놀라워했다.

그랬구나, 웬일이니, 추임새를 넣어가며 시현의 이야기를 들은 희영이 결심했다는 듯 말했다.

"그래요, 뭐. 좋아요. 사정을 들어 보니 딱한 것 같고, 열심히 살려고 하는 것 같기도 하고…… 준성 씨가 일부러 소개를 시켜줬다면 그만한 능력도 있다는 거겠지?"

시현을 자신보다 한 단계 아래로 여기는, 조금 깔보는 듯한 말투였지만, 시현은 '당신 말이 다 맞아요.'라는 미소를 지었다.

"오해할까 봐 하는 말인데, 난 정말로 결혼이 급하지 않아. 자기 말대로 가만히 있어도 남자들이 다가오니까. 그건 분명히 해요."

"그럼요. 그건 당연하죠. 처음부터 그걸 오해하는 것 자체가 이상한 거 아니에요?"

"진짜 말 잘한다니까."

희영은 입술을 비쭉거렸지만 시현의 과한 칭찬이 싫은 기색은 전혀 없었다.

　"사실 우리 아버지가 성대영 씨랑 친해. 성대영이 우리 은행 주거래 고객이거든요. 우리 아버지가 K 저축은행 회장인 건 알죠?"

　전혀 몰랐다.

　"당연하죠. 사장님이 아까 대단한 집 따님이라고 얼마나 칭찬을 하셨는데요."

　"어머, 그랬어? 준성 씨가 날 그렇게 좋게 봐준 줄은 몰랐네. 호호호. 여하튼 그래서 나, 파스텔에 회원 등록되어 있어."

　"그러시구나. 하지만 결혼정보회사 한 군데만 가입하라는 법은 없으니까요."

　"응, 맞아. 근데 나 파스텔에서 굉장히 잘해 주거든요. VVIP 대우를 받고 있어요. 괜찮은 집안 남자 있으면 나한테 제일 먼저 주선이 들어오고. 로운엔 굉장한 집안 자제들이 많이 가입한 걸로 알고 있어요. 여자들 중에서도 대단한 사람들 많이 있고. 난 수많은 VIP 중 그저 그런 한 명으로 대우받는 건 싫어. 로운에선 날 위해 뭘 해 줄 수 있죠?"

　희영은 평면적인 사람이었다. 까다롭지 않고, 특별히 머리를 굴려 칭찬하지 않아도 만족하는 사람. 딱 보이는 것만큼만 칭찬을 해 주면 그걸로 족한 사람. 아직 경험이 부족한 시현이 상대하기에 알맞은 사람이었다.

준성이 이런 것까지 염두에 두고 희영을 소개시켜준 건지 궁금했다. 만약 그런 거라면, 준성은 아주 짧은 대화만으로도 상대를 파악할 수 있는 예리함을 지니고 있다는 말이다. 무의식적으로 고개를 돌려 준성이 서 있었던 곳을 확인했다. 준성은 그곳에 없었다.

주변을 좀 더 살피자 연회장 구석에서 어느 사내와 대화를 하는 준성을 찾을 수 있었다. 필요 이상으로 가까이 붙어 대화를 하는 모습을 보니 기분이 상했다. 아무리 정후가 옆에 없다고 한들, 다른 남자와 시시덕거리는 건 좀 아니지 않은가.

하지만 지금은 준성의 연애 사정을 신경 쓸 때가 아니다. 시현은 표정을 갈무리하고 희영을 쳐다봤다. 신뢰를 줄 수 있을 만큼, 하지만 기분이 상하지 않을 정도로만 희영을 똑바로 응시했다.

로운에서 시현이 가지고 있는 권한은 얼마 되지 않지만 희영은 그 사실을 모른다. 그렇다면 희영의 앞에서 주눅 들 것이 전혀 없었다.

"최고의 사랑을 할 수 있게 해드릴게요."

조금도 현실적이지 않은, 바보스러울 정도로 로맨틱한 말이었다. 어리석을 만큼 로맨틱한 그 말이 희영의 가슴에 꽂힌 이유는, 시현의 눈빛 때문이었다. 로맨틱한 말을 하는 시현의 눈빛은 조금도 로맨틱하지 않았다. 철저히 계산적이고 현실적인, 그래서 섬뜩할 정도로 깨끗한 눈빛. 말투와 눈빛 사이의 갭이 오히려 강렬하게 다가왔다.

희영은 시현을 물끄러미 바라보다가 마침 와인을 들고 지나가는 종업원을 불러 와인 두 잔을 받았다. 그리고 한 잔을 시현에게 건넸다.

말도 없이 건배를 청하기에 시현은 살짝 잔을 들었다.

챙, 하는 맑은 울림. 희영은 여유롭게 와인을 한 모금 마시고 촉촉한 혀로 입술을 핥았다. 그리고 아주 재미있다는 표정을 지으며 말했다.

"그래. 그걸 해내면 시현 씨를 최고의 커플매니저로 평가해 줄게."

희영과 다른 자리에서 따로 만나기로 약속을 하고 연락처까지 받아냈다. 이제야 새로운 시작이라는 기분이 들었다. 가슴이 뛰었다.

자선 파티는 슬슬 끝나가고 있었다. 명성 덕분에 몇 명의 사람들과 대화를 나눌 수 있었고, 준성 덕분에 희영을 알게 되었다. 연회장에서 나오며,

"오늘 정말 감사합니다."

라고 했더니 명성은,

"그럼 이 차 갑시다."

라는 대답을 했고 준성은 아무 말도 하지 않았다.

밖으로 나오자마자 세 사람의 앞에 차가 멈추고, 운전석에서 정후가 내렸다.

"끝나셨습니까? 아, 형님. 안녕하십니까."

"어, 좋아 보이네."

"좋아 보이긴요. 비쩍비쩍 마르고 있습니다. 시현 씨, 오늘 즐거우셨습니까?"

정후가 뒷문을 열며 말했다.

"네, 좋았어요. 음식도 맛있었고……."

"그래요. 다행입니다."

"시현 씨, 말로만 고맙다고 하고선 절 버리고 가시깁니까? 마침 내일도 쉬는 날인데."

시현이 차에 타려는데 명성이 볼멘소리를 냈다.

"아…… 농담인 줄 알았어요."

"저는 농담 안 합니다."

"엄청 잘하시던데."

"세상에서 제일 진지한 남자라는 별명이 있는데요."

"별명이 되게 기네요."

"네. 세상에서 별명이 가장 긴 남자라는 별명도 있습니다. 갑시다. 근처에 괜찮은 바가 있거든요."

"김 비서님이랑 사장님은……."

"아니요. 우리 둘이서요."

명성이 딱 잘라 말했다. 옷도 예쁘게 입었겠다, 화장도 전문가의 손길을 빌렸겠다, 그냥 집에 가서 눕고 싶은 밤은 아니었다. 하지만 오늘 이곳에 데리고 와 준 사람은 준성이었기에, 준성의 눈치를 볼 수밖에 없었다.

그새를 못 참고 담배를 피우던 준성이 심드렁하게 말했다.

"좋잖아. 형님은 좋은 곳을 많이 아니까."

준성의 담담함에 기분이 상했지만 시현은 그 기분을 애써 무시했다. 좋은 곳을 많이 아는, 믿을 만한 사람이랑 2차를 가라고 말해 주는데 화를 낼 이유가 없었다. 게다가 준성의 옆엔 정후가 있었다. 시현이 빠져 주는 편이 두 사람에게는 좋을지도 몰랐다.

"그럼 전 여기서 실례하겠습니다. 사장님, 오늘 정말 감사합니다."

준성은 대답하지 않고 차에 탔다. 떨떠름한 표정으로 서 있던 정후가 '좋은 시간 보내세요. 시현 씨, 월요일에 봐요.'라고 말한 후 차를 몰고 사라졌다. 차가 떠난 후, 명성이 시현을 보며 씩 웃었다.

"그럼 가실까요?"

준성이 최고급 승용차를 타고 다니니, 그의 형인 명성도 마찬가지일 거라고 생각했다. 하지만 그건 시현의 큰 착각이었다.

연회장 주차장에 주차되어 있는 차들은 하나같이 고급이었다. 번쩍번쩍 빛나는, 어림잡아 몇 억은 넘을 듯한 고가의 차들. 그 틈에 딱 하나, 어울리지 않는 탈것이 세워져 있었다. 명성은 당연하다는 듯이 그 '탈것'의 옆으로 다가갔다.

"저기, 아저씨…… 설마…… 그걸 타고 가는 건 아니겠죠?"

"왜 아니겠습니까?"

"……."

할 말을 잃었다.

명성의 탈것은 다름 아닌 오토바이였다. 그것도 폭주족들이 타고 다닐 법한, 여기저기 개조된 번쩍거리는 오토바이.

"걱정 마세요, 시현 씨. 법이 허용하는 만큼만 개조했습니다. 이래 봬도 준법정신 하나는 투철하거든요."

"아뇨, 그건 전혀 문제가 되지 않아요. 다만…… 저 지금 드레스 입고 있거든요."

"그것도 전혀 문제가 되지 않습니다. 공주님처럼 앉으시면 되죠."

"……."

명성이 범상치 않은 사람이라는 건 알았지만 이 정도일 줄은 몰랐다.

시현은 드레스 위에 숄만 걸치고 있었는데, 오토바이를 타기에는 추운 차림이었다. 명성은 자신이 입고 있던 코트를 벗어 시현의 어깨에 걸쳐주었다. 키가 큰 명성의 코트는 바닥에 끌릴 정도로 길었고, 명성의 스킨 향기가 가득 배어 있었다.

명성의 체온과 향기가 남은 코트를 입었더니, 마치 명성에게 안긴 것만 같은 기분이 들어 얼굴이 붉어졌다. 주차장이 어두워서 다행이다.

"자, 시현 씨. 타세요."

먼저 오토바이에 오른 명성이 말했다. 시현은 잠시 망설였지만 결국 명성의 뒤에 앉았다.

"잡으세요. 허리."

손을 어디에 둬야 할지 몰라 우물쭈물하는 시현에게 명성이 말했다. 시현은 명성의 허리를 꽉 잡았다. 군살 없는 단단한 허리가 만져졌다. 영화나 드라마에서처럼 허리를 꽉 끌어안고 그의 등에 얼굴을 파묻는 것도 아닌데, 이런 상황조차 상당히 에로틱하다는 느낌이 들었다. 그것이 밤이기 때문인지, 아니면 차명성이라는 사람이 몹시도 섹시하기 때문인지 알 수 없었다.

도로로 나간 오토바이의 속도가 빨라졌다. 차가운 바람이 볼을 스치고 코트 사이로 파고들었다. 달릴 때마다 치맛자락이 펄럭거렸지만 민망할 정도는 아니었다.

오토바이는 처음 타보는 건데도 무섭다는 생각은 들지 않았다. 오히려 온몸으로 직접 전해지는 속도감이 기분 좋았다.

머리카락 속으로 파고들어오는 시원한 바람 때문에 여러 가지를 생각하게 됐다. 함께 있는 것은 명성인데, 이상할 정도로 준성의 얼굴이 그려졌다. 준성을 향한 서운함, 가끔씩 보이는 인간적이지 않은 반응에 대한 가슴 아픔.

그런 기분들이 드는 이유를, 사실은 알고 있었다. 애써 아무렇지도 않은 척, 그저 사람 대 사람으로서 누구나 느낄 수 있는 당연한 감정이라고 스스로를 속여 봐도 사실은 그렇지 않다는 걸 알았다.

아무런 감정이 없었다면 서운할 것도, 아플 것도 없다. 어느샌가, 시현도 모르는 사이에 그를 특별한 감정으로 보게 되었기에 그의 작은 행동 하나에도 총에 맞은 것처럼 강렬한 반응을 보이게 되는 것이다.

바는 멀지 않은 곳에 있었기에 준성에 대한 생각을 다 정리하기도 전 오토바이가 멈췄다.

"오토바이의 좋은 점이 뭔지 아십니까?"

"뭔데요?"

"주차하기 편하다는 거죠. 차는 끌고 다녀 봐야 좋을 게 없어요. 주차할 곳 찾기도 힘들지, 유지비도 어마어마하지."

"이름만 아는 여자한테 몇 천만 원어치 옷을 사주시는 분치고는 검소한 발언이신데요."

"사실 제가 이 바닥에서 검소하기로 유명합니다."

명성의 말을 증명이라도 하듯 바는 화려하지도, 고급스럽지도 않았다. 약간은 허름해 보이는 어두운 바는 조용했고 서글픔을 자아내는 음악이 흘렀다.

시현과 명성은 가장 구석에 있는 자리에 앉았다. 바텐더가 다가와 동그란 테이블 위에 있던 작은 양초에 불을 붙였다. 일렁이는 오렌지색 불빛이 명성의 얼굴 위에서 너울거렸다. 오뚝한 코가 유독 날카로워 보였다.

"뭐 드실래요?"

"무알콜 칵테일이면 다 좋아요."

"내일 쉬는 날인데 마음껏 드세요."

"아저씨 앞에서는 술 못 마셔요. 또 취해서 신세 질 순 없잖아요."

"대신 시현 씨는 요리를 해 주셨잖아요. 덕분에 친구한테 쌍욕을 듣진 않았습니다."

"맞다, 아저씨. 왜 갑자기 사라지신 거예요? 저한테 말도 없이……."

"그래야 절박해지니까요."

"절박이요?"

"원래 힘들게 찾아낸 보물이 더 값지지 않습니까. 시현 씨가 제 연락처 알아내고 싶어서 전전긍긍하고, 어렵게 우리 집까지 찾아오고 그래야 저에 대해서 절박해질 거라고 생각했죠."

"……무슨 말씀을 하시는 건지."

"하하하."

시현이 고개를 젓자 명성이 유쾌하게 웃었다.

"하여간 이렇게 만나지 않았습니까. 결혼정보회사에 있다고 들었으니, 어떻게든 만나게 될 거라고 생각했죠. 게다가 시현 씨가 말하는 게으른 사장 놈은 들으면 들을수록 제 동생 같았거든요."

"아……."

시현이 얼굴을 붉혔다.

"죄송해요. 사장님이 아저씨 동생인 줄도 모르고……."

"아닙니다. 게으른 놈인 건 사실이니까요."

시현은 블러드 메리를, 명성은 스크루 드라이버를 주문했다. 칵테일이 나올 때까지 두 사람은 최근의 근황에 대해 이야기했다. 주로 시현이 말했고 명성은 듣는 쪽이었다.

시현은 자신이 명성에 대해 아는 게 전혀 없다는 걸 깨달았다. 포장마차에서 몇 주 동안 같이 지냈는데도, 명성에 대해 알고 있는 거라곤 돈 많고 여자에게 다정한 남자라는 점뿐이었다. 이제야 명성이 해성 그룹 회장의 장남이고, 또 준성의 형이라는 걸 알게 되었지만 그 이상으로 아는 것은 여전히 없었다.

"아저씨 얘기도 좀 듣고 싶어요."

종업원이 칵테일을 가지고 왔다. 시현은 칵테일로 살짝 입술을 축이며 말했다.

"제 얘기를요?"

"네. 생각해 보면 전 아저씨에 대해 아는 게 없어요. 아저씨는 저에 대해 아는 거 많잖아요."

"저도 시현 씨에 대해 아는 거 별로 없는데요. 동생 회사에서 일한다는 거랑 예쁘게 생겼다는 거. 그거 이상으로 아는 게 뭐가 있습니까?"

"역시 바람둥이야."

"왜요? 설레셨습니까?"

명성이 싱글싱글 웃었다. 웃는 얼굴이 근사했다.

흐르는 음악이 좋아서인지, 칵테일이 맛있어서인지, 시간이 빠르게 흘러갔다. 명성과의 대화는 편안하고 유쾌했다. 명성의 말투에는 거만함이 없었다. 그래서 명성과 대화를 하다 보면, 이 사람이 한국에서 가장 큰 기업의 자제라는 걸 잊게 됐다.

"아저씬 정말 좋은 분이에요. 우리 사장님이랑 형제라는 게 믿어지질 않아요. 사장님은 감정이 결여된 사람 같은데."

"그래 봬도 꽤 감정적인 녀석이에요. 그걸 드러내지 않을 뿐이지."

"그런가요? 사실 전 아까 사장님이 굉장히 무서웠어요."

"아까요?"

"그 개자식이…… 아, 거친 말투 죄송해요. 그 나쁜 놈이 제 몸에 손대려고 했을 때 있잖아요."

"아아."

"그놈이 아저씨를 무서워하는 이유는 확실했어요. 아저씨는 그놈에게 화를 내셨고, 그 모습은 아저씨에게 도움을 받는 저조차도 무섭게 했거든요. 그런데 사장님은 달라요. 전혀 화를 내지 않았어요. 심지어 무슨 생각을 하는 건지도 알 수 없었죠. 그런데 그놈은 아저씨를 무서워하는 것보다 사장님을 더 무서워하고 있었어요. 사장님이 들어오는 순간, 그놈은 공포에 질렸죠."

명성은 미소 띤 얼굴로 계속해서 시현의 이야기를 들었다.

"두 가지 이유를 생각해볼 수 있어요. 첫 번째. 사실은 사장님이 아저씨보다 훨씬 더한 권력자고 뭐든 할 수 있는 사람이다. 두 번째. 그놈이 사장님에게 뭔가 큰 잘못을 저질렀다."

거기까지 말한 시현은 잠시 말을 멈추고 명성을 쳐다봤다.

"시현 씨는 어느 쪽이라고 생각하세요?"

"둘 다라고 생각해요."

"……."

"그놈이 사장님에게 잘못을 저질렀고, 사장님은 그놈을 싫어해요. 심지어 그놈이 공포에 질릴 만한 복수도 할 수 있는 사람인 거죠. 그래서 그놈은 아저씨를 앞에 뒀을 때보다, 아무 생각 없는 듯 보이는 사장님에게 더 두려움을 느꼈던 거예요."

"그렇군요."

"처음부터 이상했어요. 로운에 지원했다가 떨어진 지가 오래인데, 갑자기 면접 보라고 연락이 왔을 때부터. 게다가 사장님은 저한테 그냥 사무실이나 지키고 있으면 된다고 했잖아요. 전에는 그 이유를 알 수가 없었는데 이젠 알겠네요."

"……"

"저는 사장님이 싫어하는 그놈을 화나게 만들었고 사람들 앞에서 창피를 줬죠. 그놈은 제가 꼴도 보기 싫었을 거고 사장님은 그걸 알았죠. 그놈이 싫어하는 저를 파스텔에서보다 훨씬 더 좋은 대우를 해 줘 가며 로운에 앉혀놓으면, 그놈 속이 부글부글 끓을 거라는 걸."

시현은 담담하게 말했다.

"실제로 성공했고요. 자칫 잘못하면 그놈은 오늘 사람들 앞에서 또 한 번 창피를 당할 뻔했잖아요."

"그렇죠."

"그래서 사장님은 무서운 사람이에요. 아무 생각도 없는 것 같은데, 사실은 아주 많은 생각을 하고 계시죠."

"차 사장이 싫으세요?"

명성의 말에 시현이 눈을 동그랗게 떴다.

"네? 아뇨. 왜 싫겠어요. 저한테 고마운 분인데. 어떤 이유가 됐든, 그게 저에게는 기회가 됐잖아요. 게다가…… 무서운 사람이기는 하지만, 제가 잘못하지 않는 이상은 저한테 해코지를 할 것 같진 않은데요. 아마 성대영은 사장님한테 어마어마한 잘못을 저질렀겠죠. 사장님, 어지간해서는 화를 내지 않는 분이잖아요."

"시현 씨는 사람을 잘 보네요."

"필사적인 거예요. 저는 모든 사람한테 사랑을 받고 싶다는 욕심은 없어요. 하지만 많은 사람을 미워하거나 싫어하고 싶진 않아요. 그래서 필사적으로 좋은 면을 찾으려고 하죠."

"그럼 저한테서도 좋은 면을 찾으셨어요?"

명성의 질문에 시현이 웃었다.

"저한테 아저씨는 최고의 친구예요."

바에서 나왔을 땐 꽤 늦은 시간이었다. 몇 잔의 칵테일을 마셨지만 다행히 취하진 않았다.

"오늘 감사했습니다. 우리 또 볼 수 있는 거죠?"

시현의 말에 명성이 빙긋 웃었다.

"시현 씨가 원한다면 언제든."

"그럼 가볼게요."

"아, 잠시만 기다리세요. 정후 올 거니까."

"네? 김 비서님이요? 왜, 왜 부르셨어요?"

"예쁘게 입었는데 누가 홀딱 집어가면 어쩝니까?"

"아니, 그래도…… 벌써 새벽 두 시인데."

"괜찮습니다. 김 비서 월급 많이 받거든요."

"그거야 사장님을 모시는 대가로 받는 거고요. 전 그냥 사원일 뿐인데……."

"저한테는 아닙니다. 전 로운이랑 관계가 없거든요. 시현 씨와 저는 지극히 사적인 관계이고, 제가 아는 시현 씨는 이런 늦은 시간에 혼자 보내도 될 그런 사람이 아니에요. 그리고 무엇보다 중요한 건, 제가 정후를 부른 게 아닙니다."

"그럼요?"

"준성이가 보냈겠죠. 제가 동생 교육을 허투루 시키지는 않았거든요."

"그렇구나……."

"사실 거짓말입니다."

"네?"

"그냥 한번 해 본 말인데, 시현 씨가 너무 진지하게 반응하니 몸 둘 바를 모르겠네요."

"도대체 저랑 뭘 하고 싶은 건지 모르겠어요."

"호칭을 바꾸고 싶습니다."

"예?"

대화가 이어지지 않고 이리저리 튀는 건, 차씨 가문의 특징인 모양이다. 준성과의 대화도 중구난방으로 튀어서 따라잡기 힘들었는데, 명성도 만만치 않았다.

"시현 씨랑 저 사이에 아저씨는 좀 아니지 않습니까?"

"아, 그러네요. 저도 그건 좀 그랬어요. 그럼 뭐라고 부르면 될까요?"

"음…… 아저씨만 빼고 다 좋습니다. 뭐, 남들이 연상의 남자에게 흔히 사용하는, 그런 호칭도 좋고요."

시현은 잠시 고민했다. 다들 명성을 뭐라고 부르더라.

명성은 기대감에 반짝반짝 빛나는 눈으로 시현이 '오빠'라고 부르기를 기다렸다. 한참 고민하던 시현은 눈을 살짝 올려 뜨고 명성을 바라보며 조심스레 말했다.

"혀, 형님?"

"……."

2

출근하는 길에 커피숍에 들렀다. 아이스 아메리카노에 샷 두 개 추가. 그리고 우유가 듬뿍 들어간 카페라테 하나. 커피 두 개를 양손에 들고 사장실로 향했다. 정후가 있을 줄 알았는데, 비서실엔 아무도 없었다.

그저께 밤 돌아오는 길, 차에서 정후와 나눴던 이야기를 떠올렸다.

　분명 사장님이 잘못을 하셨을 겁니다. 명성 형님은 다정하고 여성의 마음을 잘 헤아려 주는 분이시니, 명성 형님을 선택하신 것도 이해 못 하는 건 아닙니다. 하지만 시현 씨는 사장님의 파트너였습니다. 그렇다면 시현 씨는 그 자리에서 사장님을 선택할 의무가 있는 겁니다. 사장님이 시현 씨한테 폭력을 행사했다든가 하는 정도의 잘못을 저지르지 않았다면, 끝까지 사장님의 파트너로서 행동을 하시는 게 옳았습니다. 일단 집에 돌아간 후, 다시 명성 형님과 연락을 해서 만나는 방법이 있었겠지요.

그 말을 하는 정후의 표정은 담담했다. 불쾌한 어조는 아니었지만, 말투가 부드러워서 오히려 더 죄책감이 느껴졌다.

준성은 끝까지 시현의 파트너로서 행동했다. 그뿐 아니라 희영을 소개시켜 주기까지 했다. 그런데 시현은 준성을 놔두고 명성을 선택했다. 이 남자, 저 남자, 입맛에 맞는 남자를 찾아 팔랑거리며 날아다니는 나비와 다를 게 없었다.

그런 의도는 아니었지만 결과적으로는 자신의 잘못이었다. 그래서 정후의 얼굴을 보기가 민망했다. 친절하게 대해 주는 남자라면 다 좋아하는 그런 여자로 오해했으면 어쩌지.

똑똑.

사장실 문을 두드렸다.

"들어와."

나른한 음성이 들려왔다. 시현은 조심스레 문을 열고 안으로 들어갔다.

가구가 별로 없는 사장실도 매일 드나들다 보니 익숙해졌다. 소파에 반쯤 누운 자세로 앉아 있는 준성도 이제는 익숙하다. 시현은 샷 두 개를 추가한 아이스 아메리카노를 준성의 앞에 내려놨다.

"그저께 파티 데려가 주셔서 감사합니다. 이건 감사 표시예요."

준성은 커피를 한 번 쳐다본 후 시현을 올려다봤다. 준성이 아무 말도 하지 않았기 때문에, 시현은 꾸벅 인사를 하고 사장실을 나가려 했다.

"뭐 해?"

"사무실 가려고요."

"앉아."

준성이 자세를 바로 하고 턱짓으로 맞은편 소파를 가리켰다. 이것 역시 익숙하기에 시현은 다시 돌아와 소파에 앉았다.

준성은 생전 처음 보는 진귀한 물건이라도 된다는 듯, 앞에 놓인 커피를 물끄러미 쳐다봤다. 시현은 그 앞에 앉아 입술을 비쭉거렸다. 아주 많은 것들이 익숙해졌지만 준성과 함께 있을 때의 침묵은 여전히 익숙해지지 않는다.

"그저께는 죄송했어요."

준성은 커피에서 눈을 떼지 않았다.

"사장님이랑 같이 집에 갔어야 했는데…… 명성 오빠랑 바에 가서……."

준성이 고개를 들었다. 아무래도 '오빠'라는 단어에 반응을 한 것 같아서, 시현은 서둘러 덧붙였다.

"어제 호칭 정리를 했거든요. 제가 원래 아저씨라고 불렀었는데, 그건 싫다고 하셔서…… 형님도 안 된다고 하시고…… 그래서 오빠라고 하기로 했어요."

"나는 화나지 않았어. 그러니까 자네가 사과할 이유도 없지."

"그건 그렇긴 한데…… 그래도 어제 제 행동은 예의가 아니었던 것 같아요."

"자네는 원래 예의 없잖아."

"네? 그게 무슨 말씀이세요! 저 엄청 예의 발라요! 예의 하나로 밥 벌어먹고 사는 사람인데!"

"이거 봐. 금세 소리 지르고. 그거 칼슘 부족 때문에 그러는 거야. 칼슘제 좀 사 먹어."

"좀 사줘 보시고 그런 말씀을 하시죠?"

"알았어."

준성이 휴대폰으로 손을 뻗었다. 시현은 자신의 말실수를 깨달았다.

"잠깐만요!"

다급한 마음에 번호를 찾는 준성의 손을 덥석 잡았다. 시현은 테이블 너머로 허리를 굽혀 준성을 똑바로 쳐다보며 말했다.

"농담이에요, 농담. 진짜로 칼슘제를 사달라는 게 아니라고요."

"그래?"

"그래요! 제가 하는 모든 말이 진심일 거라고 생각하지 마세요!"

"자넨 왜 그렇게 거짓말을 많이 해?"

"그런 의미가 아니라니까요. 그렇게 질렸다는 표정 짓지 마시고요!"

"자넨 참 어려워."

"전 사장님이 더 어려워요."

시현은 준성의 손을 놓고 다시 자리에 앉았다. 준성은 시현에게 잡혔던 자신의 손을 물끄러미 내려다보고 있었다.

"사장님, 저 희영 씨랑 오늘 점심 같이 먹기로 했어요."

"희영 씨?"

"어제 사장님이 소개시켜 주신 여자분이요."

"아아."

"그래서 오늘 점심은 혼자 드셔야 할 것 같아요."

"응."

"제가 그래서 도시락을 좀 싸왔어요."

시현의 말에 준성의 짙은 눈썹이 휘어졌다. 시현은 가방에서 도시락통을 꺼냈다. 작년에 돈을 아끼기 위해 도시락을 싸서 다니려고 샀던 도시락통이다. 아침에 일찍 일어나는 게 힘들어서 두세 번 싸가고 끝이긴 했지만.

사장실과는 어울리지 않는 촌스러운 핑크색의 도시락통을 준성의 앞으로 밀었다.

"제가 없어도 이 도시락이 사장님과 함께해 줄 거예요."

"……."

"저, 그럼 나가볼게요. 김희영 씨 만나기 전에 이거저거 정리를 해놔야 해서요."

시현이 나가려는데, 준성이 '이봐.' 하고 불렀다. 시현은 사장실 문고리를 잡은 채 뒤를 돌아봤다. 준성의 검지와 중지 사이에 카드 하나가 끼워져 있었다. 지금까지 시현이 사용했던 준성의 카드와는 조금 다른 색깔이었다.

"법인 카드야. 격에 맞게 행동해."

시현은 임금에게 귀한 물건이라도 하사받듯, 두 손으로 공손하게 카드를 받아 들었다.

사장실을 나가니 막 출근한 정후가 코트를 벗고 있는 게 보였다.

"좋은 아침이에요, 시현 씨."

정후의 태도는 평소와 다름없었다.

"안녕하세요, 비서님. 토요일 밤엔 정말 감사했습니다. 늦은 시간이었는데."

"아닙니다. 사장님이 시키시는 일을 한 것뿐인데요."

"어제는 제가……."

"아닙니다, 시현 씨. 그제는 제가 무례했습니다. 제가 끼어들 일이 아니었는데."

정후가 딱 잘라서 선을 그었다. 평소와는 달리 차가운 태도였다. 거리감이 느껴졌지만 별수 없었다. 정후는 그동안 과할 정도로 시현에게 잘해 주었다. 그런 정후를 실망시킨 건 다름 아닌 시현이었다.

시현은 꾸벅 인사를 하고 비서실에서 나왔다. 가슴이 허전했다. 모든 사람에게 사랑을 받고 싶다는 욕심은 없었지만, 정후에게만큼은 미움을 받고 싶지 않았다. 입사하는 날부터 다정하게 챙겨 주던 정후가 돌아섰다는 사실이 가슴 아팠다.

3

희영이 자신을 데리러 오라고 했기에, 시현은 콜택시를 타고 희영의 집으로 향했다. 일산의 고급 주택가에 있는 희영의 집은 2층짜리 단독 주택이었다. 나지막한 울타리가 쳐져 있어서 어느 만화나 드라마에 나올 듯한 아기자기한 분위기를 자아냈다.

택시 기사에게 잠시만 기다려 달라고 하고, 택시에서 내려 전화를 걸었다. 지금 집 앞입니다, 했더니 잠깐만, 이라는 대답이 돌아왔다. 금방 나올 줄 알았던 희영은 10분이 지나서야 나왔다.

시현이 타고 온 택시를 본 희영이 인상을 찌푸렸다.

"뭐야, 난 택시 안 타."

예상 못 한 반응이었다.

"로운에는 VIP용 차도 없어? 지금 나보고 누가 앉았는지도 모를 택시 뒷좌석에 앉으라는 거야?"

"죄송해요. 제가 거기까진 생각을 못 했어요."

"아, 짜증나네."

"잠시만요."

시현은 서둘러 택시 기사에게로 돌아갔다. 창문을 열어 놓은 채 기다리고 있던 택시 기사는 불쾌해 보였고, 시현은 굽실거리며 사과할 수밖에 없었다. 나온 요금의 두 배를 내고 택시를 돌려보낸 후, 시현은 희영에게 돌아갔다.

"죄송해요, 희영 씨. 제가 VIP로 살아본 적이 없어서 잘 몰랐어요. 오늘 희영 씨에게 배웠으니 앞으로는 이런 일 없을 거예요. 죄송하고, 또 감사합니다."

희영은 입을 비쭉거렸지만 시현의 정중한 사과가 싫지는 않은 것 같았다.

"그래, 뭐. 몰랐다는데 어쩔 수 없지. 들어와요. 오늘 우리 집 기사가 자리를 비워서 어디 나가긴 글렀어. 집 구경시켜 줄게."

시현은 속으로 쾌재를 불렀다.

희영이 먼저 들어가고, 시현이 그 뒤를 따라 들어갔다. 가정부로 보이는 중년의 여자가 앞치마에 손을 닦으며 다가왔다.

"아가씨, 나가신다고 하지 않으셨어요?"

"그렇게 됐어. 데리러 오라고 했더니 택시를 타고 왔더라고."

"아아."

가정부가 시현을 쳐다봤다. 그 눈빛에는 '이 아가씨, 정말 어쩔 수 없죠?'라는 말이 담겨 있었다. 하지만 시현은 거기에 동조하고 싶지 않았다. 태어날 때부터 있는 집에서 태어나 이런 식으로 버릇이 들었다면 그건 어쩔 수 없는 일이다. 가난한 집에서 태어나 성공에 목을 매는 시현이나, 타고 다닐 차에 목을 매는 희영이나 크게 다를 바 없었다. 우선시해야 하는 것이 다른 환경에 살고 있는 것뿐이다. 그건 비난할 일도, 경멸할 일도 아니었다.

"방으로 차 좀 가져다줘요. 시현 씨, 뭐 마실래?"

"전 커피요."

"난 늘 마시던 걸로."

"네, 아가씨."

준성의 집과 비슷한 정도의 넓이였지만, 사람 사는 냄새가 나는 곳이었다. 꼭 필요한 가전제품들은 물론, 필요 없지만 남들이 다 사니까 사놓은 걸로 보이는 것들까지. 상당히 넓은 집은 다양한 물건들로 가득 채워져 있었다.

희영의 방은 2층에 있었다. 나무로 만들어진 계단을 올라가니 작은 창문이 하나 눈에 들어왔는데, 그 양옆으로 방이 하나씩 있었고 화장실로 보이는 문이 있었다. 희영의 방문엔 분홍색 테두리가 있는 문패가 걸려 있었다.

[희영☆희영♡]

별과 하트가 그려진 문패가 굉장히 인간적이었다. 그래서인지 희영에게 느꼈던 벽이 조금 얇아졌다. 희영은 시현이 문패를 빤히 보고 있는 것을 느꼈는지 얼굴을 붉혔다.

"저거 내가 쓴 거 아냐. 친척 동생이 해 준 거지. 얼른 들어와요."

희영의 방 안은 여러 문화가 어우러진 독특한 분위기를 풍겼다. 일본식 장식품이 있는가 하면, 침대는 흔히 볼 수 있는 모던한 느낌이었고, 방에 딸린 베란다에 놓인 티 테이블은 빅토리아 시대풍의 엔틱 가구였다. 희영이 방석을 내왔는데 그것 역시 일본에서 사온 듯, 이색적인 무늬가 수놓아져 있었다.

희영에게 줄 선물을 잘못 사 왔나 싶었지만 곧 괜찮을 거라고 판단했다. 희영의 책상 옆 CD 진열장에 꽂혀 있는 CD 대부분이 시현이 고른 장르와 비슷했다.

시현은 자리에 앉자마자 음악 CD 세 장을 꺼냈다.

"그게 뭐야?"

"음악 전공하셨다는 얘기를 들었어요. 저는 이쪽은 잘 몰라서 점원이 추천해 주는 CD를 사긴 했는데…… 마음에 드실지 모르겠어요."

"어디 봐봐."

희영은 CD를 이리저리 살펴보고, CD 케이스에 적힌 이름들을 쭉 훑어보더니 인상을 찌푸렸다.

"자기, 진짜 음악에 대해 모르는구나? 가요만 듣고 그러는 거야?"

"요새 사람들이 대부분 그렇잖아요. 클래식처럼 고상한 음악은 아무래도 힘드니까요."

"그렇긴 해. 요새 사람들, 클래식을 너무 등한시하더라. 비트 빠른 음악만 좋아하고. 점원이 추천해 준다고 해서 다 좋은 건 아니야. 딱 보니까 이거 골라준 점원도 음악에 대해 모르는 건 마찬가지네. 그냥 남들이 유명하다고 하니까 골라준 건데?"

"아, 정말요? 어쩐지 어리버리해 보이더라니."

"그치? 하여간, 모르면 모른다고 인정을 할 것이지. 이거 CD 한 장 팔아서 얼마나 남는다고."

"죄송해요. 제가 좀 더 생각해 보고 골랐어야 했는데……."

"아냐, 됐어. 마음만 받을게. 나, 웬만한 음반은 다 가지고 있거든."

시현은 희영에게 '어쩜 이렇게 너그러울 수가!'라는 눈빛을 보냈다.

준성은 법인 카드를 아낌없이 써도 된다는 사인을 보냈지만, 아마 카드로 몇 백만 원을 긁어도 대수롭지 않게 생각할 테지만, 시현은 돈을 써서 고객의 마음을 사로잡고 싶지는 않았다. 사람마다 바라는 것, 좋아하는 것, 어깨를 으쓱하게 만들어 주는 것이 달랐다. 얼마만큼의 돈을 쓴다고 해서 딱 그만큼의 만족을 줄 수는 없다는 말이다. 시현이 오늘 쓴 돈은 CD 사는 데 6만 몇 천 원. 택시비로 2만 얼마. 그게 전부였다.

연회장에서 대화를 나눴을 때 희영에게 열등감이 있다는 걸 알았다. 대화를 하는 도중에 예쁘게 생긴 여자가 지나가면 희영은 여지없이 그녀를 깎아내렸다. 희영의 원래 얼굴이 어떤지는 모르겠지만, 지금 누구에게도 뒤지지 않을 만큼 충분히 예쁜데도 예쁘장한 여자에게 유독 날을 세우는 걸 보니, 아직 그 열등감을 극복해내지 못한 듯했다.

희영은 누군가보다 자신이 잘났다는 것을 증명받고 싶어 했고, 그래서 시현은 희영의 앞에서 아무것도 모르는 '바보'가 되기로 했다.

그래도 희영이 단순한 사람이라서 다행이다. 아부 떠는 걸 싫어한다고 하면서도 정작 옳은 소리를 하면 화를 내는 부류가 있는데, 이런 모순된 태도를 보이는 사람들은 대하기 힘들다. 희영은 시현이 하는 말들이 아부라는 걸 알면서도 기분 좋게 받아들였고, 그래서 시현은 희영의 앞에서 바보가 되는 게 그리 싫지 않았다.

가정부가 차와 쿠키를 가지고 왔다. 찻잔 가장자리에 연하늘색 꽃이 새겨져 있었고, 수제 쿠키가 가지런히 담긴 접시는 찻잔과 한 세트였다. 시현의 것이 향이 좋은 커피, 희영의 것은 홍차였다.

"이 쿠키, 우리 집 파티시에가 만든 거야. 홍차 쿠키."

"홍차로도 쿠키를 만들 수 있어요?"

"자기, 정말 아는 거 없구나? 그래서 어떻게 이 일을 하려고 그래? 이쪽 세계 사람들, 보통 나보다 더 까다로워."

"그러니까요. 그래서 희영 씨……께 많이 배우고 싶어요. 아, 그런데 희영 씨라고 불러도 되나요? '씨' 자를 붙이는 게 가끔 예의 없어 보이기도 해서요."

"자기 몇 살인데?"

"희영 씨보다는 많을걸요. 스물다섯 살이에요."

"내가 그렇게 어려 보여? 나 시현 씨보다 나이 많아. 스물일곱 살."

"에이, 설마……."

"진짜야. 시현 씨, 사람 기분 좋게 해 주는 재주가 있네. 앞으로 언니라고 불러. 두 살 차이인데 씨, 씨, 하는 것도 웃긴다."

"정말 그래도 돼요?"

"응. 나도 말 편하게 한다?"

시현이 생각한 것 이상으로 일이 잘 풀렸다. 하지만 안심할 수는 없었다. 아직은 서로를 탐색하는 단계인데, 마음을 놨다가 실수라도 하면 그동안 쌓아온 관계며 노력 등이 한순간에 무너질 수도 있었다.

그래도 호칭을 정리하고 난 후에는 더 편한 분위기로 대화를 할 수 있었다. 시현이 아는 게 별로 없고 순진하다고 생각해서인지, 희영은 수다스럽게 여러 이야기를 했다.

'이쪽 세계'의 이야기, 어릴 적 이야기, 첫사랑 이야기, 유학가서 만난 남자들 이야기, 마음에 안 드는 사람들 이야기.

3시간이 넘는 긴 대화를 하는 동안, 희영에게 잘 어울리는 남성상이 떠올랐다. 그리고 어떤 식으로 접근해야 할지도 감이 잡혔다.

돌아가려는 시현에게 희영이 말했다.

"난 최고의 남자가 아니면 싫어. 해성 그룹까지는 아니더라도, 그와 견줄 수 있는 기업을 등에 업고 있는 남자여야 할 거야."

시현은 희영을 똑바로 응시하며 말했다.

"노력할 거예요. 하지만 그걸 알아두세요. 언니가 최고니까, 누굴 만나든 상대 역시 최고라는 말을 듣게 될 거예요."

이야기 일곱.

Hello Wedding

1

점심시간이 되자, 준성은 소파에 앉아 도시락통을 꺼냈다. 꽃분홍 도시락 뚜껑에는 오래전 아이들 사이에서 유행했던 마법 소녀가 그려져 있었다.

직사각형 네모난 도시락통은 반찬통, 밥통으로 구성되어 있었다. 밥통을 열려는데 정후가 노크를 했다.

"사장님, 점심 드셔야죠."

"난 도시락 먹어야 돼."

"도시락이요?"

안으로 들어온 정후가 테이블 위에 놓인 꽃분홍 도시락통을 보고 눈을 휘둥그레 떴다.

"그게 뭐예요? 어? 진짜 도시락이네."

"가짜 도시락도 있어?"

준성이 심드렁하게 대꾸하며 뚜껑을 열었다. 현미가 적절히 섞인 밥이 꽉꽉 눌러 담겨 있었다. 준성 혼자 먹기에는 많은 양이었다.

"반찬통도 열어 보세요."

"여기 자네 몫은 없어."

"에이, 혼자 다 못 드시겠는데요."

반찬통엔 계란말이와 김치, 멸치볶음이 들어 있었다.

"이것 보세요. 반찬도 많네. 사장님은 멸치볶음 안 드시잖아요. 시현 씨가 싸다 준 거죠?"

"응."

"같이 먹어요. 저도 시현 씨 음식 솜씨 좀 보게."

"싫어."

"아니, 음식 욕심도 없는 분이 왜 이러세요. 양 많아서 남기시겠구만. 음식 남기면 벌 받습니다?"

"안 남겨. 그만 나가지?"

"진짜 혼자 드시게요?"

"응."

"이따 후회하신 다음에 불러도 안 들어올 겁니다. 저 사원들이랑 밖으로 나갈 거예요."

"응."

정후는 믿을 수 없다는 듯이 준성을 쳐다봤지만 결국은 포기하고 사장실에서 나갔다. 정후가 나가자 침묵이 찾아들었다.

침묵은 평화로웠고, 또 달콤했다. 촌스러운 분홍색 도시락통이 마법을 부렸다. 보온이 되지 않아 차갑게 식었을 음식에서 온기가 퍼졌다. 그 온기가 흘러 흘러 비어 있는 시현의 자리에 내려앉아, 지금은 없는 시현의 모습을 그려냈다.

하얗고 자그마한 얼굴, 날카롭게 올라간 고양이 같은 눈, 오뚝한 코와 도톰하고 붉은 입술. 밥을 먹을 때면 긴 머리를 귀찮다는 듯 하나로 묶어 버리는 습관. 조용할 때는 침묵을 견디지 못하고 입술을 비쭉거리는 행동.

이곳에 없는데도, 그녀의 모습이 이토록 또렷이 그려지는 게 신기했다.

준성은 다리를 꼬고 도시락통을 손에 들었다. 그리고 보이지 않는 시현을 향해 나직한 목소리로 말했다.

"잘 먹을게."

2

회사에 돌아온 건 퇴근 무렵이었다. 시현은 사무실에 올라가기 전, 보고를 위해 사장실로 향했다. 이번에도 정후는 비서실에 없었다.

"사장님, 저 들어가도 될까요?"

"들어와."

들어가자마자 도시락통을 찾았다. 도시락통은 시현이 두고 간 바로 그곳에 그대로 올려져 있었다.

"도시락 안 드셨어요?"

"먹었어."

"정말요? 다 드셨어요?"

"응."

"멸치볶음도?"

"응."

"비서님한테 드린 거 아니에요?"

"아냐. 내가 다 먹었어."

대답하는 준성의 얼굴엔 승리감이 깃들어 있었다.

"이런 걸로 승리감에 젖으실 이유는 없는데요."

"오늘부터는 가정부 안 해도 돼."

생각지 못한 통보였다. 시현은 마치 '내일부터 회사에 나오지 마.'라는 소리를 들은 사람처럼 상심한 표정으로 준성을 쳐다봤다.

"어째서요? 제가 도시락에 멸치볶음 넣어서 화나셨어요? 밥이 너무 많았어요?"

"멸치볶음은 싫어. 밥이 많았던 것도 사실이야. 하지만 그런 이유 때문은 아니야."

"그럼요?"

"자네는 이제 할 일이 있잖아. 남은 시간을 집안일이나 하면서 허비하지 마."

"허비라는 생각 안 해봤어요. 저는……."

거기까지 말하고, 시현은 입을 다물었다.

무슨 말을 하고 싶은 건지 시현 자신도 알 수 없었다. 왜 이런 기분이 드는 건지도 알 수 없었다. 연인에게 헤어지자는 통보를 받았어도, 이토록 상실감이 크지는 않을 것이다.

애초에 당분간만 하기로 했던 가정부였다. 출근 전에, 퇴근 후에, 심지어 주말까지도 오가며 집안일을 하는 것이 즐거울 리가 없었다. 그걸 안 해도 된다고 하니 만세를 하며 기뻐해야 할 일이었다.

하지만 기쁘지 않았고 그 이유를 시현은 알고 있었다. 전부터 무시하려고 했던 그 감정을, 사장님은 남자를 좋아한다며 떨쳐버리려 했던 그 감정의 이름을 시현은 아주 잘 알고 있었다.

이런저런 허울 좋은 변명들을 해 가며 간신히 무시했던 그 감정이 이제 인정하라는 듯 거대하게 돌변해 시현을 강타했다. 숨이 막힐 정도로 거대하게 변한 감정을, 이제는 무시할 수가 없게 되었다.

진작 깨닫고 있던 감정인데도 이렇게 갑자기 몰아닥치니 당혹스러웠다. 얼굴에 드러나는 당혹감과 서글픔을 준성에게 들키고 싶지 않았다. 시현은 얼른 돌아섰다.

"네, 사장님. 그럼 오늘부터는 집으로 퇴근하겠습니다."

"응, 수고해."

평소와 다름없는 그의 어투가 유독 냉랭하게 느껴졌다. 준성의 손이 닿았던 도시락통을 소중하게 끌어안고 도망치듯 사장실에서 나와, 엘리베이터로 향했다.

엘리베이터에 탄 시현은 거울에 비친 자신의 모습을 보고 한숨을 쉬었다. 정후가 비서실에 없어서 다행이었다. 정후는 눈치가 빠르니까 이 표정에 담긴 의미를 알아챘을 것이다.

엘리베이터가 멈췄다. 아무도 없기를 바랐는데, 같은 층을 사용하는 사원이 서 있었다. 그의 눈에도 시현의 표정이 형편없이 보였는지,

"무슨 일 있으세요?"

라는 질문이 돌아왔다. 시현은 사원을 물끄러미 올려다보다가 울 것 같은 표정으로 말했다.

"좋아하는 사람이 생겼어요."

"아…… 그거 축하드립니다."

"그런데 게이예요. 어쩌죠?"

사원은 갑작스러운 연애 상담에 당황한 듯했지만, 그래도 상냥하게 미소를 지으며 대답했다.

"그래도 고백을 하고 확실하게 차이는 편이 낫지 않을까요?"

준성의 집으로 출퇴근하는 것이 그새 익숙해진 모양이다. 퇴근하자마자 다른 곳에 들르지 않고 곧바로 들어간 집이 더없이 어색했다. '내가 있어야 할 곳은 여기가 아닌데.'라는 생각이 들어서 그런 감정을 얼른 지워 버렸다.

네가 있어야 할 곳은 여기가 맞아. 달리 어디가 있겠어?

울적했다.

누군가와 수다를 떨고 싶었지만 휴대폰에 저장된 이름이 없는 건 여전했다. 시계대용으로 사용하는 휴대폰을 만지작거리다가 게임이라도 받아볼까, 고민하고 있는데 전화가 걸려왔다. 화들짝 놀라 화면을 보니 '최영호'라는 이름이 떠 있었다.

시현은 잠시 망설이다가 전화를 받았다.

"여보세요?"

[여어, 시현! 잘 지내?]

"응, 잘 지내지. 넌 어때?"

한때는 그를 대할 때마다 설레는 마음을 아닌 척 밀쳐둔 채,

어떤 말이든 편하게 툭툭 내뱉던 때가 있었다. 그런데 고작 2년이 지난 지금은 어색한 사이에 흔히들 나누는, 틀에 박힌 인사말을 주고받고 있다. 그게 이상하기도 하고 어쩐지 우습기도 해서 시현은 유쾌하지 않은 미소를 지었다.

[나야, 뭐. 이제 곧 졸업반이라서 취업 준비하고 있어. 우리 한번 봐야지. 못 본 지 오래됐잖아.]

"응, 그러게."

[지금 대학 동창 애들 다 모였는데, 너도 와라. 간만에 마시자. 애들이 너 보고 싶어 해.]

시현은 잠시 망설였다.

집에 있고 싶지는 않았지만, 동창 중에 만나고 싶지 않은 사람이 있었다.

"거기 유리 있어?"

[유리? 잠시만. 야, 유리 왔냐? ……어, 안 왔어? 오케이. 유리 안 왔대.]

"아, 그래? 그럼 잠깐 들를게. 어디야?"

너무 속내를 드러냈나 싶었지만 개의치 않기로 했다. 이제는 같은 강의실에서 수업을 들을 일도 없고, 자주 만나지도 않는 지인들일 뿐이다. 한때는 너무 좋아서 얼굴만 봐도 설레던 영호 역시 이제는 어색한 인사를 주고받는, 가깝지 않은 친구 중 하나일 뿐이었다.

영호는 홍대에 있는 바 이름을 말해 줬다.

학생 때는 안주 세 개를 합쳐 9천9백 원에 파는 싸구려 술집에서만 모였는데, 다들 사회인이 되니 이름 있는 바에서도 모이고 그러는 모양이다.

문득 명성과 함께 갔던 바가 떠올랐다. 어색한 친구들과 함께 있으니 명성과 함께인 게 더 낫겠다는 생각이 들었지만, 선약도 하지 않고 쉽게 불러낼 사이는 아니었다.

옷을 갈아입지 않길 잘했다고 생각하며, 시현은 파우더만 살짝 바른 후 집을 나섰다.

3

뒷정리를 하던 정후는 소리 없이 열린 문으로 들어오는 명성을 보고 한숨을 쉬었다. 체크무늬가 연하게 들어간 진갈색 바지에 하늘색 셔츠를 입은 명성은 어떻게 봐도 한량으로만 보였다.

"뭐 해?"

"제가 하긴 뭘 하겠습니까? 사장님 뒤치다꺼리나 하지."

"호오. 김정후. 왜 이렇게 염세적인 도련님이 된 거야? 어릴 적엔 그렇게 귀여웠으면서."

명성이 정후의 어깨에 팔을 두르고, 얼굴을 슬슬 만지며 은근하게 말했다. 정후는 신경질적으로 몸을 뺐냈다.

"형님은 진짜 너무하십니다."

"내가? 그동안 안 찾아온 게 그렇게 서운했어?"

"오해할 소리 하지 마세요. 안 그래도 여기저기서 게이 아니냐고 오해받는구만."

"아니었어?"

"아, 형님! 아무튼 이리 좀 나와 보세요."

정후는 명성의 팔을 끌고 복도로 나갔다.

"왜 이래?"

"비서실이랑 사장실은 방음이 안 되거든요. 하여간 형님, 너무하셨어요. 거기서 그렇게 시현 씨를 데리고 가버리는 게 어딨습니까?"

"아아. 그것 때문에 그래? 준성이도 허락해 줬잖아. 왜 네가 화를 내? 설마…… 시현 씨 좋아해?"

"무슨 의도인지는 모르겠지만, 좋아합니다. 아주 좋아해요. 전 시현 씨처럼 할 말 잘하고, 굽혀야 할 땐 굽히는 사람이 아주 좋습니다. 그런데요, 문제는 그게 아니죠. 제가 시현 씨를 좋아하는지 싫어하는지는 아무런 상관이 없다고요."

"난 어마어마하게 충격인데? 김정후는 기본적으로 모든 사람을 싫어하잖아."

"말 돌리지 마세요."

정후가 인상을 찌푸렸다.

"형님은 눈치 빠르시잖아요. 특히 여자 관련해서는 비상할 정도로 빠르시죠. 그러니까 분명 시현 씨에 대한 사장님의 마음도 눈치채셨을 거예요."

"에이, 난 독심술 같은 거 못 해."

명성이 웃으며 말했지만 정후는 표정을 풀지 않았다.

"사장님은 의리가 있잖아요. 자기 사람이라고 생각하면, 그때부턴 모든 걸 퍼주죠. 사장님이 그날, 정말로 시현 씨를 형님이랑 같이 보내고 싶었겠습니까? 아니에요. 보내기 싫지만, 형님이 원하고 시현 씨가 원하니까 그냥 그렇게 넘어간 거죠. 늘 그렇듯이."

"김정후는 내 동생을 진짜 좋아하나 보네. 게이로 오해받아도 할 말이 없겠어."

"농담하는 거 아닙니다, 형님. 윤예나 씨 떠나고 사장님이 어떻게 살았는지 아시잖아요. 그런데 지금 조금씩 변해 가고 있어요. 오늘 말이에요, 시현 씨가 사장님 드시라고 도시락을 싸왔어요. 반찬이 계란말이에 김치에, 심지어 멸치볶음도 있었거든요. 근데 사장님이 그걸 다 드셨어요. 전부 다! 멸치 한 마리도 안 남기고! 믿어지세요?"

"그건 놀라운데?"

"그죠? 멸치라는 게 말입니다. 그렇게 보여도 진짜 씹기 힘든 거잖아요. 오히려 고기가 낫죠. 멸치는 잘못 넘기면 식도가 아프다고요. 오랫동안 꼭꼭 씹어서 먹어야 하는 거죠. 게다가 씹을수록 고소하기도 하고. 그런데 그걸 다 드셨더라니까요."

열변을 토하던 정후가 정신을 차렸다.

"아니, 이게 문제가 아니라…… 여하튼 그래요. 시현 씨는 사장님이 멸치도 드시게 하실 수 있는 여자예요. 뭐, 집안이 차이가 나고…… 이런 문제는 제가 신경 쓸 일은 아니고. 하여간 지금은 이대로 좀 놔두세요, 형님. 시현 씨가 사장님이랑 붙어 있게 되면서 간만에 숨통이 트인단 말이에요."

"그래. 그동안 정후 네가 고생이긴 했지. 저 녀석이 저래 봬도 외로움쟁이라서."

"그러니까요."

"그럼 미안하다고 사과부터 해야겠네. 네 말에는 진정성이 있었고, 내 가슴을 충분히 울렸지만…… 난 시현 씨, 준성이 옆에 놔두지 않을 거야."

"형님! 저 장난치는 거 아니라니까요."

"나도 장난치는 거 아냐."

명성의 얼굴에서 웃음기가 사라졌다.

"시현 씨 일로는 장난 안 쳐. 왜 장난을 친다고 생각해?"

"……."

"시현 씨에게는 문제가 있어. 그 문제가 뭔지는 내 입으로 말 못 해. 하나 분명한 건, 내 동생은 시현 씨의 문제를 감당할 수 없어. 나는 내 동생을 아주 사랑하지만, 이건 다른 문제야. 차준성은 자기 문제를 감당하는 것만으로도 벅차잖아. 그런데 시현 씨의 문제는 시현 씨 혼자서 감당하기 힘든 문제거든. 자기 문제 감당하기도 힘든 차준성이 시현 씨의 문제를 돌아볼 수 있을 거라 생각해?"

"……."

"상처를 받게 될 거야. 처음에는 시현 씨가, 그다음에는 내 동생이. 시현 씨가 내 동생을 좋아하든, 좋아하지 않든, 그건 지금으로선 문제가 안 돼. 어차피 시작하는 단계니까. 시현 씨가 내 동생에게 마음이 있다면 난 그 마음을 내 쪽으로 돌릴 거야. 나는 시현 씨가 가진 문제를 얼마든지 감당할 수 있거든."

"그거…… 오만입니다."

"아니. 이건 자신감이야."

정후는 반박할 말을 찾을 수가 없었다. 명성의 말이 맞았다. 준성은 주변에 무관심했고, 정후 역시도 그것 때문에 상처를 받은 적이 있었다. 오랜 시간을 함께 지내면서 준성의 무심함을 대수롭지 않게 넘길 수 있게 되었지만, 그래도 가끔은 기분이 상할 때가 있다.

시현의 문제가 뭔지는 모르겠지만, 준성이 그 문제를 함께

할 수 없을 거라는 것에는 동의했다. 만약 시현에게 아무 문제가 없더라도, 어쩌면 예나처럼 준성의 무관심에 질려 상처를 받을지도 모를 일이었다.

그저 사람 대 사람, 여자 대 남자의 관계로만 본다면 준성보다 명성이 낫다는 건 부정할 수 없는 사실이었다. 명성은 아무 여자나 좋아하는 듯하지만 사실은 순정파였고, 상대에게 늘 최선을 다했다.

"형님, 시현 씨를 좋아하세요?"

"응, 좋아해."

"왜요?"

"예쁘잖아. 난 예쁜 여자를 좋아하거든."

"예쁜 여자 많잖아요."

"시현 씨는 유독 예쁘더라고. 게다가 고양이 닮았고."

"고양이를 닮긴 했죠."

"술이나 한잔하러 갈까?"

"사장님은요?"

"같이."

"사장님 여자를 뺏으려는 마당에 뻔뻔하시네요."

"사장님 여자라니. 아직 두 사람, 아무 사이도 아니잖아."

정후는 투덜거리며 사장실에 들어갔다. 준성은 소파에 누워 잘 준비를 하고 있었다. 최근엔 시현과 함께 열심히 집에 가더니, 시현이 가정부를 그만두자마자 이 모양이다.

"이러실 거면 왜 시현 씨한테 가정부 그만두라고 하신 거예요?"

"이거랑 그거랑은 상관없어."

"뭐가 상관없어요? 빈집에 들어가기 싫어서 여기서 주무시는 거면서. 외로움쟁이."

"자네는……."

"안 우스워요. 사장님, 하나도 안 재미있는 사람이니까 우습게 볼 일 없어요."

"……."

"명성 형님 오셨어요. 같이 술이나 한잔하러 가요."

"싫어."

"왜요? 모처럼 형제끼리 우애를 나눠보세요."

"술을 마셔야 우애를 나누는 건 아니잖아. 그만 퇴근해."

"그러지 말고 같이 가세요. 사장님 없으면 무슨 재미로 마시겠어요?"

"하나도 안 재미있는 사람이라며."

"그걸로 꽁해 계셨어요? 알았어요. 사장님 웃긴 사람이에요. 아주 우습습니다. 저, 사장님을 아주 우습게보고 있어요. 됐죠?"

준성은 정후를 한번 노려보고는 어쩔 수 없다는 듯 느릿하게 일어났다.

4

바의 조명은 어두웠지만 들어가자마자 영호를 찾을 수 있었
다. 영호는 10인용 긴 테이블 끝에서 웃고 있었다. 영호는 호
감형의 얼굴이었는데, 웃을 때의 얼굴이 굉장히 사랑스러워서
여자 선배들에게 많은 사랑을 받았다. 심지어 남자 선배들도
'저 녀석 웃을 땐 가슴이 설레.'라는 말을 하기도 했었다.

통화할 때는 좀 어색했지만 직접 보니 언제 그랬냐는 듯 가
슴이 설렜다. 영호를 따라 환한 미소를 지었던 시현은, 그 옆
에 딱 달라붙어 있는 유리를 발견하자마자 표정을 굳혔다.

유리는 만나고 싶지 않았다. 유리와 같은 테이블에 앉아서
술을 마시느니 성대영과 만나는 게 낫다는 생각이 들 만큼, 유
리가 싫었다.

두 번 생각할 것도 없이 돌아서서 나가려는데 영호가 시현
을 발견했다.

"시현아!"

영호의 쾌활한 목소리에, 동기들의 시선이 시현에게 모였
다. 영호가 벌떡 일어나 시현에게 다가왔다. 영호의 어깨너머

로 보이는 유리의 얼굴이 눈에 띄게 굳었다.

시현은 애써 미소를 지었다.

"오랜만이네."

"야, 진짜 오랜만이다."

영호는 스스럼없이 두 팔을 벌려 시현을 끌어안았다. 그건 시현이 특별하기 때문이 아니라, 원래부터 스킨십을 좋아하는 친구였다. 누나들이 많아서 여자에 대한 스킨십이 부담스럽지 않다나.

영호의 품은 따스했기에 유리로 인한 불쾌감이 잠시나마 사라졌다.

"더 예뻐졌네. 뭘 먹고 이렇게 예쁜 거야?"

"그러게. 뭘 먹고 살았을까."

"와, 진짜 예쁘다. 피부가 아직도 애기 피부야."

"넌 여전히 사람 기분 좋을 소리를 잘하네."

"사실을 말하는 건데, 뭐."

유리의 시선이 신경 쓰였다. 노골적으로 노려보는 유리에게 말해 주고 싶었다.

'나 좋아하는 사람 있어. 게이이긴 하지만 영호보다 훨씬 잘 생겼고 생각도 깊은 사람이야. 게으르긴 하지만 능력도 좋아. 물론 너처럼 팔짱을 끼고 웃을 수는 없지만, 그래도 아침에 커피 한잔은 같이 해. 그거면 돼. 아마 고백도 못 하겠지만, 그래도 난 그거면 돼. 같은 회사에서 같이 일할 수 있다는 것만으로도 아주 즐거워. 내가 성장하는 모습을 그 사람에게 보여 줄 수 있다는 것만으로도 나는 기뻐. 그래서 네 남자, 난 건드릴 생각 없으니까 그렇게 노려볼 거 없어.'

시현은 유리에게서 신경을 거두려고 애쓰며 테이블로 향했다. 오랜만에 만난 동기들이 시현에게 인사를 건넸다.

잘 지냈어? 더 예뻐졌다. 반가워. 얼굴 좀 자주 보자. 얼굴 보기 왜 이렇게 힘들어?

뻔한 인사를 나누는 동안, 유리는 한마디도 하지 않았다. 노골적으로 '난 애 싫어.'라는 기색을 내보이며 차가운 시선을 보냈다. 시현은 유리 쪽을 쳐다보지도 않았다.

"아, 너 온다고 하니까 유리도 퇴근하자마자 온다고 한 거야. 하여간 니들 친한 건 알아줘야 돼."

눈치 없는 영호의 말에 시현은 쓴웃음을 지었다. 유리도 영호의 말을 들었는지, 시현을 보며 미소를 지었다. 다른 애들이 보면 친한 친구끼리의 애정 넘치는 미소로 보이겠지. 하지만 시현은 그 미소에 담겨 있는 의미를 알았다.

'나의 영호에게 필요 이상으로 접근하지 마, 이시현. 나는 네가 밝히고 싶지 않은 이야기를 많이 알고 있어.'

유리는 경고하고 있었다.

한때는 유리를 소중한 친구라고 생각하기도 했었다. 바보처럼 그것이 진짜 우정이라고 믿고, 가슴에 꽁꽁 감춰뒀던 비밀을 전부 말하고 말았다. 유리가 그걸 약점 삼아 노에 부리듯 부려먹을 줄도 모르고.

태어나서 처음으로 사랑했던 남자가 사귀고 싶다고 고백을 해 오는데도, '미안해.'라는 말로 거절을 해야만 했던 것도 유리 때문이었다. 유리가 입을 여는 순간, 친구들 사이에 퍼지게 될 이야기들이 두려웠다. 친구들이 끼게 될 색안경이 두려운 게 아니었다. 간신히 꽉꽉 억눌렀던 과거가 다시금 현실이 되어, 검은 아가리를 벌리고 덮쳐올 것이 두려운 거였다.

"잘 지냈어? 너무 오랜만이다."

유리의 목소리는 여전히 앳되었다.

"응, 넌?"

"나도, 뭐…… 회사는 잘 다녀? 어디였더라? 파스텔이라고 했나?"

"아, 거기 잘렸어."

유리의 눈빛이 고소하다는 듯 빛났다. 하지만 덧붙여지는 말에, 유리의 얼굴이 똥 씹은 표정으로 변했다.

"지금은 로운에서 일해."

"로운? 설마…… 로운 클럽?"

영호가 눈을 휘둥그레 뜨고 끼어들었다.

"응, 거기 다니게 됐어."

"우와. 정말? 로운이면 그…… 해성 그룹 막내아들이 운영하는 곳이잖아. 맞지?"

"응, 맞아."

"와! 정말? 우와, 이시현! 진짜 대단하다!"

"멋지다, 이시현!"

이름만 아는 친구들이 자기 일인 양 축하를 해 줬다. 유리는 똥 씹은 표정을 간신히 부드럽게 바꾸며 기어들어가는 목소리로 말했다.

"축하해. 잘됐다, 얘. 어디 제대로 된 곳에 취직도 못 할까 봐 걱정했는데."

"걱정해 줘서 고마워."

"그런데…… 정말 거기 다니는 거 맞아? 거기 학벌 되게 따지는 것 같던데…… 사원증이라도 구경시켜줘. 우리 같은 사람은 가입하기도 힘들던데…… 로운 클럽 사원증 구경이나 해 보자. 응?"

"오, 맞아. 진짜 어떻게 생겼어? 진짜 14K 금박 둘렀다는 말도 있던데."

"한번 보자. 진짜 금 둘렀어?"

시현은 난감했다.

아직 사원증을 받지 못했다. 일주일 후에 나온다던 사원증은 감감무소식이었고, 사실 시현도 사원증의 존재를 잊고 있었다. 사원증이 없어도 회사를 드나드는 데 문제가 없었기 때문이다.

하지만 여기서 사실대로 말해도 다들 믿지 않을 듯했다. 설령 믿는다 해도, 유리가 '거짓말'이라는 분위기로 몰아가겠지.

시현이 난감해하는 걸 눈치챈 유리가 회심의 미소를 지었다.

"뭐야, 이시현. 사원증 안 가지고 나왔다거나 그러기 없어. 지금 보니까 회사에서 막 퇴근하는 복장인데…… 한번 봐봐. 사진 좀 이상하면 어때?"

"아니, 그게……."

"설마…… 로운에 다닌다는 말이 거짓말인 건 아니지?"

유리가 선수를 쳤다.

"에이, 시현이가 그런 걸로 거짓말하겠냐?"

"그러게. 파스텔도 좋은 회사였는데, 뭐."

친구들의 말에 유리가 인상을 찌푸렸다.

"그래도 직장 못 잡아서 그런 걸로 거짓말하는 애들이 좀 있단 말이야. 난 거짓말하는 사람보단 차라리 당당한 백수가 나은 것 같아."

유리의 앵앵거리는 목소리가 거슬렸다. 하지만 여기서 화내면 찔려서 화내는 걸로 보일 게 분명했다. 시현은 욱하는 감정을 꾹꾹 눌렀다.

"아, 혹시 로운 청소부 같은 걸로 취직한 거 아냐? 그치? 그런 거지? 우리 대학 졸업해서 로운에 들어갈 수 있을 리가 없잖아. 우선 서류 심사에서부터 떨어질 텐데."

"어, 그런 거야?"

"청소부 같은 거였어?"

시현이 사원증을 못 보여 주는 데다가, 유리까지 그렇게 몰아가자 다들 웅성거렸다. 영호만 쓴웃음을 지으며 난감해했다.

"하여간, 이시현 허풍은 알아줘야 돼. 청소부면 좀 어때? 직업에 귀천이 있는 것도 아니고. 안 그래?"

"그렇긴 하지. 그런데 진짜 청소부야? 우리 나이에도 청소부 같은 걸 하나?"

"요새 직장 못 얻어서 청소부 지원하는 사람들 많잖아. 사년제 나온 애들 중에도 청소부하는 애들 꽤 있다던데."

"야, 그래도 우리 나이에 청소부는 좀 그렇다."

역시 나오는 게 아니었다. 가슴이 허해서 누군가가 필요했을 뿐이다. 하지만 서로를 견주고 재보는 자리에 있으니, 무인도에서 갈매기와 친분을 트는 편이 나았다.

무엇보다도 이 상황에서 뭐라고 한마디 할 수 없음이 화났다. 상대가 유리만 아니었어도 이렇게 꾹꾹 눌러 참지는 않았을 텐데.

손톱이 손바닥에 파고들 정도로 주먹을 꽉 쥐고 앉아 천천히 호흡을 고르며 분노를 삭이고 있을 때였다.

"어? 시현 씨."

뒤에서 귀에 익은 목소리가 들려왔다. 동기들이 일제히 고개를 들어 시현의 뒤쪽을 쳐다봤다.

"김 비서님?"

"시현 씨. 이런 데서 만날 줄은 몰랐습니다. 동기분들 만나시는 겁니까?"

"네, 그렇긴 한데…… 여긴 어떻게……?"

"사장님이랑 명성 형님이랑 술 한잔하려고 왔습니다."

어두워서 몰랐는데 정후의 뒤엔 준성과 명성이 있었다. 준성은 늘 그렇듯 지루하다는 표정으로 가만히 서 있었고, 명성은 부드러운 미소를 띠고 시현을 향해 살짝 고개를 숙였다.

"친구분들이랑 계신 것 같아서 방해 안 하려고 했는데, 사원증이 없어서 곤란해하시는 것 같아서 본의 아니게 끼어들고 말았습니다."

정후가 만면에 엘리트스러운 미소를 지으며 말했다. 사실 엘리트스러운 미소라는 게 어디에 있겠느냐마는, 정후의 미소는 누가 봐도 엘리트가 지을 만한 그런 미소였다. VIP 고객을 접대할 때만 쓰는 기품 있고 여유로운 미소. 그 미소민으로도 정후는 '니들과 난 다른 세계에 있어.'라고 선을 그었다.

"정말 로운 클럽 직원이세요?"

유리가 도끼눈을 하고 물었다.

"네."

"그러면 사원증 좀 보여 주세요. 요새 직장 사칭하는 거 어려운 일 아니잖아요."

"그럼 사원증 사칭도 어려운 일은 아니겠네요. 제가 사원증을 보여드린다고 해서, 의심 많은 여자분이 믿어 주실지는 모르겠지만."

정후는 지갑에서 사원증을 꺼냈다. 가장자리에 금박으로 띠를 두른 고급스러운 사원증 안에는 정후의 증명사진이 있었고, 〈로운〉이라는 로고가 특이한 글씨체로 쓰여 있었다.

유리가 가져가서 확인하려 하자, 정후가 사원증을 슬쩍 빼내며 말했다.

"건드리지는 말아주세요. 이게 아무나 만질 수 있는 게 아니라서."

명백한 도발에 유리의 얼굴이 새빨갛게 달아올랐다. 정후는 아무래도 좋다는 듯 유리를 무시하고 영호를 쳐다봤다.

"실례가 안 된다면 우리 시현 씨 좀 모시고 가도 되겠습니까? 업무 때문에 시현 씨랑 상담할 게 있어서요."

"아, 네…… 그러세요……."

영호가 얼떨떨한 표정으로 말했다.

"시현 씨, 쉬시는 중인데 죄송합니다. 잠시만 시간 내주세요. 친구분도 괜찮다고 하시니."

정후가 자연스럽게, 그러나 예의에 어긋나지 않게 시현의 어깨에 살짝 손을 얹었다. 종업원이 기다렸다는 듯 다가와 정중하게 고개를 숙이며 말했다.

"안쪽에 VIP석 준비했습니다. 안내해드릴까요?"

"네, 그러세요."

세 남자와 함께 VIP석으로 안내받는 시현의 뒷모습을, 유리는 닭 쫓던 개처럼 허탈한 표정으로 노려봤다.

VIP석은 벽으로 따로 분리된 공간이었다. 한가운데 원형 테이블이 있었고, 투명한 호리병에 담긴 양초가 테이블을 밝히고 있었다. 명성이 가장 안으로 들어가고, 그다음에 준성, 마지막으로 정후가 들어갔다. 시현은 그들을 마주보는 자리에 앉았다. 테이블이 둥글지 않았더라면 면접관들을 앞에 둔 기분이 들었을 것이다.

"시현 씨, 뭐 마실래요?"

정후는 아무 일도 없었다는 듯 메뉴판을 펼쳐 시현의 앞으로 내밀었다. 시현은 한 손으로 메뉴판을 받아 들었다. 세 남자를 쳐다볼 수가 없었다. 보이고 싶지 않은 모습을 보였다는 생각 때문이었다. 메뉴를 고르는 척하면서 말했다.

"그런데 홍대까지 어쩐 일이세요?"

"홍대가 자네 땅이야?"

준성이 말했고 시현은 무시했다.

"여기가 친구가 하는 바거든요. 서비스 준다고 하길래 여기로 왔습니다."

명성이 말했다.

"아아. 그러시구나."

묻고 싶었다. 어디서부터 보셨어요? 어디까지 보셨어요?

하지만 괜히 물어봤다가 오히려 질문이 돌아올 것 같아서 묻지 못했다. 아무것도 묻지 않으면 상대방도 묻지 않겠지. 시현은 준성을 간과하고 있었다.

"자네는 자존심 있는 여자 아니었어? 왜 저런 말들을 들으면서 참고 있는 거야?"

메뉴판에서 시선을 떼지 않는 시현 대신 명성이 말했다.

"참을 만하니까 참은 거겠지. 모든 일에 날 세우다가는 주위에 있던 사람들이 다 떨어져 나갈걸."

"난 형한테 질문한 게 아닌데."

준성은 코트 안주머니에서 담배를 꺼냈다.

"여성분 계신데서 담배는 삼가. 간접흡연이 더 안 좋은 거 모르냐?"

그제야 시현은 고개를 들었다. 이 사람들, 왜 이러지?

준성과 명성 사이에 설명 못 할 묘한 감정의 기류가 흐르고 있었다. 정후는 웃고 있었지만 그의 눈은 웃고 있지 않았다. 시현은 자신보다 저들의 문제가 더 심각하다는 걸 깨달았다.

"여기는 흡연 가능한 곳이니까 담배 피우셔도 돼요. 그리고 오빠, 제 생각해 주셔서 감사합니다."

시현의 말에 준성이 미간을 좁히며 담배에 불을 붙였다.

"저것 봐. 하고 싶은 말 잘하잖아. 그런데 왜 친구들 앞에선 그걸 못 해? 자네는 나보다 친구들이 더 어려워?"

"저는 사장님이 좋아요. 좋아하는 사람이 어려울 리 없잖아요."

시현이 무심코 흘린 대답에 제각기 다른 세 남자의 반응이 돌아왔다. 준성은 담배를 피우던 손을 내렸고, 명성은 눈을 크게 떴고, 정후는 입을 살짝 벌렸다. 세 남자의 반응이 심상찮다는 걸 깨달은 시현이 당황해서 덧붙였다.

"그러니까…… 사장님은 인간적으로 정말 좋은 분이잖아요. 제가 잘못한 걸 뒤에서 욕하지 않고 바로 지적해 주시고, 또 그걸 고칠 수 있게 도와주시기도 하고…… 그러니까 사장님이 어렵고 싫을 이유가 없죠. 제 약점을 잡는다고 해서 그걸로 절 협박하시지도 않을 거 아녜요. 다 가지신 분이 절 협박한다고 얻을 수 있는 것도 없을 테니까요."

"자네 친구들은 자네 약점을 잡았어?"

제일 먼저 정신을 차린 준성이 물었다. 시현은 또 당황했다. 입이 방정이다.

"아뇨, 꼭 그런 건 아니고요. 아무튼 어려워요. 차라리 사는 세계가 다른 사람이 편한 것 같아요. 같은 세계에 사는 사람들은 비슷한 처지의 상대를 질투하고 질시하고, 자신보다 조금 나아질 것 같으면 아래로 끌어내리려고 하고…… 다 그런 건 아니지만, 간혹 섞여 있는 그런 사람들이 참 힘드네요."

"그럼 여기로 건너와."

"네?"

준성이 자신의 팔을 살짝 들어 올렸다. 시현의 어깨를 감싸 줄 수 있다는 듯한 포즈였다.

"그 세계가 피곤하면, 내 세계로 건너오라고."

양초의 불빛이 준성의 조각 같은 얼굴 위에서 하늘하늘 흔들렸다. 선이 짙은 그 얼굴이 위태로운 불빛 때문에 오히려 더 강해 보였다. 나른한 듯 늘어진 눈매는 침이 마를 만큼 섹시했고, 얇은 입술은 도발적이었다. 시현은 그에게서 눈을 뗄 수가 없었다.

준성의 말에 깊은 의미가 없을 거라고 생각하면서도, 심장이 쿵쿵 경련하는 것을 막을 수가 없었다. 부드럽지만 단호한 그의 목소리가 귓가에 내려앉아 떠날 생각을 하지 않았다.

역시 준성이 좋다.

거침없이 건너오라고 말하는 준성이 가슴이 저릴 만큼 좋았다. 지금 너의 삶이 충분히 변할 수 있다는 듯 말해 주는 것 같아서, 그래서 좋았다.

이리로 건너와. 지금 넌 그곳에 있지만 이쪽으로 건너올 가능성이 충분해. 넌 나와 같은 세계에 설 수 있어. 그건 너에게 조금도 어려운 일이 아니야.

그는 그렇게 말하고 있었다.

다른 사람은 모르겠지만, 아마 그 말을 한 준성도 모르겠지만 시현에게는 그것이 말도 못 하게 큰 의미였다.

당장이라도 일어나 그의 옆으로 가고 싶었다. 살짝 들어 올린 팔 아래 들어가, 그의 온기를 느끼고 싶었다.

준성을 향한 마음이 이토록 크고 간절한지는 시현 자신조차 몰랐다. 상상의 범위를 벗어날 만큼 거대한 마음이 시현의 삶을 뒤흔들려 하고 있었다.

시현은 간신히 준성에게서 시선을 떼어냈다.

"고마워요, 사장님. 전…… 블랙 러시안…… 마실래요."

이시현은 차준성을 사랑한다.

정후는 확신했다.

준성을 바라보는 시현의 눈빛은 솜사탕처럼 달콤했다. 얼마나 달콤한지, 그걸 훔쳐보는 정후의 입안에까지 달콤함이 감돌았다.

무의식적으로 명성의 얼굴을 쳐다봤다. 명성은 아무렇지도 않은 척했지만 놀란 듯이 보였다. 아마 준성을 바라보는 시현의 눈빛 때문이 아니라, 준성의 말 때문에 놀란 것이리라.

놀랄 만도 했다.

'내 세계로 건너오라니.'

감정이 결여된 듯한 준성의 입에서 그런 달착지근한 유혹이 만들어질 줄은 몰랐다.

'내 세계로 건너오라니!'

그 말을 할 때의 준성은 같은 남자인 정후조차도 끌릴 만큼 섹시했다.

한 팔을 올리며 '자, 망설이지 말고 내 품에 안겨.'라고 유혹하는데도, 시현은 그 유혹을 떨쳐냈다. 시현의 자제력에 박수를 쳐주고 싶었다.

'그럼 사장님도 시현 씨를 좋아하고, 시현 씨도 사장님을 좋아하니 해피엔딩이 되는 건가?'

하지만 해피엔딩이 될 것 같진 않았다.

시현은 친구들에 대해 이야기를 할 때, '약점'이란 말을 했다. 아마도 그게 명성이 말했던 '말할 수는 없지만 시현이 갖고 있는 문제'인 것 같았다. 시현처럼 자기 할 말 잘하는 사람이 꼼짝도 못 할 약점이라면, 그건 아마도 소문으로 인해 사람들이 끼게 될 색안경에 대한 두려움만은 아닐 것이다. 그게 무서웠다면 대영에게 아저씨 운운하며 회사를 때려치우지도 않았을 테니까.

시현에게는 문제가 있고, 준성은 그 문제를 감싸주지 못한다. 그렇다면 둘이 서로의 사랑을 확인하더라도, 그 결과는 뻔했다.

'뭐, 어떻게 되든 내가 상관할 바는 아니지. 남의 연애사에 끼어들 수도 없고.'

정후는 그냥 확실한 제삼자의 입장으로서 행동하기로 했다. 시현과 준성이 사랑을 하든, 시현과 명성이 사랑을 하든, 그건 정후가 어찌할 일이 아니었다.

시현은 홀짝홀짝 칵테일을 마셨다. 칵테일의 달달함 때문에 칵테일이 품은 알코올 도수를 신경 쓰지 못하는 듯했다.

'저러다 취할 텐데.'

하지만 말리진 않았다. 시현이 왜 저렇게 급하게 술을 마시는 건지 알 것 같았다. 아마도 자신이 준성에게 보낸 시선을 다른 사람에게 들켰을까 봐 전전긍긍하는 거겠지.

때때로 드러나는 시현의 순수함이 귀여웠다.

명성의 말에 간간이 대답하며 급하게 칵테일을 마시던 시현은 몇 잔을 비운 후에 '하아…… 졸리네.'라는 말과 함께 테이블에 엎드리더니, 새근새근 고른 숨소리를 내기 시작했다. 시현의 긴 머리카락이 테이블 위에 흐트러진 모양이, 어째서인지 슬퍼 보였다.

그런 느낌이 드는 게 이상했다.

농담을 잘 받아주는 밝고 유쾌한 이시현이란 여자는, 때때로 보는 사람의 슬픔을 자아냈다. 울고 있는 것도 아니고, 쓸쓸한 표정을 짓고 있는 것도 아닌데 이유도 없이 안쓰러울 때가 있었다.

문득 차씨 형제가 이시현이란 여자에게 끌리는 이유를 알 것도 같았다. 시현은 여러 가지 감정을 느끼게 해 주는 여자였다. 아마도 시현에게서 흘러나오는 여러 감정이 차씨 형제의 가슴을 두드린 것이리라.

"시현 씨는 참 잘 자는구나."

명성이 말했다.

"그러게요. 진짜 잘 주무시네요. 보는 저까지 졸려지네요."

"전에도 소주 두 병 마시더니 바로 잠들던데."

"그런 적이 있었어요? 형님, 시현 씨한테 몹쓸 짓 하신 거 아닙니까?"

"날 뭘로 보고. 자는 여자는 안 건드려."

"하긴. 안 자는 여자를 너무 건드려서 탈이죠."

"준성아. 네 비서가 날 우습게 보는 것 같다?"

"형은 재미있는 사람이니까 우습게 보는 게 맞을 거야."

"아, 내가 그렇게 재미있냐?"

"응. 재밌어."

준성은 담배를 꺼냈다가, 잠든 시현을 흘끗 보고는 도로 집 어넣었다. 그 모습을 보며 정후는 생각했다.

'아아, 사랑. 좋구나.'

준성이 저렇게 배려 넘치는 행동을 하다니. 볼수록 놀랍다.

"우리도 슬슬 일어나야 할 것 같은데…… 시현 씨는 어떻게 할까요?"

"우리 집으로 모실까?"

"형님, 그런 위험한 발언은 생각으로만 끝내세요."

"민주주의 국가에서 발언권도 없는 거냐?"

"네, 없습니다."

"회사에서 재워."

준성이 말도 안 되는 소리를 했다. 명성과 정후가 동시에 어 이없다는 시선을 보냈지만, 준성의 심드렁한 표정은 바뀌지 않았다.

"소파 넓어."

"정후야. 너네 사장, 어디 다쳤냐?"

"저 없는 사이에 빙판길에서 미끄러지셨나 봅니다. 머리를 심하게 다치신 거겠죠."

정후는 한숨을 쉬며 일어나 시현의 옆으로 다가갔다. 저런 인간들에게 시현을 맡기느니, 자신이 책임지는 편이 나을 것 같았다. 정후가 시현을 안아 들려는데, 어느새 옆으로 다가온 명성이 정후의 손목을 잡았다.

"에이, 내가 너보단 힘이 세잖아."

"시현 씨 안을 힘은 있습니다."

"생각해 봐라. 나랑 시현 씨는 사적인 관계지만, 너랑 시현 씨는 공적인 관계야. 시현 씨가 취해서 회사 사람인, 그것도 상사인 너한테 신세졌다는 걸 알면 얼마나 마음이 불편하겠냐?"

"생각해 보세요. 형님은 바람둥이고 저는 아닙니다. 시현 씨가 바람둥이인 형님한테 신세를 졌다는 걸 알면, 얼마나 절망스럽겠습니까?"

"너, 정말로 날 우습게 보는구나?"

"형님은 재밌는 분이니까요."

"칭찬은 고맙다만 풋풋한 김정후로 돌아와 줬으면 좋겠네."

"저도 바람둥이가 아니던 형님으로 돌아와 줬으면 좋겠습니다. 아…… 실례. 형님한테는 그런 시절이 없었죠?"

"나도 어머니 뱃속에 있을 때는 순수했어."

"그럼 그때로 돌아가세요."

"어머니가 싫어하서."

두 남자가 되지도 않는 일로 말다툼을 하는 동안, 준성이 시현을 안아 들었다. 시현은 으응, 하고 작게 신음을 흘리며 준성의 품으로 파고들었다. 준성은 자신의 가슴에 얼굴을 묻는 시현을 물끄러미 응시하다가 걸음을 옮겼다. 뒤늦게 눈치챈 정후가 얼른 준성을 따라잡았다.

"회사로 갈 거야."

준성이 말했다.

"아, 사장님. 시현 씨는 여자예요, 여자. 집 아닌 곳에서 자는 거 여자한텐 정말 불편한 일이라고요. 그리고……."

정후는 준성을 말리려 했지만, 준성은 거침없이 VIP 좌석을 벗어났다.

10인용 테이블엔 아까 봤던 시현의 동기들이 여전히 앉아 있었다. 나오자마자 그들과 눈이 마주친 걸로 봐선, 아마도 이쪽 일에 굉장한 관심을 가지고 있었던 것 같다.

"저, 죄송합니다만…… 시현이가 왜 이렇게……?"

남자 한 명이 그들을 막아섰다. 아까 시현의 옆에 앉아 있던 남자였다. 정후는 준성 대신 앞으로 나섰다. 이분은 네놈이 직접 말을 섞을 수 있는 대상이 아니라는 듯.

"얘기가 길어지다 보니 술이 조금 과했던 모양입니다."

"아, 그래요? 그런데 시현이를 어디로 데려가시려는 거죠?"

"당연히 시현 씨 댁으로 모셔다 드려야지요."

"그럼 제가 데려다 주겠습니다."

"뭘 믿고요?"

"네?"

"내가 당신의 뭘 믿고 우리 회사의 소중한 인재를 맡깁니까?"

"아…… 전 최영호라고 하고, 시현이랑은 대학 친구입니다. 친한 사이라서…… 휴대폰 보시면 연락처 저장된 것도 확인할 수 있을 겁니다."

정후는 영호가 마음에 들지 않았다. 외모와 스타일은 평범하고 단정한 대학생이고, 눈빛도 건실했다. 하지만 아까 시현이 난감해하고 있을 때, 쓴웃음만 지으며 앉아 있던 모습은 그리 좋아 보이지 않았다.

"됐습니다. 졸업해서 만날 일 별로 없는 동기보다는 회사 직원이 더 신뢰가 가겠죠. 저희가 편히 모셔다드릴 테니, 안심하시고 즐기다 가세요."

정후의 말에 돋아 있는 가시를 느꼈는지 영호가 인상을 찌푸렸다. 정후는 모르는 척했다.

"전 시현이랑 친한 친굽니다."

영호는 물러설 생각이 없는 듯했다.

"그러세요?"

정후는 슬슬 짜증이 나기 시작했다.

"그럼 증명서 있습니까?"

"네?"

"아까 보니까 증명할 물건을 굉장히 중요하게 여기는 것 같던데…… 전 시현 씨의 믿을 만한 동료로서 사원증을 보여드렸습니다. 그렇다면 그쪽 역시 시현 씨와 죽고 못 살 친구라는 증명서를 보여 주셔야 하는 게 맞는 거 아닙니까?"

"……."

영호는 할 말이 없어졌는지, 이를 악물고 정후를 노려봤다. 그때, 시현을 괴롭히던 여자가 다가와 보란듯이 남자의 팔에 팔짱을 끼었다.

"됐어, 영호야. 그냥 놔둬. 시현이 술 취해서 저러는 게 어디 한두 번이야?"

"유리야!"

"됐으니까 그냥 둬. 저러다가 어디서 당해도 지 팔자지, 뭐. 여자는 원래 자기 몸 자기가 제대로 간수해야 되는 거잖아."

"김유리, 그런 식으로 말하지 마."

"내가 뭐 틀린 말 했나?"

유리가 입술을 비쭉거렸다.

"김유리 씨라고요?"

명성이 해사한 미소를 지으며 유리에게 다가갔다. 경계하던 유리는 명성의 입가에 떠오른 달콤한 미소를 보자 얼굴을 붉히며 침을 꼴깍 삼켰다.

"아, 네……."

"그래요. 시현 씨랑 같은 대학 나오셨고요?"

"네, 그런데 그런 왜요?"

"아닙니다. 그럼 시현 씨는 저희가 책임지고 모셔다 드리겠습니다. 좋은 시간들 보내세요."

명성이 정후와 준성의 어깨를 밀었다. 영호는 보내고 싶지 않은 듯했지만 노려보기만 할 뿐, 더 이상 나서지 않았다. 정후는 준성이 무슨 생각을 하는지 궁금했다. 준성은 시현을 안고 있는 장본인이면서 한 번도 나서지 않았다.

"저, 사장님. 무슨 생각 하세요?"

내려가는 엘리베이터 안에서 정후가 조심스레 물었다. 준성은 짙은 눈썹을 모으고 있었는데, 여느 때보다도 심각해 보였다. 엘리베이터가 1층에 도착할 때까지 침묵을 지키던 준성이 심각하게 물었다.

"김 비서, 찜질방이 몇 시에 열지?"

이야기 여덟.

1

머리가 지끈지끈 울렸다. 시현은 끙끙거리며 눈을 떴다.

깨끗한 천장이 보였다. 집 천장은 아니었다. 고개를 돌리자 테이블이 있었다. 익숙한 테이블이었다. 저 테이블을 어디서 봤더라. 짧은 고민 끝에 답이 나왔다.

"으악!"

사장실이었다.

시현은 벌떡 일어나 주위를 둘러봤다. 사장실이 맞았다. 넓지만 가구는 별로 없는, 황량한 사무실. 평소보다 더 황량하게 느껴지는 이유는 준성이 없기 때문이었다. 사장실의 장식품이라도 되는 듯, 그곳을 떠나지 않는 준성이 보이지 않았다.

"내가 왜 사장실에 있는 거야?"

창문에 블라인드가 쳐져 있었지만, 틈새로 빛이 들어오고 있었다. 시현은 창문으로 달려가 블라인드를 걷었다. 창문 너머로 익숙지 않은 새벽 정경이 펼쳐져 있었다. 사람이 별로 없는 새벽의 강남 거리는 쓸쓸해 보였다.

시현은 쓸쓸한 거리를 내려다보며 어제의 일을 하나씩 되짚어 보기 시작했다.

"어제 홍대에서 영호를 만났고, 그러다가 사장님 일행을 만났고…… 칵테일을 마셨지. 다섯 잔? 여섯 잔? 아냐, 그것보다 더 마셨던 것 같아. 그리고…… 그 후의 기억이 없잖아!"

아무리 떠올려 보려 해도 기억나지 않았다. 자신의 술버릇이 바로 엎드려서 잠드는 것이기에, 특별히 실수를 저지르지는 않았을 것이다.

"아냐, 만취 상태로 회사에 기어들어온 게 실수지, 뭐가 실수야!"

어지간해서는 야근하는 일이 없는 곳이니, 아마 취한 모습을 본 사원들은 없을 것이다. 하지만 경비원이 있었다.

"으아! 미치겠네. 나 요새 왜 이러니."

신입생 때를 제외하고는 주량 이상의 술을 마셔본 적이 없었다. 그런데 로운에 입사하고 나서는 벌써 두 번째다. 명성이 가게 주인을 대신해 일하고 있던 포장마차에서 한 번, 그리고 이번에 또 한 번.

"아, 명성 오빠가 날 뭐라고 생각하겠어."

창피해서 명성을 볼 낯이 없었다. 명성뿐만이 아니었다. 준성에게도 이랬던 전력이 있다. 알코올 탓은 아니었지만.

"사장님이랑 비서님은 어떤 얼굴로 봐야 하지?"

일단은 이곳에서 벗어나는 게 우선이다. 시간은 새벽 6시 10분. 근처 찜질방에 가서 씻고 준비를 하면 될 것이다. 옷이 똑같은 게 마음에 걸리지만 그 부분까지는 신경 쓰지 않기로 했다.

겉옷을 챙겨 입고 물건을 챙긴 후, 자신의 흔적이 남아 있지 않은지 점검했다. 다행히 뭘 부수거나 하진 않았다. 서둘러 사장실 문을 연 시현은 그 자리에 우뚝 멈춰 서고 말았다.

사장실의 장식품이 비서실에 있을 줄은 몰랐다.

"사장님······?"

"잘 잤어?"

준성은 비서실에 있는 작은 의자에 앉아 있었다. 시현은 재빠르게 준성의 모습을 훑었다. 준성도 어제 입었던 옷 그대로였다.

"저······ 혹시······ 회사에서 주무셨어요?"

"응."

"왜죠?"

"밤이니까."

"그건 그런데……, 그럼 어제 사장님이랑 저랑 회사에서 같이 잔 거예요?"

"자네는 사장실에서 잤잖아. 난 여기서 잤어."

"왜죠?"

"아, 같이 자길 원했어?"

준성이 느긋하게 다리를 꼬며 물었다. 남자인데도 그 모습이 몹시 요염해 보여서, 시현은 얼굴을 붉히며 시선을 돌렸다.

"그럴 리가 없잖아요. 제가 어제 무슨 실수 저지른 건 없어요?"

"잘 자더라."

"제가 좀 잘 자긴 해요."

"그럼 찜질방에 갈까?"

"네?"

시현은 마음을 읽힌 줄 알고 깜짝 놀랐다. 준성이 천천히 일어났다.

"출근 전에 씻어야지. 씻는 걸 싫어한다면 그대로 있어도 되고."

"아뇨, 씻는 거 좋아해요. 좋아하긴 하는데…… 하아. 정말 사장님 볼 낯이 없어요. 제가 진짜 아무 데서나 막 자는 여자는 아니거든요. 절대로 오해하지 말아 주세요."

"오해 안 해. 우리 집에서는 소파가 너무 편한 탓이었고, 이 번엔 칵테일 탓이었잖아. 자네 잘못은 없어."

"죄송해요."

"자네한테 화 안 났어. 가자."

시현은 어쩔 수 없이 준성의 뒤를 따랐다. 추한 꼴을 보인 마당에 당당하게 거절할 수가 없었다.

이른 시간부터 같이 내려오는 두 사람의 모습에 경비원이 의아하다는 시선을 던졌다. 준성은 무시했지만 시현은 어색하게 웃으며 인사를 했다.

"저, 오해하지 마세요. 사장님이랑 같이 잔 건 절대로 아니에요."

"아하하하. 그러십니까?"

경비원은 웃었지만 눈빛에 담긴 의심은 사라지지 않았다.

"자네가 한 말이 더 의심스러워."

"역시 그랬나요?"

"알면서 왜 해? 그리고 나랑 같이 자는 건 창피해할 일이 아니야."

"애초에 같이 자질 않았잖아요."

"실망시켜서 미안하군. 다음엔 같이 자."

"그런 뜻이 아니라니까요!"

"알았어. 화내지 마."

"화가 난 게 아니고요. 아, 됐어요."

준성은 어떤 상황에서도 상대의 울화통을 터뜨리는 재주가 있었다.

회사에서 5분 정도 떨어진 곳에 있는 찜질방으로 걸어가는 동안, 거리를 걷던 몇몇 사람들이 시현을 흘끗흘끗 쳐다봤다. 시현은 자신이 집 나왔다가 걸린 가출 소녀처럼 가방을 꼭 끌어안고 있다는 걸 깨달았다. 하지만 이제 와서 당당한 척할 수도 없었기에, 가출 소녀 코스프레를 계속하기로 했다.

찜질방비는 준성이 계산했다.

"제 건 제가 낼 거예요."

"내가 회사로 데리고 왔으니까 내가 내."

"사장님이 절 데리고 오신 거예요?"

"운전은 김 비서가 했어."

"아아. 그런데 왜 회사로 데려오셨어요? 명성 오빠가 저희 집 주소 아는데."

"혼자 자기 싫었어."

"네?"

"자네랑 같이 있고 싶었고."

"아……."

생각지 못한 말에 대꾸할 말을 찾을 수 없었다. 그저 뭔가 심장에 쿵 하고 내려앉은 듯한 느낌을 받은 채, 준성을 멍하니 쳐다봤다. 뭔가를 더 묻고 싶은데 뭘 물어야 할지도 알지 못했다. 시현이 망설이는 동안, 준성은 남탕으로 향했다.

"찜질방에서 봐."

준성은 시현의 대답을 듣지 않고 안으로 들어가 버렸다.

시현은 정신을 차리고 여탕으로 들어왔다. 이른 시간이지만 이용객이 몇 명 있었다. 피곤해 보이는 이용객들을 지나 사물함으로 향했다. 옷을 벗고 찜질방 옷으로 갈아입는 중에도, 준성의 말이 뇌리에서 떠나질 않았다.

자네랑 같이 있고 싶었고.

담담한 음성이었지만 심장이 벌렁거릴 정도로 부드럽게 내려앉았다. 어찌나 접착력이 좋은지, 심장에 착 달라붙어 떨어지지 않았다.

자네랑 같이 있고 싶었고.

두근. 두근. 두근.

두근두근두근.

그 음성을 곱씹을수록 심장이 격하게 뛰었다. 화가 날 정도였다.

'왜죠? 왜 사장님은 그런 의미 불명의 말을 던져서 사람 심장을 뛰게 하는 거죠? 그런 말 안 해도 옴므파탈이면서! 왜! 이 마차 같으니!'

준성이 옆에 있다면 멱살을 잡고 흔들면서,

"취소해요! 계속해 주지 않을 거라면 차라리 말실수였다고 말해 줘요!"

라고 소리치고 싶었다.

의미도 알 수 없는 말에 두근거리는 심장을 저 멀리 던져 버릴 수 있으면 좋겠다.

시현은 우선 욕탕에 들어가 세수를 하고 양치를 하고 나왔다. 흐트러진 머리를 대충 빗어서, 누군가 떨어뜨리고 간 고무줄로 질끈 올려 묶고 크게 심호흡했다.

'자, 이시현. 평정심을 유지하자. 사장님은 진짜 알 수 없는 소리를 잘하는 사람이니까, 깊게 생각하지 말고. 평정심, 평정심.'

자신을 다독인 후에, 그래서 심장이 조금쯤 제 속도를 되찾은 후 찜질방으로 향했다.

준성은 쉽게 찾을 수 있었다. 유독 키가 크고 유독 잘생겼기 때문이 아니었다. 마음 때문이었다. 준성을 향한 마음. 준성이 어디에 있든, 시현은 자신이 준성을 쉽게 찾아내리라는 걸 깨달았다.

"사장님은 찜질방 자주 오세요?"

"아니."

"그럼 회사에서 주무시고 어디서 씻으세요?"

"수영장에 샤워실이 있어."

"수영장? 아아, 위층에 있는 거요?"

"응."

"수영 잘하세요?"

"오래 떠 있을 수 있어."

준성이 아무것도 하지 않고 수영장에 둥둥 떠 있는 모습을 생각하니 웃음이 나왔다. 준성은 시현이 쿡쿡 웃는 걸 물끄러미 쳐다봤다.

"왜 그렇게 보세요? 전 웃을 자유도 없어요?"

"누가 없대? 자네는 왜 자꾸 화를 내?"

"화를 내는 게 아니라 원래 말투가 이래요."

"원래 말투라는 건 없어."

"그러는 사장님은 왜 그렇게 건성인 말투신데요?"

"빨리 말하면 숨차."

이 남자를 어찌해야 할까?

"아무튼 찜질방비는 사장님이 내주셨으니, 식혜는 제가 쏠게요."

"식혜를 팔아?"

"사장님은 정말 모르는 것투성이시네요."

"그러게."

준성은 쉽게 인정했다. 아마 반박하려면 숨이 차기 때문이겠지.

시현은 고개를 절레절레 저으며 판매대로 향했다. 거기서 얼음을 동동 띄운 식혜 두 개를 시켰다. 그리곤 커다란 통에 담겨 나온 식혜에 빨대를 꽂아, 하나를 준성에게 내밀었다. 준성은 흥미롭다는 듯 그것을 받아 들었다.

"사장님, 찜질방 처음이시죠?"

"응. 첫 경험이야."

"오해할 만한 단어 사용하지 마세요."

"자네는 왜 그렇게 내 자유를 박탈하려고 해?"

"독재자거든요. 일단 황토방으로 가요. 아, 팩하고 들어가면 더 좋은데. 우리 팩할까요?"

"그래."

"그럼 이것 좀 들고 계세요."

시현은 식혜를 준성에게 건네고 판매대로 뛰어가, 미백에 좋다는 참숯팩 두 개를 사서 다시 준성에게 돌아왔다.

"자, 이리 와서 절 보고 앉으세요."

준성은 시현이 시키는 대로 잘 따라 했다.

"눈 감으시고요."

준성이 눈을 감았다. 긴 속눈썹이 눈 아래에 짙은 그림자를 만들어냈다. 섬세하게 깎아낸 조각 같은 얼굴. 가까이서 보는데도 결점을 찾을 수가 없었다.

팩 포장지를 뜯어낼 때만 해도 아무 생각이 없었다. 그냥 '우리 사장님, 진짜 잘생겼구나.'라는 생각만 했다. 포장지 안에서 촉촉한 팩을 꺼낸 후에야 깨달았다. 팩을 하기 위해서는 준성의 얼굴을 만지작거려야 한다는 걸.

시현은 고민에 빠졌다.

어쩌지? 만져도 될까?

물론 준성의 얼굴을 만져본 적이 있기는 하다. 그때 준성은 조금도 화내지 않았지만, 시현의 가슴은 콩닥콩닥 뛰었다. 지금은 준성을 향한 마음이 그때와 달라졌으니, 아마도 가슴이 쿵쾅쿵쾅 뛸 것이다. 그러면 손이 떨려서 팩을 떨어뜨릴 거고, 허둥대다가 준성을 끌어안을지도 몰랐다.

'그건 안 되지. 안 돼. 아무리 남자라도 성적 수치심이라는 게 있는 거니까 막 끌어안고 그러면 안 되지.'

그런 일이 일어나게 할 수는 없었다. 준성을 끌어안게 되면 자신이야 기분 좋겠지만, 여자를 싫어한다고 분명하게 말했던 준성의 기분은 끔찍할 것이 뻔했다. 누군가를, 그것도 자신의 가슴을 뛰게 하는 사람을 끔찍한 기분에 빠뜨리는 여자가 되고 싶진 않았다.

"사장님이 스스로 하시는 게 좋겠어요."

"자네는 왜 이랬다 저랬다야."

준성이 눈을 떴다. 그게 더 위험했다. 속쌍꺼풀이 짙은 눈, 그 안에 감춰져 있던 흑진주 같은 눈동자는 사람을 홀리는 매력이 있었다. 시현은 자신과 준성의 거리가 너무 가깝다는 걸 깨닫고 엉덩이를 움직여 뒤로 물러났다.

"팩 혼자 해 보신 적 없죠?"

"응."

"제가 하는 거 보고 따라 하세요."

"응."

시현은 들고 있던 팩을 준성에게 건네고, 자신의 것을 꺼냈다. 접혀 있는 팩을 잘 펼쳐서 눈을 감고 얼굴에 붙였다. 제일 먼저 이마에 붙이고, 그 아래를 펴서 코와 볼에 붙이고, 마지막으로 턱까지.

"자, 이렇게요."

팩을 붙인 시현을, 준성은 기이한 생물을 보듯이 쳐다봤다. 그제야 시현은 이 모습이 상당히 웃길지도 모른단 생각이 들었지만, 아무 데서나 자는 모습도 여럿 보인 판국에 이제 와서 감출 것도 없었다.

"사장님도 해 보세요."

"못 하겠어."

"어려운 것도 아닌데."

"자네 같은 꼴이 되고 싶진 않아."

"……그거 꼴사나워서 죄송하네요."

"왜 그런 짓을 하는 거야?"

"예뻐지기 위해서죠."

"자네는 안 해도 예쁘잖아."

"네?"

목소리가 높아졌다.

"자네는 안 해도 예쁘다고."

준성은 미간을 좁히며 시현의 얼굴에 붙어 있는 팩을 허물 벗기듯 조심스레 떼어냈다. 시현은 달아오른 얼굴을 보여 주느니 웃긴 꼴을 보여 주는 게 낫겠다 싶었지만, 꼼짝도 할 수가 없었다.

"이런 건 됐어."

"한 번 더……."

입술이 제멋대로 움직였다.

"한 번 더 말해 주세요."

"뭘?"

"아까 했던 말이요."

"자네 같은 꼴이 되고 싶진 않아."

"아니, 아니. 그다음에."

"왜 그런 짓을 하는 거야?"

"아뇨, 그다음이요."

"자네는 안 해도 예쁘잖아."

"……."

잘못 들은 게 아니었다. 심장에 나비가 들어왔다. 수십 마리의 나비가 동시에 날개를 파닥거렸다. 심장이 터질 듯 뛰었다. 붉게 물든 얼굴을 감춰야 한다는 생각도 들지 않을 만큼, 아프도록 뛰었다.

"왜 그래? 자네한테 예쁘다는 말을 해 주는 사람이 없었어?"

"없었……어요."

사실은 있었다. 그것도 아주 많았다. 너무 들어서 식상할 만큼 많았지만, 준성에게 듣는 예쁘다는 말은 다가오는 의미도, 그 충격도 달랐다.

"그래? 그럼 앞으론 내가 해 줄게."

준성은 별일 아니라는 듯 말했다.

"자네는 아주 예뻐. 그러니까 이런 걸로 얼굴을 가리지 마."

묻고 싶었다.

사장님은 절 어떻게 생각하세요? 여자를 싫어하신다면서요? 여자는 싫지만 얼굴이 예쁜 건 인정하신다는 건가요? 다른 감정은 아무것도 없이, 객관적으로 예쁘다는 말인가요?

하지만 묻지 않았다. 묻는 순간 상처를 받게 될 것 같아서 두려웠다. 그래서 묻지 않고 이 순간을 즐기기로 했다.

후텁지근한 황토방에서 땀을 쪽 빼고 후다닥 나와 얼음방으로 향했다. 서늘한 얼음방에 앉아 준성을 처다보니, 준성의 얼굴이 발그레 물들어 있었다. 조각처럼 아름다운 사람이라도 더운 곳에 있으면 얼굴이 빨개지는구나, 라는 생각에 웃음이 나왔다.

"자네, 얼굴이 빨개."

"사장님도 빨개요."

"왜 이런 짓을 하는 거야?"

"이러고 씻으면 되게 개운해요."

"그래? 개운하려면 마사지를 받는 게 낫지 않아?"

"칠천 원으로 즐길 수 있는 개운함이라고 해 두죠. 마사지는 비싸잖아요. 식혜 하나 더 사다드릴까요?"

"아니. 커피를 한잔하고 싶어."

"그럼 냉커피 사 올게요. 여기는 샷 추가, 그런 거 없어요."

준성이 뭐라 대답하기도 전, 시현은 서둘러 얼음방에서 나왔다. 황토방에는 사람이 몇 명 있어서 괜찮았는데, 얼음방에는 시현과 준성 둘뿐이었다. 게다가 좁아서 바짝 붙어 앉아야 했다.

좁은 공간에서 무릎이 닿을 만큼 가까운 거리에 앉아 있노라니 가슴이 알콩알콩 이상한 기분이 들어서, 뭐라도 핑계를

대고 나오는 수밖에 없었다. 냉커피 하나와 식혜 하나를 사서
다시 얼음방으로 들어갔더니, 준성이 바닥에 길게 늘어져 있
었다.

시현은 준성의 옆에 쪼그리고 앉아 준성을 내려다봤다.

"왜 이러고 계세요?"

"지쳐."

"땀 빼면 힘들긴 해요."

"회사 가긴 글렀네."

"그래도 가야죠. 벌써 일곱 시 넘었네요."

시현은 준성의 이마에 커피를 담아온 통을 올렸다.

"차가워."

"그럼 뿌리치는 시늉이라도 하세요."

"동상 걸릴 정도는 아니잖아. 자네도 누워. 얼굴이 아직도
빨개."

"네? 어휴, 됐어요."

준성 한 명이 누워도 꽉 차는 좁은 공간이었다. 시현이 누우
려면 준성에게 거의 포개지듯 누워야 했다. 이 남자는 그걸 알
고 말하는 걸까?

시현의 거절에 준성은 두 번 권하지 않았다. 그저 나른하다
는 듯 허공을 응시하며 시현에게 물었다.

"이제 뭘 해야 돼?"

"소금방 가실래요? 거기 앉아 있으면 땀이 정말 잘 나던데. 아니면 밖에 나가서 텔레비전 보면서 커피 마시고 시간 대충 맞춰서 씻으러 가도 되고요."

"소금방엔 소금이 있어?"

"엄청 많아요."

"그럼 거기로 가자."

준성이 흥미를 보였다.

둘은 얼음방을 나와 소금방으로 향했다. 밖에서 늘어지게 자다가 막 일어나던 젊은 여성 둘이 준성을 발견하고는, 화들짝 놀라며 머리를 정리했다. 시현은 괜히 으쓱했다.

'우리, 연인으로 보일까?'

하지만 곧 그 생각을 떨쳐냈다. 이런 생각을 하는 줄 알면 준성이 기분 나빠할 게 뻔했다. 그리고 정후도.

소금방도 얼음방처럼 아무도 없었지만 다행히도 넓었다. 손톱만 한 크기의 소금 결정이 너무 뜨거웠기에, 두 사람은 수건을 깔고 마주 앉았다.

"이런 데는 자주 와?"

"음…… 취업 전에는 자주 왔었어요. 파스텔 취업하면서는 시간이 별로 없어서 거의 못 왔구요. 사장님은 쉬실 때 뭐 하세요? 그러니까…… 제가 가정부 하기 전에요."

"누워 있다가 가끔 마사지를 받으러 가고. 대부분은 집에 있었지."

"안 심심해요?"

"자네는 혼자 있으면 심심해?"

"보통은 안 그렇지만 가끔 쓸쓸해질 때가 있잖아요. 누군가랑 얘기를 하고 싶고, 시간을 보내고 싶을 때. 사장님은 그럴 때가 없으세요?"

"있어."

"그럴 땐 어떻게 하세요?"

"생각을 하지."

"무슨 생각이요?"

"한 남자를 생각해."

"헉!"

솔직한 고백에 저도 모르게 숨을 들이켰다. 커밍아웃이라는 게 굉장히 힘들고 고민스러운 선택이라고 들었는데, 준성은 거침이 없었다.

'김 비서님을 생각하는 건가? 아니면…… 그전에 사랑했던 남자?

알고 있기는 했지만, 본인에게 직접 들으니 혼란스러웠다. 어떤 식으로 반응을 보여야 좋을지 알 수 없었지만, 일단 아무렇지 않은 듯 행동하는 게 좋을 것 같았다.

"그럼 시간이 빨리 가요?"

"응. 아주."

준성이 미소를 지었다. 그 남자를 떠올리니 미소가 절로 나오는 모양이다. 시현은 김 비서인지, 아니면 전 사랑일지 모를 그 남자가 몹시 부러웠다.

"사장님, 훈제 계란 드실래요? 컵라면이랑 같이 먹으면 기가 막힌데."

시현의 명랑한 목소리에 정신을 차리고 입가의 미소를 거두었다. 대영이 무너져 가는 모습을 생각하면 저절로 웃음이 나온다. 하지만 그게 유쾌하기만 한 웃음은 아니어서, 생각이 가신 후까지도 오랜 시간 준성의 기분은 바닥을 맴돌곤 했다.

그러나 오늘은 다르다. 시현 덕분이었다. 이상하게도 시현과 함께 있으면 불쾌함이 오래 지속되지 않는다. 그것이 쾌활한 목소리 때문인지, 청량한 미소 때문인지는 준성도 알 수 없었다.

시현의 뒤를 따라 매점으로 향했다. 매점 앞에는 앉은뱅이 테이블이 놓여 있었다. 이번에도 계산은 시현이 했다.

시현은 컵라면 두 개와 훈제계란 두 개가 담긴 쟁반을 가지고 돌아왔다.

"찜질방에서 빼놓을 수 없는 필수 아이템이에요. 계란 별로 안 딱딱하니까 꼭 드셔야 돼요."

시현은 정후만큼이나 잔소리가 심하고 말이 많다. 하지만 요새는 그다지 귀찮다는 생각이 들지 않는다. 잔소리나 수다도 시간이 지나면 익숙해지는 건가 싶었지만, 생각해 보면 정후는 여전히 귀찮다.

훈제 계란은 생각보다 맛있었다. 소금도 안 찍은 훈제 계란을 한 입 베어 물고 우물거리는 준성에게, 시현이 또 잔소리를 했다.

"바로 이 시점에서 라면을 한 젓가락 드셔야 한다니까요."

귀찮지 않은 정도가 아니다. 재잘거리는 목소리가 듣기 좋아서, 시현이 끊임없이 수다를 떨고 잔소리를 해 주었으면 좋겠다는 생각마저 들었다.

준성은 시현의 말대로 라면을 한 젓가락 입에 넣었다. 음식을 섞어 먹는 걸 좋아하지 않아서 늘 밥 따로, 반찬 따로였다. 다른 사람들이 아무리 밥이랑 반찬을 같이 좀 먹으라고 해도 듣지 않았는데, 시현의 명령 아닌 명령에는 거부할 수 없는 무언가가 있었다. 자꾸 자유를 빼앗기는 기분이 들었지만 싫지 않기 때문에 그냥 넘어가기로 했다.

"그쵸? 맛있죠?"

시현이 눈을 크게 뜰 때면, 깜짝 놀란 고양이처럼 보였다. 아마도 그게 시현에게 거부할 수 없는 이유 중 하나인 것 같다. 준성은 동물에게 약했다.

"응, 맛있네."

"것 봐요. 제 말대로 하니까 얼마나 좋아요."

시현이 의기양양해했다. 하얀 우유에 분홍색 물감을 톡 떨어뜨린 것처럼, 볼을 분홍빛으로 물들인 시현은 귀여웠다.

"사장님, 커피 안 드세요?"

"응. 너무 달아."

"단 거 싫어하세요?"

"좋아하진 않아."

"그럼 커피 제가 마실게요."

"응."

시현은 준성의 앞에 놓여 있던 커피를 가지고 가, 빨대를 바꾸지도 않고 입을 댔다. 몇 분 전, 준성이 입을 댔던 그 부분이었다. 도톰하고 붉은 입술이 그곳에 닿는 게 묘하게 섹시했다. 보이지 않는 작은 뭔가가 날아와 심장에 콩, 하고 부딪치는 느낌이 들었다.

성적 호기심이 많은 15세 청소년도 아닌데, 빨대 한 번 같이 쓴 걸 가지고 '간접키스'라는 생각마저 했다. 그 단어를 떠올리는 한편으론 저 도톰한 입술에 직접 입을 맞춰보고 싶다는 욕망이 생겼다. 닿으면 녹을 듯, 핥으면 달콤할 듯한 촉촉하고 붉은 입술.

손에 턱을 괴고 시현을 물끄러미 응시하다가, 자신의 머릿속을 꽉 채운 욕망에 당혹감을 느끼곤 시선을 돌렸다. 시선을 돌려도 사라지지 않는 욕망이 채찍으로 변해 준성을 때렸다.

'왜지?'

그 자리에서 도망치고 싶은, 하지만 사실은 시현을 끌어안고 싶은 모순된 두 개의 감정이 준성의 가슴에서 휘몰아쳤다. 입안이 바싹바싹 말랐다.

'왜 이러지?'

이런 건 처음이다. 팔팔하게 젊은 시절 예나와 사귈 때에도 이런 감정은 느낀 적 없었다. 격렬한 해일이 몰아치는 것 같았다. 시현을 끌어안고 키스하고 싶다는 거대한 욕망의 해일이 다른 모든 것을 뒤덮고, 무너트리고, 쓸어 갔다. 많은 감정과 생각이 부서져 사라진 자리에 남은 건 하나였다.

저 여자를 갖고 싶어.

가슴 아플 정도로 강한 소망이었다.

저 여자를 내 걸로 만들고 싶어.

당황스러울 정도로 거대한 욕망이었다.

이시현은 내 거야.

끔찍할 정도로 커다란 집착이었다.

"이런……."

감정의 풍파를 견디지 못하고 신음 소리를 내고 말았다. 쪽쪽거리며 커피를 마시던 시현이 눈을 동그랗게 떴다.

"사장님, 어디 아프세요?"

"아니."

"괜찮으신 거예요? 표정이 안 좋으신데. 더운 데 오래 있으셔서 그러신가? 너무 오래 있으면 안 좋다던데."

시현이 일어나서 다가오려 했기에, 준성은 다급히 말렸다.

"오지 마."

"네?"

"지금은…… 내 옆으로 오지 않는 게 좋겠어."

"아…… 네. 너무 안 좋으시면 말씀하세요."

시현은 어리둥절한 표정으로 도로 자리에 앉았다. 하지만 걱정스럽다는 시선을 거두진 않았다. 그 시선이 기쁘고, 또 즐거웠다. 그 감정은 또 다른 혼란을 안겨 주었다.

그저 저 눈이 이곳을 바라보는 것뿐인데, 왜 이리도 기분이 좋은 걸까.

"하아……."

준성은 바보가 아니었다. 준성을 곤란하게 만든 이 모든 감정을 사람들이 뭐라고 부르는지, 준성도 알고 있었다.

여자는 싫어. 또 윤예나 때와 같은 꼴을 당하고 싶진 않아. 애초에 아무도 사랑하지 않는다면, 상처를 받는 일도, 배신을 당하는 일도 없어.

그렇게 생각하며 밀어내려 했지만 결국은 포기하고 인정하는 수밖에 없었다.

'나는 저 여자를 사랑해.'

탈이라도 난 것처럼 괴로워 보이던 준성의 표정이 갑작스럽게 원래의 표정으로 돌아왔다. 아니, 오히려 뭔가 개운한 표정이었다.

"괜찮으세요?"

"응."

"진짜 어디 아프신 거 아니에요?"

"아냐. 또 해야 되는 거 있어?"

준성이 나른하게 물었다. 준성은 손에 턱을 괴고 있었다. 볼을 가로지르는 기다란 손가락이 예뻤다. 잘 정돈된 손톱도 여자의 것처럼 갸름하고 길었다.

"손톱, 되게 예쁘시네요."

"자네도 예뻐."

쿵, 하고 심장이 울렸다.

"네일아트 같은 거 받으세요?"

익숙해져야 해.

시현은 마음을 다잡았다. 준성이 무슨 의도로 저런 말을 하는지 모르겠다. 분명한 건, 준성이 남자를 좋아한다는 사실이었다. 아무한테나 쉽게 하지 못하는 저런 말을 시현에게 쉽게 할 수 있는 이유는, 준성이 시현을 성적 대상으로 조금도 생각하지 않기 때문일 것이다.

남자가 자신의 동성 친구에게 '여어, 오늘 좋아 보이네.', '너 오늘 멋있다.'라고 말하는 것과 다를 바 없는 칭찬. 아마 준성은 같은 남자에게는 '멋있다.', '잘생겼다.'라는 말을 쉽게 하지 못할 것이다.

그러니까 준성이 해 주는 '예쁘다.'라는 칭찬에는 큰 의미를 부여해선 안 된다.

"아니."

다른 생각을 하느라 자신이 무슨 질문을 했는지 잊었다. 준성을 멍하니 쳐다봤더니, 준성이 짙은 눈썹을 살짝 들어 올렸다.

"네일아트 안 받아."

"아아, 맞다!"

"자넨 역시……."

"알츠하이머 아니에요! 왜 그렇게 제 병에 집착하시는 거죠?"

"걱정을 하는 거야."

"저도 사장님 머리가 걱정이에요. 사장님도 정상이 아닌 건 확실하잖아요. 사장님이야말로 뇌 검사 같은 거 받아보셨어요?"

"자넨 내가…… 하아, 됐어."

준성이 어쩔 수 없다는 듯 고개를 살짝 저었다.

분위기는 나쁘지 않았다. 시현은 준성의 뒤로 보이는 시계를 확인했다. 7시 30분. 준성과 함께하는 시간은 놀랍도록 빠르게 흘러갔다. 슬슬 씻고 나가야 하는데 그러고 싶지 않았다. 이내로 준성과 마주보고 앉아 하염없이 시간을 보내고 싶었다.

'정신 차려, 이시현.'

시현은 안일하게 생각하는 자신을 꾸짖었다.

'이렇게 있으면 마차한테 홀딱 빠질 거야. 저 사람은 백마 탄 왕자가 아니라 호박 마차야. 현실에는 절대로 있을 수 없는 마법의 호박 마차.'

"씻으러 가요."

시현의 말에 고개를 옆으로 살짝 기울였다. 검은 빛깔의 머리카락이 옆으로 사라락 흘러내리자 반듯한 이마가 드러났다.

"가고 싶지 않은데."

"지금 씻고 나와서 머리 말리면 딱 출근 시간 될 거예요."

"출근은 좀 늦어도 돼."

"김 비서님한테 혼날걸요."

"로운의 주인은 나야."

"좋으시겠어요. 하지만 전 지각하는 사원으로 찍히고 싶지 않아요. 오늘은 할 일도 많고. 얼른 일어나세요.”

나른하게 접근하는 준성의 마성에 빠지고 싶지 않았다.

좋아하는 마음은 딱 여기까지. 이보다 더 나아가면 얼굴을 마주보고 이야기하기도 힘들어질 테니까.

시현이 일어나자 준성도 어쩔 수 없다는 듯 일어났다. 준성이 앞섰고, 시현이 그 뒤를 따라갔다. 하늘색 찜질방 옷이 준성처럼 잘 어울리는 남자도 없을 거다. 목 늘어난 티셔츠인데도 그가 입으니 패셔너블했다. 옷매무새 사이로 넓은 어깨와 호리호리한 허리가 언뜻언뜻 내비쳤다. 섹시한 뒷모습을 보며 침을 꼴깍 삼키다가,

‘이래서야 여자 엉덩이를 훔쳐보는 변태밖에 안 돼!’

라는 생각을 하며 시선을 돌렸다.

“삼십 분 정도 걸릴 것 같아요. 삼십 분 후에 입구에서 봬요.”

“응.”

준성과 헤어져 여탕으로 들어온 후에야, 평소의 호흡을 되찾을 수 있었다.

30분에 딱 맞추기 위해 서둘러 씻고 나와 머리를 말렸다. 어제 입었던 옷을 다시 입어야 하는 게 찜찜했지만 어쩔 수 없었다.

밖으로 나와 입구로 향했다. 입구 옆에 있는 의자에 준성이

다리를 꼬고 앉아 있었다. 멀리서 보니, 긴 다리가 유독 돋보였다. 그는 존재만으로도 찜질방 로비라는 공간을 VIP 응접실로 만들었다. 장소가 사람을 만드는 게 아니라 사람이 장소를 만든다는 걸 처음 깨달았다.

시현의 발자국 소리를 들은 준성이 고개를 들었다. 눈을 살짝 가리는 긴 머리카락 사이로 그의 검은 눈동자가 반짝 빛을 냈다.

"아직도 볼이 빨개."

"뜨거운 물에 좀 들어가 있었거든요. 많이 빨개요? 이상할 정도로?"

"아니. 예뻐."

"……."

그가 천천히 일어나 시현의 옆에 서서, 허리를 살짝 굽혀 시현과 비슷하게 눈높이를 맞췄다. 그의 얼굴이 너무 가까이 있다는 생각이 들었지만, 몸을 뒤로 빼진 않았다. 당황하고 있다는 걸 들키기 싫었다.

"만져 봐도 돼?"

"네?"

"볼."

"아아. 왜, 왜요?"

표정은 어떤지 모르겠지만 목소리에 당혹감이 고스란히 담겨 있다는 걸 시현 자신도 알 수 있었다.

"신기해서. 자네 볼은 자주 빨개지거든."

"아……."

"괜찮아?"

안 돼요, 라고 말해야 하는데 머리가 제멋대로 움직였다. 끄덕끄덕.

그의 손이 위로 올라와 시현의 볼로 향했다. 시간이 길게 늘어진 듯 느껴지는 이유는, 아마도 숨을 참고 있기 때문일 것이다. 내쉬는 숨결이 준성의 볼에 닿을까 봐, 숨을 쉴 수가 없었다.

준성은 검지를 뻗어 시현의 볼에 살짝 얹었다. 신비롭지만 깨지기 쉬운 물건을 만지듯, 준성의 손가락이 조심스럽게, 그리고 천천히 움직였다. 빨갛게 달아오른 부분을 따라 원을 그리며 움직이는 손길이 간지러웠다. 간지러운 건 볼인데, 어째서 심장이 간질간질한 건지 모르겠다.

원을 완성한 준성이 손을 떼고 허리를 폈다. 그제야 시현은 자신이 이를 너무 악물고 있었다는 걸 깨달았다. 주먹도 꽉 쥔 상태였다.

"어, 어때요?"

두근거림을 감추기 위해 바보 같은 질문을 하고 말았다. 하지만 준성은 비웃지 않고 대답했다.

"좋아."

"뭐, 뭐가요?"

"자네 볼."

"아······."

어떤 식으로 반응을 해야 하는 걸까?

"염색한 것 같아. 요새 하얀 털 고양이 볼을 분홍색으로 염색해 주던데."

"제, 제 볼에는 털 없는데요?"

"있어."

"없어요!"

"솜털."

준성이 싱긋 웃었다. 감개무량할 정도로 아름다운 미소였지만, 마냥 좋아할 수는 없었다. 준성이 자신을 놀리고 있다는 생각이 들었기 때문이다.

'사장님은 내가 자기한테 홀딱 빠졌다는 걸 눈치챈 걸지도 몰라.'

준성이 하는 말 하나하나가 심장을 콩콩 두드렸다. 아마 볼도 더 빨개졌을 것이다.

"사장님은 정말 마차예요!"

"마차?"

"마성의 차 사장!"

"그게 뭐야?"

"몰라도 돼욧!"

시현은 휙 돌아서서 찜질방을 빠져나왔다. 준성과 계속 같이 있다가는 심장이 부풀고 또 부풀어 펑 터져 버릴 것 같았다.

2

사무실에서 희영의 첫 미팅 상대로 맺어 줄 남자를 찾고 있는데 정후가 찾아왔다. 정후는 카페라테와 약 봉지를 들고 있었다.

"시현 씨. 숙취는 괜찮습니까?"

"네, 비서님. 그런데 무슨 일이세요?"

"사장님이 이거 가져다 드리라고 해서요."

정후가 카페라테와 약 봉지를 건넸다.

"이건 무슨 약이에요?"

"칼슘제요. 그리고 이건 사장님 전언입니다."

흠흠, 목을 가다듬은 정후가 준성의 목소리를 흉내 냈다.

"아무리 봐도 자네는 화가 너무 잦아. 분노를 참을 수 없을 땐 칼슘제를 먹어."

"……."

시현의 황당하단 표정을 보며 정후가 작게 웃었다.

"잘 챙겨 드세요, 시현 씨. 아, 그리고 이건 사원증입니다. 제가 일처리를 제대로 못 하는 바람에 어제 안 좋은 일을 당하게 해드려서 죄송합니다."

정후가 시현의 사원증을 내밀었다. 시현은 벌떡 일어나 연말 시상식에서 상을 타는 연예인처럼 떨리는 손으로 그것을 받아 들었다. 흰색 바탕, 금박의 테두리. 그리고 그 안에 당당하게 자리 잡은 시현의 증명사진.

"제 사원증이네요."

"네, 시현 씨 사원증입니다."

"아……."

시현의 얼굴에 미소가 번졌다.

"신기하다."

"수고하세요, 시현 씨."

"감사해요, 비서님. 그리고……."

시현은 책상에 놓인 약 봉지를 한 번 돌아보고, 정후에게 말했다.

"사장님께 감사하다고 전해 주세요."

"글쎄요. 그 말은 시현 씨가 직접 하는 편이 더 좋을 것 같은데요. 지금 그 표정으로요. 그럼 가보겠습니다."

정후가 사무실에서 나갔다.

시현은 자신의 사원증을 몇 번이나 돌려 보다가 목에 걸고 거울 앞에 섰다. 다른 때보다 멋져 보였다.

사무실에선 굳이 사원증을 걸고 있을 필요가 없지만, 시현은 사원증을 목에 걸고 자리에 앉았다.

로운에 가입된 남성 VIP 고객 명단과 준VIP 고객 명단을 몇 번씩이나 반복해서 본 후에야, 몇 명의 남자를 추려낼 수 있었다. 하지만 명단에 기재된 것은 스펙과 인적 사항 정도였다. 이걸론 부족하다.

시현이 희영에게 약속한 것은 '뜨거운 사랑'이었다. 시현이 보고 싶은 것 또한 '사랑'이었다. 그렇다고 전혀 격에 안 맞는 사람끼리 사랑을 하게 만들어 현대판 로미오와 줄리엣을 연출하고 싶진 않았다.

의자에 등을 기대고 무심히 커피를 마시던 시현은 준성에게 감사 인사를 해야 한다는 걸 기억해냈다.

곧 점심시간이기도 해서 겸사겸사 사장실로 향했다. 비서실은 비어 있었다.

똑똑.

노크를 하자 들어와, 라는 나른한 음성이 들려왔다.

준성은 정후와 함께였다. 테이블을 사이에 두고 마주앉아 있는 두 남자는 농밀한 느낌의 어느 그림 같은 분위기를 자아냈다.

마성을 지닌 악마와 그의 유혹에 휘말리는 순수한 천사.

거장이 남긴 명화를 망칠 수 없다는 생각에 문고리를 잡은 채로 멈춰 섰다. 이 방에 들어오면 안 되는 불청객이 된 것 같았다.

"왜 그러십니까, 시현 씨?"

정후가 상냥한 미소를 지으며 물었다.

"아뇨, 저…… 제가 방해가 된 것 같아서요. 나중에 다시……."

"아닙니다, 시현 씨. 얼른 들어오세요."

시현은 어쩔 수 없이 안으로 들어갔다. 준성은 다리를 꼬고 소파 팔걸이에 상체를 기댄 비스듬한 자세로 시현을 지켜봤다. 둘만의 시간을 방해한 자신을 노려보는 것 같아서, 시현은 마음이 불편했다.

"보고하실 것이 있어서 오셨습니까?"

언제나 그렇듯 왜 왔냐고 묻지 않는 준성 대신 정후가 물었다.

"네. 보고 드릴 것도 있고, 곧 점심시간이기도 해서요."

"그럼 전 나가보겠습니다."

"아, 아뇨, 아뇨, 비서님. 그냥 계셔도 괜찮아요."

둘만의 시간을 방해한 주제에 정후를 쫓아낼 수는 없었다.

시현의 다급한 만류에 정후는 놀란 듯했다.

"괜찮습니다, 시현 씨. 사장님은 안 물어요. 사납지 않습니다."

"아뇨, 그래도 둘만 있기는 좀……."

"전에 정신과 의사분을 만나서 대화를 나눈 적이 있습니다. 그때 왜 정신과를 택했냐고 물었더니, 그러시더라고요. 응급 상황이 거의 없다는 점이 마음에 들었다고. 크레이지 보이들이 응급으로 크레이지하게 돌변하지는 않는다는 거죠. 그냥 고만고만한 채로 쭉, 크레이지하지."

정후는 준성을 흘끗 쳐다본 후, 말을 이었다.

"그러니까 사장님이 갑자기 돌변해서 시현 씨를 물어뜯거나 하는 일은 없을 겁니다."

"이봐, 자네……."

"하지만! 시현 씨가 두려워하시니 그냥 옆에 있어드리겠습니다. 여차하면 제가 막아드릴게요."

준성은 정후를 노려봤지만 그리 화난 기색은 없었다.

역시 두 사람은 그저 사장과 비서의 관계가 아니다. 아무리 오랫동안 같이 일했다 해도, 자신이 모시는 사장에게 크레이지 운운할 직원은 없을 테니까.

"네, 그럼 부탁드리겠습니다."

"자넨 왜 그렇게 진지하게 반응해? 내가 정말 미쳤다고 생각하는 거야?"

시현의 대답에 준성이 볼멘소리를 냈다.

"아니, 사장님. 그건 오햅니다. 제가 한 말은 어디까지나 비유예요, 비유."

정후가 끼어들었다.

"자네는 조용히 해."

"시현 씨 목소리만 듣고 싶으셔서요?"

정후가 장난스럽게 빈정거렸다.

시현은 심장이 덜컹 내려앉는 것 같았다.

'설마…… 비서님이 사장님이랑 내 사이를 오해하는 건 아니겠지?'

하지만 다음에 이어진 준성의 대답은 시현의 심장을 아예 바닥으로 떨어지게 만들었다.

"그래. 그 목소리만 듣고 싶어."

시현은 눈을 부릅뜨고 준성을 노려봤다. 아무리 '밀당'이 유행이라지만, 방금은 준성이 너무했다. 밀당도 적당히 해야지, 과하면 상대에게 상처를 줄 뿐이다.

"네, 네. 그거 참 죄송하게 됐습니다. 그럼 이제부터 불청객은 입을 다물어 드리죠. 시현 씨 목소리 실컷 감상하세요."

정후는 입을 꾹 다물었다.

시현은 자기 때문에 두 사람이 사랑싸움을 시작한 것 같아서 마음이 불편했다. 아까 들어오라고 했을 때, 단호하게 문을 닫고 나갔어야 했던 건데.

시현은 정후 볼 낯이 없었다.

"얘기해."

준성은 정후를 달래줄 생각도 하지 않고 시현에게 말했다.

"저…… 일단 비서님 기분을 좀 풀어드려야 하지 않을까요?"

"상관없어. 얘기해."

"그래도…… 사장님, 그건 아니죠. 밀당도 정도라는 게 있는 건데. 저 때문에 두 분 사이 틀어지는 거 싫어요. 비서님, 기분 푸세요. 사장님이 여자 싫어하는 거 아시잖아요. 비서님께 한 말씀, 진심은 아니었을 거예요."

두 남자는 '이 여자가 뭔 소리를 하는 거지?'라는 표정으로 시현을 쳐다봤다.

"제가 괜히 두 분을 방해한 것 같아서…… 하아. 정말 죄송해요. 나중에 다시 올 테니까 두 분, 화해하세요. 아셨죠? 가보겠습니다."

시현은 누가 붙잡을 새도 없이 사장실에서 뛰어나왔다. 본의 아니게 두 사람의 마음을 알고 있다는 뉘앙스를 풍겼지만 어쩔 수 없었다. 정후에게는 미움을 받고 싶지 않았다. 그게 '연적'이라는 웃기지도 않은 이유 때문이라면 더더욱 싫었다.

사장실에 남겨진 두 남자는 석상이 되어 있었다. 아주 오랫동안, 두 남자는 아무 말도 하지 못하고 시현이 도망치듯 나가버린 문을 멍하니 바라봤다. 두 남자의 얼굴을 채운 황당함은 시간이 지나도 사라지지 않았다.

먼저 정신을 차린 것은 정후였다. 정후는 가만히 시선을 움직여 준성을 쳐다보고 끔찍하다는 듯 부르르 떨었다. 그리고 다시 준성에게서 눈을 뗀 후, 그동안 시현의 언행에 대해 떠올려보았다. 시현은 가끔 이상한 말을 했다. 그 말들과 지금 두 남자의 뒤통수를 후려친 말을 연관 지어 생각해 보면, 하나의 가설을 세울 수 있었다.

"이건 정말 끔찍한 말이라서 입 밖에 내고 싶지 않은데요."

정후가 서두를 떼자, 준성이 정신을 차리고 정후를 노려봤다.

"입 밖에 내지 마."

준성의 머릿속에도 정후의 것과 같은 가설이 떠오른 모양이다.

"그죠? 안 내는 게 좋겠죠?"

"응."

준성은 평소 잘 드러내지 않는 짜증을 마구 드러내며 담배를 꺼냈다. 담배를 입으로 가져가는 손끝이 파르르 떨렸다. 준성은 불을 붙이자마자 성급하게 담배 연기를 빨아들였다가 뱉어냈다.

"그렇게 보이는 걸까요?"

"말하지 마."

"그래요. 말하지 않는 게 좋겠죠."

"……."

침묵이 흘렀다.

정후는 초조해하는 성격이 아니지만, 이번만큼은 도저히 견딜 수가 없었다. 그래서 결국은 입 밖에 내고 싶지 않은 말을 큰 소리로 외치고 말았다.

"아, 그래요. 제가 이렇게 생겨 먹어서 게이라는 오해를 많이 받긴 합니다. 그건 다 좋단 말입니다. 그런데 왜! 왜 하필이면 시현 씨가 오해하는 상대가 사장님이냐고요!"

1시간 후 시현이 다시 찾아왔을 때, 정후는 비서실에 앉아 모니터를 노려보고 있었다. 눈치를 보며 들어오는 시현을 흘끗 쳐다봤더니, 시현이 꾸벅 인사했다. 더없이 어색한 태도였다.

"김 비서님. 아까는 죄송했어요. 기분은 풀리셨어요?"

"시현 씨, 진지하게 드릴 말씀이 있습니다."

정후는 일어나 시현에게 다가갔다. 시현이 움찔했다.

"시현 씨가 뭔가 오해를 하고 계신 것 같은데…… 사장님이랑 저는 그런 사이 아닙니다."

"네, 알아요. 그러시겠죠."

시현이 조금도 믿지 않는다는 어조로 중얼거렸다.

"……아뇨, 시현 씨. 세상에 말 못 할 사랑이라서 감추는 게
아니라…… 진짜로 그런 사이가 아니라고 말씀드리는 겁니
다."

"지금은 그럴지 몰라도…… 사람 사이라는 게 나중에 어떻
게 될지 모르는 거잖아요. 마음을 열어 두세요, 비서님."

"……시현 씨. 마음을 닫아둔 건 시현 씨 같은데요. 다시 한
번 말씀드리지만, 저랑 사장님은 그런 사이 아니고, 앞으로도
아닐 겁니다."

시현은 충격받은 표정으로 정후를 올려다봤다.

"김 비서님은…… 사장님의 어디가 마음에 안 드시는 건가
요?"

"그런 건 생각해 본 적도 없지만, 굳이 말씀드리자면 머리부
터 발끝까지입니다."

시현이 작게 한숨짓는 걸 보며, 정후는 생각했다.

'강적이야. 이시현 씨, 너무 강적이야.'

"김 비서님. 사장님은 아까 정말 진심이 아니셨어요. 그런
거 있잖아요. 초등학교 남자애들이 좋아하는 여자애 괴롭히면
서 관심받길 바라는 거요."

"그러니까 시현 씨. 저도 그렇고, 사장님도 그렇고, 서로의 관심을 원하지 않는 사이라니까요."

정후의 딱딱한 대답에 시현이 어쩔 수 없다는 듯 웃었다.

"너무 그렇게만 생각하지 마세요. 마음을 열어 두면 보다 좋은 길이 보일 거예요. 아, 전 그런 쪽으로 전혀 편견 없어요."

"저도 편견은 없습니다."

"그럼 잘됐네요!"

"……."

"저 사장님께 보고 드릴 게 있어서 들어가 보겠습니다. 아, 오해하진 마세요. 단둘이 있다고 무슨 일이 생기고 그럴 일은 없으니까요. 사장님은 여자를 진짜 싫어하시잖아요. 걱정되시면 같이 들어가셔도 되는데……."

"……아닙니다. 들어가세요."

시현은 미안하다는 듯 고개를 숙이고 사장실에 들어갔다. 정후는 움직일 의욕이 생기지 않아, 그 자리에 서서 닫힌 문을 노려봤다.

살아온 인생 28년. 처음으로 감당할 수 없는 사람을 만났다.

이야기 아홉.

1

준성을 사무적으로 대해야만 한다. 또다시 정후의 오해를
받고 싶지 않았다. 시현은 소파에 앉자마자 뽑아온 자료를 준
성에게 내밀었다. 준성은 그것을 받아 들고 건성으로 훑어봤
다.

"사장님. 김희영 씨에게 맞는 상대를 찾아주기 위해서 로운
에 가입된 VIP와 준VIP를 골랐습니다. 그런데 거기 쓰인 정보
만으론 부족해서 명단에 있는 분들을 한 분씩 만나 뵈려고 합
니다. 내일부터 계속 외근을 하게 될 것 같은데, 괜찮을까요?"

"한 명씩 따로?"

"네. 거기 IT 회사를 창업한 정여훈 씨와는 내일 점심때 그

분 회사 근처에서 만나 뵙기로 약속을 잡았습니다. 외근 허락
해 주시면 다른 분들께도 연락을 돌리려고요."

"정여훈이랑 자네랑 단둘이 만난단 말이지?"

"네, 그럴 것 같은데요. 아, 저 혼자서는 안 되나요?"

"응."

준성이 단호하게 대답했다. 시현은 납득했다. 아직 모르는
게 많은 사원을 혼자 보냈다가 실수라도 저지르면 큰일이다.

"그럼 다른 분 동행해서 가면 될까요?"

"나랑 같이 가."

"네?"

자기도 모르게 높은 톤의 목소리가 튀어나왔다.

"나랑 같이 가자고."

"왜죠?"

"뭐가?"

"그러니까…… 왜요? 왜 사장님이랑 같이 가요?"

"내 회사 고객, 내가 만난다는데…… 문제 있어?"

"……문제야 없죠."

"응."

시현은 준성의 속내를 파악할 수가 없었다. 도대체 무슨 생
각일까.

다른 사원들에게 들은 얘기로는, 준성이 직접 고객을 만나

러 나가는 일은 없고, 고객들도 대(大) 해성의 막내 아드님이 직접 나오지 않은 걸 불쾌하게 생각하지 않는다고 했다. 그런데 이 남자가 갑자기 왜 이러는 걸까?

뇌리를 스치는 이유가 하나 있었다.

"그러지 마세요, 사장님. 이건 아니에요."

"뭐가?"

"절 이용해서 김 비서님의 질투심을 유발하려고 하는 모양이신데…… 전 안 도와드릴 거예요. 전 밀당 반대주의자예요."

"……이봐, 자네. 도대체 무슨 생각을 하는 거야?"

"옳은 생각이요."

"……."

준성의 얇은 입술이 달싹거렸지만, 결국은 아무 말도 하지 않고 일(一) 자로 다물어졌다. 그래, 본인도 자신이 과하다는 걸 알고 있는 거겠지. 어쩜 남자들은 사랑 앞에서 이렇게 어린애가 되는 걸까?

"사장님. 밀당은 해 봐야 서로에게 상처밖에 안 돼요. 사랑하는 사람한테는 그냥 솔직하게 사랑한다고 말하는 게 나아요. 그게 서로 더 편하고 행복하잖아요."

"그래?"

"네."

"사랑해."

쿵.

지극히 당연한 사실을 말하듯 담담하게 흘러나온 음성에, 심장이 저 멀리 날아갔다. 그런데 이상하게도 두근두근 박동이 느껴졌다. 왼쪽 가슴에서 시작된 박동이 전신으로 퍼졌다. 거친 박동 때문에 폐가 부풀어 숨을 쉴 수가 없었다.

숨을 멈춘 채, 자신의 앞에 앉아 있는 남자를 옹시했다. 무서울 정도로 매혹적인 얼굴이, 재미있다는 듯 시현을 바라보고 있었다. 그의 입가에 걸린 옅은 미소를 발견한 후에야 시현은 정신을 차릴 수 있었다.

"그, 그게 안 좋다고요!"

언성이 높아졌다. 준성의 미간에 짙은 주름이 생겼다.

"자네, 칼슘제 안 먹었어?"

"그거 안 좋다니까요, 사장님. 왜 마음에도 없는 말을 해서 비서님 기분 상하게 만들고 그러세요? 그런 식으로 질투 유발하고 그러는 거, 정말 안 좋아요!"

"사랑하는 사람한테는 솔직하라면서?"

"그러니까요!"

"그래서 사랑한다고 한 건데?"

"그 말을, 저 밖에 있는 김 비서님한테 하라니까요! 애꿎은 절 가지고 놀지 마시고요!"

"난 자네를 가지고 놀 생각 없는데."

"지금 실컷 가지고 노시잖아요!"

"링거를 맞는 게 어때?"

"네?"

"칼슘제 넣은 링거."

"말 돌리지 마세요, 사장님. 이 부분은 명확히 짚고 넘어가야겠어요. 전 김 비서님이랑 어색한 사이가 되고 싶지 않아요."

"난 상관없어."

"솔직해지세요, 사장님. 사실 아까 찜질방에서 말씀드리고 싶었는데요. 저, 사장님 마음 알아요. 그러니까…… 우연찮게 알게 됐어요. 저요, 모든 종류의 사랑을 환영해요. 아, 사람이랑 짐승…… 이런 거 말고요. 사람 대 사람이 하는 사랑. 이성 간이 아니라 동성 간의 사랑이라도, 저는 다 좋아요. 아니, 오히려 아주 보기 좋다고 생각해요. 하지만 아무래도 우리나라 사회가 그 부분에 대해 색안경을 끼고 있고…… 그런 것 때문에 사장님도 고민이 많으시겠죠."

"……."

준성이 한쪽 입꼬리를 올리며 다리를 꼬았다.

"저는 사장님 편이에요. 절 이렇게 좋은 회사에서 일하게 해주셨으니 당연히 사장님 편이죠."

"그래?"

"그럼요. 그래서…… 사장님이 괴롭거나 외로우실 때, 누군가에게 속상한 마음을 털어놓고 싶으실 때, 그럴 때 부르시면 언제든 달려가서 얘기를 들어드릴 수 있어요."

"언제든?"

"네, 언제든. 새벽 한 시도 좋고요. 이른 아침도 좋아요. 자다가도 전화벨 울리면 당장 달려갈게요. 그러니까 사장님, 아픈 마음 감추려고 노력하지 마세요. 그거 힘들잖아요."

준성의 입술이 부드러운 반타원형을 그렸다. 준성은 어쩐지 즐거워 보였다.

"알았어. 그렇게 해."

"정말요?"

"응. 괴롭거나 외로울 때 부를게."

"그럼 이젠 마음에도 없는 말씀, 하시기 없기예요?"

"응, 알았어."

시현은 안도했다. 사실 이 말을 꺼내기까지 많은 고민을 했다. '너 따위는 내 친구가 아니야! 너 따위가 내 친구가 될 자격이 있다고 생각해?'라는 대답이 돌아올까 봐 두려웠기 때문이다.

준성의 연인 자리를 탐내진 않았지만, 적어도 준성의 특별한 사람은 되고 싶었다. 힘들 때 떠오르는 사람, 울적할 때 떠오르는 사람. 그런 사람이 있다는 게 얼마나 든든한지 알기에 준성에게 그런 사람이 되어 주고 싶었다.

'우정도 다른 모습의 사랑이잖아.'

용기 내서 말하기를 잘했다고 생각하고 있는데, 준성이 이 것만은 양보할 수 없다는 듯 말했다.

"정여훈은 나도 같이 만나러 가."

"……."

내일 만날 고객에게 질문할 것을 점검하고 있는데, 내선 전화가 걸려왔다. 번호를 보니 사장실에서 걸려온 전화였다.

"네, 이시현입니다."

[내려와.]

뚝.

시현은 끊긴 전화기를 물끄러미 응시하다가 사장실로 향했다. 정후에게 인사를 하고 안으로 들어갔더니 준성은 소파에 앉아 있었고, 준성의 앞에는 커피가 두 잔 놓여 있었다.

"무슨 일 있으세요?"

"괴로워."

"헉. 어디 아프세요? 병원 가서야 하는 거 아니에요?"

"괴롭거나 외로울 때 부르라며?"

"그, 그야 그렇지만……."

"그래서 불렀어."

"아⋯⋯."

시현은 준성의 얼굴을 물끄러미 바라봤다. 이 남자가 장난을 하는 건지, 진심인 건지 알 수 없었기 때문이다. 그럴 수밖에 없는 게, 사장실을 나온 지 30분밖에 안 지났다. 30분 동안 괴로울 일이 생길 리가 없잖아!

하지만 마음을 고쳐먹었다. 사랑이라는 게 원래 시간 맞춰두고 가슴 아프게 만들진 않으니까.

그렇게 생각하고 보니 준성의 표정이 괴로워 보이기도 했다. 평소처럼 무표정하긴 하지만 짙은 눈썹이 살짝 휘어져 있고, 미간 사이에 옅은 주름이 잡혀 있었다. 게을러서 화도 안 내는 준성에게는 저것이 최대한으로 괴로움을 표현한 것인지도 모르겠다.

"그럼 말씀해 보세요."

"자네가 말해 봐."

"네? 하지만 전 괴롭지 않은데요?"

"응. 괴로워서 누군가의 얘기를 듣고 싶어."

전혀 괴롭지 않다는 투로 준성이 담담하게 말했다. 시현은 미심쩍었지만, 괴로울 때 부르라고 했던 건 자신이니 준성에게 맞춰주기로 했다.

"그럼 무슨 얘기를 할까요?"

"아무 얘기나."

준성이 나른하게 대답하며 몸을 뒤로 기댔다. 무릎 위에 깍지 낀 손가락이 예뻤다.

"저는요. 아무거나, 라고 말하는 사람이 싫어요. 밥 먹을 때도 그렇고, 영화 고를 때도 그렇고 난 아무거나, 라고 대답하는 건 정말 성의 없잖아요. 안 그래요? 물론 상대를 배려해 주는 마음이라는 건 알겠지만, 어느 정도는 자기가 원하는 걸 밝혀야죠. 그래야 받아들이는 입장에서도 고르기가 쉽죠."

"예를 들자면?"

"영화 고를 때는, 난 공포나 미스터리한 느낌이 나는 장르를 좋아해. 로맨스는 딱히 즐기진 않는 편이야. 밥 먹을 때는, 난 매운 것 빼면 다 괜찮아. 이런 식으로 어느 정도는 자기 취향을 밝히는 게 좋지 않겠어요?"

"그러네."

"그러니까 사장님도 취향을 밝혀주세요. 어떤 얘기를 듣고 싶은지, 어떤 얘기를 싫어하는지."

"자네 얘기를 듣고 싶어."

"지금 얘기하고 있잖아요."

"응, 그렇게만 해."

준성의 입가에 옅은 미소가 걸렸다. 시현은 왠지 놀림당하는 기분이 들었다.

"저 놀리시는 거면 올라가보겠습니다. 내일 고객분 만나서 질문할 거 점검해야 해요."

시현은 준성의 대답을 듣지도 않고 사장실에서 나왔다.

비서실의 정후는 모니터를 노려보고 있었다. 아까부터 한결같이 굳은 표정인 것이 마음에 걸렸다.

"저…… 비서님."

"네, 시현 씨."

정후가 모니터에서 시선을 떼고 시현을 쳐다봤다. 부드럽게 휘어진 연갈색 머리카락과 그 아래 자리 잡은 새초롬한 눈매. 정말 예쁘게 생긴 사람이다.

"사장실에서…… 저, 사장님이랑 아무 일도 없었어요. 아시죠?"

"……알고 싶지도 않고, 설령 있다고 해도 아무 문제 없습니다. 지금으로선 차라리 무슨 일이 있었으면 좋겠다는 생각까지 드네요. 그냥 사장님을 덮쳐버리세요!"

"어휴. 마음에도 없는 말씀 하시기는. 그럼 저 올라가보겠습니다. 너무 들락거려서 죄송해요."

"아뇨, 시현 씨. 그냥 사장실에서 사셔도 되는데요."

"에이, 어떻게 그래요. 부엌도 없는데."

시현은 정말 아무 일도 없었다는 걸 증명하기 위해 상큼하게 웃어 주고는 복도로 나왔다. 문이 닫히기 전,

"그럼 그냥 사장님 댁에 가서 사세요!"

라는 정후의 목소리가 들려왔지만 무시했다. 감정의 골이 깊어지면 마음에도 없는 소리를 하는 법이다. 사실은 자기가 같이 살고 싶은 거면서.

사무실로 돌아와 하던 일을 다시 하기 시작했는데, 20분쯤 지났을 때 또 전화가 걸려왔다. 사장실이었다. 시현은 전화기를 노려봤다. 안 받으면 제풀에 지쳐서 끊겠지. 하지만 준성은 집요했다.

"여보세요!"

[내려와.]

뚝.

시현은 전화기를 노려봤다. 마음 같아서는 내선 전화의 전원을 꺼버리고 싶었다.

씩씩거리며 사장실로 향했다. 비서실을 통과하는 게 걱정스러웠는데, 정후는 외근을 나갔는지 자리에 없었다. 시현은 안도의 한숨을 내쉬며 사장실 안으로 들어갔다.

준성은 여전히 소파에 앉아 있었다. 아까부터 꼼짝도 안 하고 저 자세로 있었던 게 분명하다.

"왜 부르셨어요, 사장님?"

시현은 이를 악물고 최대한 상냥하게 물었다.

"외로워."

"……."

"김 비서, 외근 나갔잖아."

곧 폭발할 듯한 표정으로 노려보는 시현에게 준성이 변명하 듯 덧붙였다.

"잠깐 못 봐도 죽을 만큼 외로우세요?"

"응."

"하아. 그럼 어쩔 수 없죠."

시현은 자포자기했다. 준성은 맞은편 소파에 앉는 시현을 재미있다는 듯 쳐다봤다. 시현은 자신의 것으로 마련된 커피 를 양손으로 쥐고 준성에게 물었다.

"무서운 얘기 좋아하세요?"

"응."

"그럼 소설이나 영화 얘기는요?"

"좋아해."

"우리 옆집 사는 여자애 연애사는요?"

"좋아해."

"연예인 뒷담화는요?"

"좋아해."

"싫어하는 얘기는 뭐예요?"

"자네 목소리가 만들어내는 얘기는 다 좋아."

이 남자는 정말.

시현은 눈을 살짝 감고 심호흡을 했다.

준성이 내뱉은 한마디, 한마디가 시현의 심장을 흔들었다. 저 남자의 마음을 차지한 사람은 따로 있다는 걸 아는데도, 그의 무심한 음성이 달콤하게 다가왔다.

평정심을 유지하자. 저 사람은 그냥 말할 줄 아는 마네킹일 뿐이야. 아주 잘생기고 비싼 마네킹.

시현은 충분히 마음을 가라앉힌 후에야 눈을 떴지만, 간신히 가라앉힌 마음이 1초도 안 돼서 들썩이는 경험을 했다.

다리를 꼬고 비스듬히 앉은 준성이 미소를 짓고 있었다. 입가에서부터 시작되어 볼과 눈으로 번져나간 미소는 숨이 막힐 듯 아름다웠다. 황송하다는 생각조차 할 겨를이 없을 만큼, 그의 미소에 사로잡혔다.

온 세계가 그에게 집중되었다. 창문에서 들어오는 빛이, 천장에서 쏟아지는 빛이 전부 그에게 모였다.

아마도 짧은 순간이었겠지만, 그 시간이 시현에게는 영원처럼 느껴졌다. 시현은 눈을 크게 떴다가 다시 갸름하게 뜨고는 마른침을 삼키며 간신히 정신을 차렸다. 그를 똑바로 쳐다보는 것이 민망했지만, 그 아름다운 미소를 아주 짧은 시간도 놓치지 않고 보고 싶은 마음이 더 컸다. 그래서 눈을 떼지 않고 입술만 달싹거리며 말했다.

"사장님은…… 좀…… 그래요……."

기어들어가는 목소리였다. 동요를 겉으로 드러낸 것 같아

민망했지만 어쩔 수 없었다.

"뭐가?"

준성이 고개를 옆으로 기울였다. 그 모습이 말도 못 하게 귀여웠다.

"그러니까…… 좀…… 그런 게 있어요. 아무튼…… 저 일해야 되니까 특별한 일 없으면 부르지 마세요!"

"응. 괴롭거나 외로울 때만 부를게."

"쫌!"

"자네가 그러라며?"

반박할 말이 없었기에, 시현은 준성을 한 번 쏘아보고 사장실에서 나왔다.

준성의 전화는 그 후로도 계속되었다. 짧게는 10분, 길게는 30분 간격으로 계속되는 '내려와.'라는 말에 속이 부글부글 끓었다. 그래도 했던 말이 있고, 저쪽이 사장이니 내려가는 수밖에 없었다. 결국은 하려고 했던 일을 하나도 못 한 채 하루를 마감했다.

고객을 만날 때 준비 없이 만날 수는 없는 노릇이다. 시현은 일할 것을 챙겨들고 서둘러 엘리베이터에 올랐다. 집에 가서 간단히 저녁을 챙겨 먹고 일할 생각이었다.

잘 내려가던 엘리베이터가 15층에서 멈췄다. 아무 생각 없이 숫자를 응시하던 시현은 15층에 사장실이 있다는 걸 깨달고 마음의 준비를 했다. 아니나 다를까, 엘리베이터 문이 열리자마자 보인 사람은 준성이었다.

미색 코트를 걸친 준성은 근사했다. 코트의 연한 색깔이 준성의 커피빛 피부와 새까만 머리카락을 돋보이게 했다. 코트 주머니에 손을 찔러 넣고 서 있는 준성은, 푹신한 소파에 몸을 묻고 있을 때보다 섹시했다.

"비서님은요?"

"외근 후 직퇴."

"그럼 사장님 차는요?"

"택시."

"사장님. 제가 생각해 봤는데요. 외롭거나 괴로울 때 언제든 부르시라고 하긴 했지만 업무 시간에 그러시는 건 좀 아닌 것 같아요. 오늘도 일 하나도 못 했어요. 그래서 집에서 일하게 생겼잖아요."

"그건 자네의 능력 부족이겠지."

시현은 뻔뻔하게 말하는 준성의 옆얼굴을 노려봤다. 인정하긴 싫지만 기가 막히게 잘생겨서, 화를 내는 중이라는 것조차 깜빡했다.

엘리베이터가 멈추고 문이 열렸다.

"그래요. 저 능력이 부족해서 일하는 시간에 방해받으면 일을 하나도 못 하니까, 내일부터는 업무 시간에는 부르지 말아주세요. 비서님도 가까이 계신데 왜 굳이 절 부르세요? 비서님을 부르시면 되지. 비서님이랑 같이 있는 게 더 좋으시잖아요."

시현이 나가는 문을 열며 말했다.

"자네가 더 좋으니까."

준성이 시현이 잘 나갈 수 있도록 문을 잡아줬다. 시현은 건물 밖으로 나가자마자 허리에 손을 얹고 준성을 돌아봤다. 막 건물에서 나온 준성이 왜 그러냐는 듯한 시선을 던졌다.

"여기 회사 밖이니까 사장, 직원, 계급장 떼고 인간 대 인간으로 할 말 좀 하자."

"……"

"아, 그래! 당신 잘생기고 능력 있고 돈 많고, 그거 다 좋아. 근데 나 여기 일하러 다니는 거야, 일하러! 당신 장난감 취급받으려고 이 회사에 취직한 게 아니라고! 그래, 당신이 아픈 사랑을 하고 있는 거 알고, 그거 참 안타까워. 그래서 진심으로 외로울 때, 괴로울 때 옆에 있어 주고 싶다는 생각도 했어. 그런데 사람 호의를 그런 식으로 가지고 놀면 안 되지! 난 진심이라고! 사장이라고 해서 사원 진심을 갖고 놀아도 된다는 법은 없잖아! 앞으로 진짜 외로울 때 혼자 있고 싶지 않으면 알아서 잘해! 양치기 소년 되지 말고!"

시현은 성난 고양이처럼 눈을 크게 뜨고 바락바락 외쳤다.

준성은 코트 주머니에 손을 찔러 넣은 채로, 느긋하게 시현의 막말을 들었다. 일개 사원이 당신, 당신 하며 반말을 하는데도 기분 나쁜 기색이 없었다. 오히려 재미있다는 눈빛이었다.

어쨌든 시현은 하고 싶은 말을 다 했더니 속이 후련했다. 내일부터는 좀 조심해서 행동하겠지. 그런 기대감을 품고 돌아서는 시현을 준성이 불렀다.

"이봐."

"왜!"

준성은 회사 주위를 턱으로 슬쩍 가리키며 말했다.

"여기 전부 회사 땅이야."

"……."

"……."

"……죄송합니다, 사장님."

2

예나는 초조한 듯 다리를 떨며 담배를 피우는 대영을 물끄러미 응시했다. 티 테이블 위의 재떨이에 반쯤 피우다 꺼버린 꽁초가 가득했다. 그리고 그 옆에는 두툼한 서류 봉투가 있었다.

대영은 예나가 무슨 말이든 해 주기를 바라는 듯했지만 예나는 입을 열지 않았다.

"무슨 말이든 좀 해!"

대영이 졌다. 늘 이런 식이었다. 대영은 단 한 번도 예나를 이겨본 적이 없었다.

약간은 험상궂게 보이는 얼굴이 분노로 일그러지고, 언성이 높아졌는데도 예나는 눈썹 하나 꿈틀거리지 않았다. 아무것도 담지 않은, 심지어 5년을 함께 산 남편에 대한 약간의 '정'조차 찾아볼 수 없는 공허한 시선을 담담하게 보낼 뿐이었다.

"무슨 말이든 좀 하란 말이야!"

대영은 참을 수 없다는 듯 불붙은 담배를 바닥에 내던지고 예나에게 성큼성큼 다가갔다. 다른 사람이라면 입안이 바싹 마를 만큼 위협적이겠지만, 예나는 이 목소리만 큰 남자가 자신을 어쩌지 못하리라는 걸 알고 있었다.

대영은 예나의 가냘픈 어깨를 세게 움켜쥐고 벌겋게 핏발 선 눈으로 예나를 노려봤다. 예나는 그런 대영을 물끄러미 올려다보다가 대영이 테이블 위에 놔둔 담뱃갑으로 손을 뻗었다.

"담배 피우지 마!"

대영이 으르렁거리듯 말했지만 예나는 무시했다. 담배를 꺼내 보라는 듯이 입에 물고 불을 붙였다. 그리곤 한 모금 깊이 빨아들인 후, 대영의 얼굴로 연기를 뿜었다.

"너!"

"소리 좀 죽여. 옆집에서 듣겠다."

"그럼 네가 말을 해!"

"무슨 말이 듣고 싶은 건지 모르겠네."

"알잖아!"

"모르겠어. 내가 자기 속을 어떻게 알아?"

대영은 신경질적으로 예나의 어깨를 뿌리치고, 테이블 위에 있던 서류 봉투를 가지고 와 예나에게 던졌다. 예나는 무릎 위에 떨어진 봉투를 흘끗 쳐다봤지만 열어 보진 않았다.

"열어 봐."

"싫어."

"열어 보라고!"

"싫다고 말했어."

"제기랄!"

이번에도 대영이 졌다. 대영은 서류 봉투에 들어 있던 사진들을 꺼내 예나에게 집어던졌다. 예나의 얼굴에 맞은 사진들이 팔랑팔랑 떨어졌다. 그중 한 장이 테이블 위에, 다른 한 장이 예나의 무릎 위에 내려앉았다. 사진엔 예나와 준성이 마주 앉아 있는 모습이 찍혀 있었다.

예나는 담배를 검지와 중지 사이에 끼운 채로 사진을 집어

들었다. 지난번 준성을 만났을 때 찍혔나 보다.

"싫다, 정말."

예나는 피식 웃으며 사진을 흔들었다.

"이런 짓 하는 거야? 나한테 사람 붙여서? 그거 스토킹이야."

"네가 한 짓은 불륜이야."

"무슨 소리를 하는 거야? 옛 친구랑 바에서 가볍게 술 한잔한 것뿐인데."

"옛 친구? 진심으로 그런 말을 하는 건 아니겠지? 차준성이가 왜 네 옛 친구야!"

"그럼 뭐라고 할까? 옛 연인? 아니면 옛 사랑?"

"너……."

꽉 쥔 대영의 주먹이 부들부들 떨렸다. 예나의 얼굴만 한 주먹이 위협적으로 움직였다. 하지만 주먹은 예나의 얼굴에 닿지 않고 테이블로 떨어졌다. 콰앙, 거친 소리와 함께 테이블이 나뒹굴었다. 바닥에 있던 사진들 위로 담배꽁초가 쏟아졌다. 예나는 다리를 꼰 채, 지저분한 바닥을 응시하며 말했다.

"뭐가 됐든 앞에 붙는 수식어는 '옛'이야. 과거의 일일 뿐이라는 거지. 세상에 과거 없는 사람이 얼마나 있어? 차준성은 내 과거의 사람이야."

"내 과거는 너야. 내 현재도 너고!"

"알아. 그래서 자기랑 결혼했잖아."

"그런데 왜 차준성을 만났냐고!"

"술 한잔하려고 만난 거라니까."

"무슨 얘기 했어?"

"그런 것까지 말해야 돼? 자기, 정말 곤란한 남자네. 사생활에 그렇게 집착하는 남자 정말 꼴불견인네."

"무슨 얘기했냐니까!"

대영이 바닥에 쓰러져 있는 테이블을 발로 걷어찼다. 예나는 한숨을 쉬며 담배를 한 모금 빨았다.

"별 얘기 안 했어. 사는 얘기, 옛날 얘기. 옛 사람을 만나면으레 하는 그런 것들 있잖아."

"그리고 회사 정보도 흘렸겠지."

"무슨 말이야?"

"김희영이 로운의 그 계집애랑 만났어."

"김희영? K 저축은행의?"

"그래! 그 멍청한 계집애! 그 계집애나 애비나 똑같이 허영심이 많아서, 잘만 하면 큰돈을 뜯어낼 수도 있었어! 요새 우리 회사의 돈줄이었다고!"

"그래 봐야 저축은행 회장 딸인데…… 요새 파스텔이 많이 힘든가 봐."

"그래. 네 그 옛 사람 덕분이지."

대영이 얼굴을 일그러뜨리고 웃었다.

"자기, 설마 내가 김희영에 대한 얘기를 준성 오빠한테 흘렸다고 생각하는 건 아니지?"

"오빠? 준성 오빠라고?"

"그럼 나보다 나이 많은 사람을 그 새끼라고 부르니?"

"차준성이 나한테 무슨 짓을 하고 있는지 알잖아! 넌 내 마누라고! 좋든 싫든 네가 결혼한 사람은 나야! 네 남편은 나라고!"

"알아, 자기가 내 남편이라는 거."

"그런데 왜 그 새끼한테 집착하냐고!"

"집착하는 건 자기 같은데?"

예나가 차갑게 말했다.

"자기는 늘 준성 오빠한테 열등감이 있었잖아. 준성 오빠를 이겨본 적이 없으니까. 하지만 자기, 그렇게 열을 낼 필요는 없어. 지금은 자기가 승자거든. 날 가졌잖아. 준성 오빠의 증오를 받기는 하지만, 그것도 역시 준성 오빠가 자기를 인정했다는 거 아니겠어?"

"하……?"

대영이 기가 막힌다는 듯 헛웃음을 터뜨렸다. 예나의 앞으로 저벅저벅 다가간 대영은 예나의 가느다란 팔을 잡아 일으켜 세웠다.

"뭘 모르는 모양인데, 윤예나. 차준성이 증오하는 건 너야. 차준성이 싫어하는 것도 너고, 파멸시키고 싶어 하는 것도 너야."

"……."

"아마도 넌 지금 기분이 좋겠지. 차준성이 끊임없이 널 생각한다는 것만으로도 차준성의 마음을 얻은 기분일 테니까."

결혼 후, 대영은 변했다. 하지만 아무리 변했어도 대영의 예리함은 사라지지 않았다. 예나는 뜨끔했지만 간신히 포커페이스를 유지했다.

"하지만 이젠 아냐, 윤예나. 지금 차준성 머릿속을 채운 건 네가 아니거든. 그 계집애 생각을 하느라, 네 이름조차 잊었을걸?"

"그…… 계집애?"

처음으로 예나의 표정이 변했다. 잘 다듬은 예나의 눈썹이 휘어지는 걸 본 대영이 입꼬리를 치켜올렸다.

"그래, 그 계집애. 나를 모욕하고 로운으로 도망가 버린 그 계집애."

3

약속 시간보다 5분 일찍 도착했다. 장소는 어느 고급 호텔 1층에 있는 유럽풍 카페. 이른 시간이라 손님이 별로 없었다.

종업원에게 안내를 받아 안쪽으로 들어가며, 시현은 자신의 옷차림을 점검했다. 옷장에 있는 몇 벌의 명품 정장은 전부 명성에게 선물 받은 것들. 그 옷들을 꺼내 입을 때마다 명성에게 고마운 마음이 들었다. 명성이 아니었더라면, 이런 기회를 잡을 수도 없었을 것이다.

"안 봐도 예뻐."

창문 유리에 비친 모습을 흘끗흘끗 쳐다보는 시현에게, 뒤에서 따라오던 준성이 말했다. 준성의 마음이 정후에게 향해 있다는 걸 알면서도, 예쁘다는 말을 들을 때마다 심장이 울렁거리는 건 어쩔 수 없었다. 머리보다 빨리 반응하는 심장이 얄미울 지경이었다.

시현은 콩닥거리는 마음을 감추기 위해 고개를 홱 돌려 준성을 째려봤다.

오늘 준성의 패션 코드는 은갈치였다. 반짝이는 재질의 은색 슈트. 다른 사람이 입으면 조금 웃겨 보일 수도 있는 그 옷이 준성에게는 잘 어울렸다. 환한 색상 때문인지 커피빛 피부가 평소보다 돋보였는데, 그게 오히려 준성을 남자다워 보이게 했다.

"사장님은 안 오시는 게 좋을 뻔했어요. 차라리 김 비서님이랑 왔으면 좋았을 텐데."

시현이 자리에 앉으며 투덜거렸다.

"김 비서가 좋아?"

"네, 좋아요. 친절하시잖아요. 생각도 깊으시고 배려심도 많으시고."

"그건 곤란한데."

시현의 옆자리에 앉은 준성이 미간을 좁혔다. 시현은 아차, 싶었다. 정후는 준성의 남자였다. 준성의 남자에게 관심이 있다는 듯한 뉘앙스의 말을 하는 게 아니었다.

"사장님이 생각하시는 그런 의미는 아니에요. 그냥 전……그런 거죠. 회사 고객을 만날 때는 회사의 대장인 사장님보다 김 비서님이 훨씬 더 자연스럽고 능숙하게 대처를 하실 것 같아서요."

"나도 잘해."

"네, 그런 걸로 해 두죠."

시현은 준성과 말싸움을 할 생각이 없었다. 허벅지 위에 두 손을 가지런히 올려 두고 눈을 감았다. VIP 고객을 만나는 건 이번이 두 번째. 하지만 여전히 떨렸다. 곧 만나게 될 상대에게 얕보여서는 안 됐다. 이런 만남에 익숙하다는 분위기를 풍겨야 상대의 신뢰를 얻을 수 있다.

버벅거리면 안 될 텐데, 했던 말을 또 하면 안 되는데, 이쪽 세계에 대해 잘 안다는 듯이 행동해야 하는데.

"늦네."

준성의 음성이 잠깐의 정적을 깨뜨렸다. 시현은 눈을 뜨고 시간을 확인했다. 약속 시간보다 10분이 지나 있었다.

"그러게요. 늦네요."

하지만 10분 정도 늦을 건 예상하고 있었다. 지금 상황에서 '갑'은 고객이니까.

"그래도 뭐라고 하진 마세요. 고객이잖아요."

노파심에 한소리 했지만 준성은 대답하지 않았다. 그저 지루하다는 듯 다리를 꼬고 창밖을 돌아봤을 뿐이다. 창문으로 들어오는 햇살이 결 좋은 검은 머리카락을 타고 흘렀다. 빛 때문에 살짝 찌푸린 눈썹과 그 사이의 주름진 미간이 멋스러웠다.

긴장을 잊고 준성의 얼굴을 감상했다. 미간에서부터 부드러운 곡선을 이루며 내려오다가 날카롭게 떨어지는 콧날이 예뻤다. 코끝을 꾹 눌러보고 싶다는 충동을 참느라 혼났다.

"그만 가자."

그의 입술이 움직이는 통에 화들짝 놀라 시선을 떼었다.

"가다니요?"

"안 오잖아. 이십 분 지났어."

"좀 늦을 수도 있죠. 게다가 VIP 고객인데."

"자네가 뭔가 오해하는 것 같은데…… VIP는 소중해. 하지만 그보다 더 소중한 건 자네의 시간이야. 자네의 근무 시간은 로운이 돈을 주고 산 시간이기도 하지. 고객이 약속을 어긴다면 그건 로운을 우습게 보는 거고, 로운을 우습게 본다는 건 날 우습게 보는 것과 마찬가지야. 그런 고객은 필요 없어."

준성이 높낮이 없는 어조로 천천히 말했다. 시현은 때때로 보여 주는 준성의 이런 면이 놀라웠다. 회사 일에는 관심이 없는 것 같은데도 여러 가지를 생각하고 있고, 게을러서 화도 안 내는 줄 알았는데 자신의 회사와 자신의 위치에 대한 자긍심이 대단하다.

"사장님 말씀이 맞아요. 저도 사장님 정도의 위치에 있었으면 그렇게 생각했을 거예요. 하지만 저는 사장님이랑 다르잖아요."

"뭐가 달라?"

"저는 명품 매장에 가서 뭐가 어울리는지 모르겠다고 몇십 벌의 옷을 한꺼번에 쓸어 담아오지 못해요."

"……."

"저는 인터넷 쇼핑을 즐겨요. 갖고 싶은 원피스가 있었는데, 그게 칠만 원 정도 하더라고요. 전 그 원피스를 살까 말까 고민하면서 한 달을 보냈어요."

"샀어?"

"아뇨. 결국은 못 샀어요."

"칠만 원도 없어?"

"칠만 원은 있어요. 하지만 그 칠만 원, 저한테는 쉽게 쓸 수 있는 돈이 아니거든요. 그 돈으로 쌀을 살 수도 있고, 방세에 보탤 수도 있고, 차비로 쓸 수도 있고, 어쩌면 더 오래 입을 수 있는, 더 마음에 드는 원피스를 사는 데 쓸 수도 있죠. 그래서 저는 칠만 원을 쉽게 쓰지 못해요. 그게 제 위치이고, 제 삶이 에요."

"……."

"제 인생을 바꿔 줄지도 모르는 고객이라면 한 시간, 두 시간쯤 늦어도 기다릴 수 있어요. 그것 때문에 로운에서 일하는 시간에 피해가 간다면 두 시간이든, 세 시간이든 야근을 할게요. 그게 제 사는 방식이에요, 사장님."

또박또박 말하는 시현을, 준성은 물끄러미 응시했다. 시현은 상사 앞에서 자신이 너무 무례하게 구는 게 아닌가 싶었지만 어쩔 수 없었다. 이 부분은 명확히 짚고 넘어가야 했다.

"이건 제 업무예요, 사장님. 로운이라는 이름에 먹칠하는 일은 없을 거예요. 그러니까 오늘은 그냥 지켜봐 주세요."

"그래, 알았어."

준성은 담백하게 대답했다. 도착하자마자 시킨 커피는 차갑게 식어 있었다. 시현은 커피를 홀짝거리며 준성의 눈치를 봤다.

"화나셨어요?"

"나는 칼슘제를 잘 챙겨 먹고 있어."

"화가 나는 게 꼭 칼슘의 문제는 아니거든요?"

"그럼 자네는 뭐가 문제야?"

"하아. 정말 사장님이랑 대화를 하다 보면 뭐가 뭔지 알 수가 없어져요."

"이것 봐, 또 화내잖아."

"화 안 났어요."

"표정은 화가 났는데?"

"화 안 났다니까요!"

시현이 투덜거리고 있을 때, 정여훈이 도착했다. 약속한 시간보다 40분이 지난 뒤였다. 정여훈은 늦었으면서도 서두르는 기색이 없었다. 깔끔한 차림에 단정하게 빗은 헤어스타일이 엘리트 같은 분위기를 풍겼고, 당당한 걸음걸이에서는 오만함까지 엿보였다.

"로운의 이시현 씨?"

"아, 정여훈 고객님이신가요?"

시현이 벌떡 일어났다. 시현의 얼굴을 본 정여훈은 부드럽게 미소를 지으며 한 손을 내밀었다.

"정여훈입니다. 이렇게 미인이신지 몰랐습니다."

"어휴, 무슨 그런 말씀을. 이시현입니다. 앞으로 잘 부탁드
릴게요."

"그런데…… 혼자 오시는 줄 알았는데요."

정여훈은 앉아서 미동조차 하지 않는 준성의 옆모습을 보
며, 살짝 불쾌감을 내보였다. 자칫 난감해질 수 있는 상황이었
지만, 시현은 얼굴 전체에 환한 미소를 띠었다.

"제가 아직 미숙해서요. 사장님께서 함께 나와 주셨습니다."

시현의 말에 정여훈의 표정이 변했다. 얼굴에 가득했던 오
만함이 사라지고, 어쩔 줄 몰라 하며 준성을 쳐다봤다.

"사, 사장님이시라면……?"

"네, 차준성 사장님이요."

"아, 이런……."

정여훈이 다급히 준성 쪽으로 다가갔다. 시현을 대할 때와
는 달리, 허리까지 굽실거리며 준성에게 인사했다.

"안녕하세요, 차 사장님. 이런 곳에서 만나 뵙게 될 줄은 몰
랐습니다. 정여훈입니다. 함께 나오실 줄 알았더라면 차라리
제가 회사로 찾아뵙는 건데 그랬습니다."

정여훈이 악수를 청하며 손을 내밀었지만 준성은 받아주지
않았다. 정여훈은 손을 거두지도 못한 채 안절부절못했고, 시
현은 정여훈 모르게 준성의 어깨를 톡톡 쳤다. 그래도 준성은
움직이지 않았다.

"저…… 사장님. 고객님이 악수를 청하시는데요."

"고객이 최우선이라는 자네의 방식에 반박할 생각은 없어. 나는 오늘 자네의 액세서리일 뿐이니 자네의 고객이 나에게까지 신경을 쓸 필요는 없어. 하지만 만약 자네의 고객이 날 신경 쓴다면, 그때부터는 나도 내 방식을 고집해야겠지."

준성의 음성은 시현과 단둘이 있을 때와 달리 차가웠다.

"내 삶에선 약속에 늦는 인간은 상대할 가치가 없어. 약속 상대의 위치와 권력이 어디쯤 되든, 타인의 시간을 존중하지 않는 인간은 자신이 받을 존중도 포기하는 거나 마찬가지야."

정여훈의 얼굴에서 핏기 빠져나가는 소리가 시현에게까지 들렸다. 해성 그룹이 가진 권력의 크기는 경험할 때마다 신선하고 놀라웠다.

"늦어서 정말 죄송합니다. 이 시간에는 길이 안 막힐 줄 알았는데, 생각보다 많이 막히는 바람에…… 미리 연락을 드렸어야 했는데 운전 중이라서 연락도 못 드렸습니다. 정말 죄송합니다."

정여훈이 정중하게 사과했다.

"아뇨, 괜찮……."

"늦은 주제에 변명까지 해대면 더 최악이지. 내 방식이었다면 거기서 아웃이야."

"사장님!"

"왜? 액세서리는 혼잣말도 못 해?"

"네, 못 해요. 귀걸이랑 반지가 말하는 거 봤어요?"

"알았어. 조용히 할게."

정여훈은 자신의 눈앞에서 벌어지는 일을 믿을 수 없다는 표정으로 지켜봤다. 그럴 만도 했다. 일개 사원일 뿐인 시현이 로운 클럽의 사장이자 해성 그룹의 막내 아드님께 바락바락 대들고 있으니 말이다. 정여훈에게 차준성은 신의 아들이었다. 신의 아들은 언제나 옳고, 설령 틀렸다 하더라도 옳은 법이다.

준성은 시현에게 한 약속을 지키려는 듯 그때부터 입을 다물었다. 정여훈은 쩔쩔매며 맞은편에 앉았고, 시현은 한숨을 삼키며 얼굴에 띤 미소를 유지했다.

"오늘 이렇게 시간을 내주셔서 감사합니다. 많이 바쁘실 텐데."

"아닙니다. 바쁘긴요. 차 사장님에 비하면 저는 그냥 놀고먹는 거죠."

"능력 좋네. 놀고먹으면서 그런 비싼 옷을 입고. 우리 회사의 누구는 어젯밤에 밤을 새워 일했는데도 칠만 원짜리 옷을 못 사는데."

준성의 중얼거림에 정여훈은 얼굴을 붉혔고, 시현은 준성을 째려봤다.

"왜? 나를 없는 취급하질 않잖아."

"나랏님 안 계신 곳에서는 나랏님 욕도 한대요. 없는 취급하면서 이런저런 욕 안 한 걸 감사하게 여기세요."

"알았어."

준성은 다시 입을 다물었고, 정여훈은 경악한 듯 입을 벌렸다.

"죄송합니다. 그냥 사장님은 무시해 주시면 좋을 것 같아요."

시현이 눈썹을 내리며 말했다. 정여훈은 간신히 정신을 차리고 자세를 가다듬었다.

"아, 네…… 저야말로 시현 씨를 곤란하게 해드려서 죄송합니다. 저, 그냥 편하게 이름으로 부르셔도 됩니다."

"아니에요, 어떻게 소중한 고객님께…… 아, 차는 뭘로 하시겠어요?"

"네, 전 아무거나……."

"이 여자는 아무거나를 싫어해. 적어도 취향에 대해 약간의 언질은 줘야 하지. 쓴 걸 좋아하는지, 단 걸 좋아하는지, 향을 중요하게 여기는지. 안 그러면 화내. 칼슘이 부족하거든."

"사장님!"

시현은 결국 고객 앞에서 언성을 높이고 말았다.

세상을 밝고 긍정적으로 살아가려고 노력했다. 그러지 않으면 어두운 현실에 짓눌릴 것 같았기 때문이다. 싫은 사람을 만나도 좋은 면을 찾으려고 애썼는데, 이 남자는 정말이지…….

사랑하는데도 밉살맞아서 때려 주고 싶다는 생각이 드는 남자는 준성이 처음이었다.

시현이 고객 앞에서 소리를 치는데도 준성은 당황하지 않았다. 오히려 '이것 봐, 내 말이 맞지?'라는 표정을 지으며 시현을 턱으로 가리켰다.

해성 그룹 막내 아드님과 함께하는 숨 막히도록 무거운 자리임에도, 정여훈은 그만 피식 웃음을 흘리고 말았다.

"그럼 이 자리에 계시지 않은 차 사장님의 조언에 따라서…… 전 로즈마리 차로 하겠습니다."

정여훈의 목소리에 시현은 정신을 차렸다.

'진정하자. 일하는 중이잖아. 욱하는 성질을 버려!'

시현은 다시 만면에 미소를 띠었다.

"죄송합니다. 이 자리에 계시지 않은 저희 사장님 생각만 하면 울분이 터져 나와서요."

시현은 종업원을 불러 로즈마리 차를 시키고, 자신이 마실 카페라테를 새로 시켰다.

"내 건?"

준성의 목소리를 무시하고, 시현은 정여훈에게 집중했다.

"여긴 저랑 고객님이랑 둘밖에 없으니까요. 편하게 계셔도 돼요. 고객님이 편하셔야 저도 더 편하게 질문을 드릴 수 있을 것 같아요."

"네, 그러겠습니다."

정여훈이 진짜로 편하지는 않겠지만 처음보다 분위기가 부드러워졌다. 군대 이병처럼 허리를 꼿꼿이 세우고 앉아 있던 정여훈은 자세를 풀고 다리를 꼬았다.

어젯밤 짧게나마 공부해 둔 IT 동향을 주제로 이야기하고 있을 때, 주문한 차가 나왔다. 준성은 짜증난다는 표정으로 식은 아메리카노를 마셨다.

정여훈이 로즈마리 차의 향기를 즐기다가 한 모금 머금은 것을 신호로 시현은 본론에 들어가기로 했다.

"우선 여쭙고 싶은 건, 아무래도 결혼 정보 회사니까요. 고객님의 이상형을 아는 게 가장 중요할 것 같아요."

"이상형은 회원 정보에 적었을 텐데요."

"회사에 기록된 회원 정보에는 이상형에 대한 부분이 너무 적어서요. 조금만 더 자세히 알려 주실 수 있을까요?"

"음…… 외모는 시현 씨 정도면 될 것 같은데요. 시현 씨는 애인 있으세요?"

싱긋 웃으며 말하는 정여훈을, 준성이 노려봤다. 준성의 차가운 시선을 느낀 정여훈의 얼굴에서 미소가 사라졌다. 백에서 적을 것을 꺼내느라 그 모습을 보지 못한 시현이 수첩을 펼치며 대답했다.

"공교롭게도 아직 애인은 없습니다. 제 이상형에 맞는 남자가 없더라고요."

"자네 이상형은 뭔데?"

준성이 물었고, 시현은 무시했다.

"계속 말씀해 주세요, 고객님. 아주이주 지세히요. 지 시간 많아요."

"난 여섯 시에 퇴근이야."

시현은 또 준성의 말을 무시했다. 오히려 정여훈이 어색하게 웃으며 준성의 눈치를 봤다. 저러다가 준성이 폭발할까 걱정이 됐기 때문이다. 하지만 준성은 화난 기색을 조금도 드러내지 않았고, 정여훈은 다시 자세를 바로 하고 시현의 질문에 열심히 대답하기 시작했다.

회사에 돌아올 때까지 시현은 한마디도 하지 않았다. 준성이 먼저 말을 꺼내는 일은 없기 때문에, 택시 안은 조용했다. 택시 기사가 불안해서 백미러를 흘끗흘끗 쳐다볼 정도로 둘은 입을 꾹 다물고 있었다.

회사 앞에서 택시가 멈췄다. 시현이 먼저 내렸다. 마침 퇴근 시간이었다. 회사에서 나오던 사원들이 시현을 발견하고 다가왔다.

"시현 씨, 오늘 외근이었어요? 퇴근 시간 다 됐는데 직퇴하시지 그러셨어요?"

"아, 우리 술 한잔하러 가려고 하는데, 스케줄 없으면 같이 가실래요?"

"그러고 보니 우리 시현 씨 입사했는데 회식도 한 번 안 했네. 우리 회사 홍일점인데."

"맞아, 우리가 쏠게요. 같이 가요."

각자의 사무실에서 일하느라 마주칠 일이 별로 없는데도 친절하게 챙겨 주는 사원들이 고마웠다. 정여훈에 대해 조사한 것을 정리하고 돌아갈 생각이었는데, 오늘 저녁에는 사원들과 어울리고 싶었다.

"네, 그럼⋯⋯."

"자네들끼리 가."

준성이 시현의 말을 끊었다. 계산하느라 늦게 내린 준성을 발견한 사원들이 눈을 휘둥그레 떴다.

"사, 사장님?"

"사장님도 외근 다녀오신 거예요?"

"하⋯⋯? 설마⋯⋯."

나무늘보 준성의 외근은 시현에게도 놀라운 일이었으니, 오랫동안 준성을 알고 지낸 사원들에게는 더한 충격으로 다가왔을 것이다. 사원들은 놀라움을 감추지 않았다.

"사장님, 어디 안 좋으세요? 괜찮으신 겁니까?"

"그러게. 사장님, 계속 회사에서 주무시고 그래서 상태가 좀 안 좋으신 것 같은데……."

"그만 가."

준성이 황송하게도 손을 들어 저기 어딘가를 가리키며 말했다.

"저도 회식 가고 싶은데요. 퇴근 시간이잖아요."

"자네는 나랑 할 얘기가 있어."

시현의 볼멘소리에 준성이 대꾸했다. 그 모습을 본 사원들은 자기들끼리 눈짓을 하더니,

"그럼 저희 먼저 가보겠습니다. 좋은 시간 보내세요."

"에이, 회산데 좋은 시간 보낼 수 있겠어? 여하튼 놀랍네요. 우리 사장님이 외근이라니. 회사 지박령인 줄 알았는데."

"시현 씨, 회식은 다음에 같이 해요. 다음 주에 사장님 몰래 통보 드릴게요."

라고 떠들어대며 그곳을 떠났다.

사원들이 떠난 후, 시현은 미련을 남기지 않고 회사 안으로 걸음을 옮겼다. 준성이 따라오는 소리가 들렸지만 돌아보지 않았다.

"자네, 화가 난 것 같은데."

준성이 엘리베이터에 타며 말했다. 시현은 층수 버튼을 누

르며 준성을 올려다봤다.

"화 안 났어요."

"그런데 왜 말을 안 해?"

"사장님 덕분에 침묵의 중요성을 배웠어요."

"그건 좋지 않은데?"

준성이 인상을 찌푸렸다. 시현은 다시 입을 다물었다. 엘리베이터가 사장실이 있는 15층에서 멈췄다. 시현은 준성이 내리기를 기다렸지만 준성은 내리지 않았다. 엘리베이터 문이 닫히려고 하기에, 시현이 얼른 열림 버튼을 눌렀다.

"안 내리세요?"

"자네가 왜 화가 난 건지 알아야겠어."

준성의 음성은 낮고 신중했다. 시현은 작게 한숨을 쉬었다.

"말씀드렸잖아요. 전 화가 나지 않았어요. 제가 화가 났는데도 안 났다고 할 사람인가요?"

"그래, 그럴 여자가 아니지. 하지만 지금 자네는 화가 난 것처럼 보여."

"제가 어떤 기분이든, 사장님은 신경 안 쓰시는 거 아니었어요?"

"왜 그렇게 생각해?"

"그러니까 제 일을 망치려고 그렇게 노력을 하시죠. 평소에는 하지도 않는 외근까지 하며 절 따라오시고, 말도 별로 없는 분이 계속 끼어들어서 상담을 망치고."

"그래서 화가 난 거야?"

"화가 난 게 아니라 왜 그러시는 건지 이해하려고 노력하는 중이에요. 절 강하게 키우려고 그러시는 건지, 아니면 여자 따위가 일을 제대로 해내는 꼴을 보고 싶지 않으신 건지."

"그런 거 아니야."

"그럼 뭔데요?"

"이건 설명하기 어려운데……."

준성은 잠시 말을 멈췄다. 시현은 준성을 빤히 쳐다보며 준성의 대답을 기다렸다. 엘리베이터를 이렇게 오래 붙잡고 있어도 되는지 걱정될 만큼의 시간이 흐른 후, 준성이 입을 열었다.

"저녁을 먹어야겠어."

이 남자가 진짜!

시현의 성난 눈빛에도 준성은 꼼짝도 하지 않았다. 이 남자와 눈만 마주쳐도 가슴이 콩닥콩닥 뛸 정도로 좋다. 그런데도 때때로 때려 주고 싶다는 생각이 들 만큼 얄미운 걸 보면, 이게 정말 사랑이라는 감정이 맞는지 의심이 됐다.

'내가 사장님을 정말 좋아하는 게 맞긴 맞나? 혹시 증오를 사랑으로 착각하고 있는 거 아냐? 영호를 좋아했을 때는 때려 주고 싶다는 생각 한 번도 안 들었었단 말이야.'

거기까지 생각한 시현은 자신이 '영호'의 이름과 '좋아했다' 라는 단어를 아무렇지도 않게 함께 떠올렸음을 깨달았다.

'아아. 내가 최영호를 생각해도 가슴이 아프지 않을 만큼 이 사람을 좋아하는구나.'

한숨이 나왔다.

그 집에서 도망 나온 뒤로 이를 악물고 아등바등 살았다. 그 래서 그 또래의 아이들이 흔히들 속삭거리는 풋풋한 사랑이라 는 걸 해볼 틈이 없었다. 그러다 대학에 입학한 후, 처음으로 한 남자에게 시선이 붙들렸다.

친구 이상, 연인 이하의 관계.

유리가 시현의 약점을 잡기 전까지는 그런 가슴 설레는 관 계가 연인으로 발전할지도 모른다는 기대를 품었다.

그 후로는 영호라는 이름을 생각하지 않으려고 애썼다. 최 영호라는 이름은, 이뤄지지 않은 첫사랑과 산산조각 나버린 우정을 동시에 떠오르게 하는 발화점이었다.

그러나 지금은 그 이름을 떠올려도 아무렇지도 않았다. 아 픔도, 쓰림도 없었다. 시현은 이 모든 게 '차준성'이라는 남자 로부터 비롯되었음을 알았다.

'아, 내 사랑은 늘 왜 이러지? 첫 번째는 친구가 좋아하는 남 자더니, 이번에는…… 게이고…….'

상념에 젖어 있을 때가 아니었다.

"아무튼 저는 일을 해야겠어요. 저녁은 알아서 챙겨 드세요."

"응. 기다릴게."

"기다리지 마시고요."

준성이 엘리베이터에서 내려 시현을 돌아봤다. 닫히는 문 사이로 언뜻 준성이 보였다. 준성의 얼굴에는 초콜릿 향기가 나는 것만 같은 달콤한 미소가 묻어 있었다. 그 미소를 더 보고 싶어서 열림 버튼을 누를 뻔했다. 버튼에 닿았던 손가락을 황급히 거두고 다시 고개를 들었을 때는, 문이 완전히 닫힌 후였다.

4

예나는 로운의 휘황찬란한 건물을 올려다봤다. 파스텔의 건물도 좋기는 하지만 로운에 비하면 평범한 아파트에 불과했다.

사실 찾아올 생각은 없었다.

지금 차준성 머릿속을 채운 건 네가 아니거든. 그 계집애 생각을 하느라, 네 이름조차 잊었을걸?

대영의 말을 믿는 건 아니었다. 준성은 누군가를 사랑할 수 있는 남자가 아니다. 준성이 관심을 갖는 건, 오로지 자기 자신뿐이었다. 자신이 어떻게 해야 편안하게 살 수 있는지, 그것에만 관심을 두는 그런 남자.

예나와의 이별은 그의 편안함에 작은 스크래치를 남겼다. 그가 대영의 파멸에 열중하는 것은 그 스크래치에 대한 대가였다. 그는 자신의 안온함을 방해하는 작은 스크래치조차도 용납할 수 없었던 것이다.

하지만 예나에게는 그것으로 충분했다.

원래 가볍게 베인 상처가 더 신경 쓰이는 법이다. 준성의 모든 신경이 이쪽에 집중되어 있는 것만으로도 만족했다.

지금 차준성 머릿속을 채운 건 네가 아니거든. 그 계집애 생각을 하느라, 네 이름조차 잊었을걸?

대영이 한 말은 예나를 충격받게 하기 위해 멋대로 지어낸 말일 게 분명했다.

'성공했어, 자기. 충격은 아니었지만, 나 지금 엄청 신경 쓰고 있거든.'

'그 계집애'라는 여자에 대해서는 잘 알고 있다.

파스텔의 '전' 말단 직원. 자신에게 수작질을 거는 대영에게 아저씨 운운하며 회사를 때려치우고 나간 여자.

이 세계는 입소문이 빠르니까. 게다가 취해 있던 대영은 벌어진 일을 수습할 생각조차 하지 못했다.

그 여자를 준성이 거두었다는 얘기는 들었지만, 큰 의미를 두진 않았다. 어차피 '대영의 파멸' 계획의 일부일 뿐일 테니까. 준성이 그 여자를 강호 그룹 자선 파티에 데리고 왔다는 얘기를 들었을 땐 조금 놀랐지만, 그래도 역시 깊이 생각하지 않았다. 그것 역시 대영에게 보이기 위한 것일 테니까.

하지만 거기에 대영의 입에서 나온 '준성의 머릿속을 채운 건 그 여자'라는 말까지 합쳐지니, 신경에 거슬렸다.

자신이 소중한 건 예나도 마찬가지였다. 신경을 거슬리게 하는 작은 가시는 어디에 있는지 알아내고 뽑아내면 그만이다.

예나의 눈이 차갑게 빛났다. 예나는 허리를 꼿꼿이 펴고 로운 건물을 향해 한 걸음을 내디뎠다.

『헬로우 웨딩』 2권에서 계속

번외편

기억 하나. 그 여름에

1

이별에 대해 따로 생각해 본 적은 없지만, 흔히들 말하는 '세상이 무너진 것 같다.', '하늘이 노랗게 변했다.', '아무도 내 옆에 없는 것 같다.'는 감정은 들지 않았다. 그저 분노했을 뿐이다.

사랑이라고 생각했다. 그러나 그녀는 사랑이 아니라고 말했다.

오빠는 날 사랑하지 않아.

함께하면 즐겁고 때때로 보고 싶고 평생을 같이 살아도 좋을 것 같은, 그런 감정이 사랑이 아니라면 어떤 걸 사랑이라고 하는 걸까. 사랑이라는 이름을 붙이기 위해서는 또 다른 무언가가 필요한 것일까.

"대영이 형이 그럴 줄은 몰랐습니다. 정말로 그럴 줄은 몰랐어요."

준성은 고개를 들이 자신의 앞에 앉아 있는 정후를 물끄러미 응시했다. 정후의 단정한 얼굴이 괴로운 듯 일그러져 있었다. 연갈색 고수머리 아래로 보이는 찡그린 눈. 구겨진 표정은 정후와 어울리지 않았다.

"남들이 보면 네가 배신당한 줄 알겠다."

덤덤한 목소리로 말하자 정후가 울 것 같은 표정을 지었다.

"형님, 울고 싶을 때는 좀 울어도 됩니다. 이런 때까지 그렇게 괜찮은 척하실 필요 없어요."

"괜찮은 척이라……."

지금 이게 괜찮은 척을 하고 있는 걸까.

특별히 무슨 무슨 '척'을 해야 한다는 생각은 들지 않았다. 자신의 감정과 반대되는 행동을 하는 건 힘든 일이니까.

그런데 괜찮아 보인다고 하니, 어쩌면 지금의 나는 내가 생각하는 것과는 달리 괜찮은 기분일지도 모르겠다.

그런 생각을 하며 다리를 꼬는데, 문이 벌컥 열리고 명성이 들어왔다. 저 인간이 문도 안 열어줬는데 어떻게 들어온 걸까,

고민하다가 얼마 전 열쇠를 빌려 준 적이 있다는 걸 떠올렸다. 분명 열쇠를 돌려받았던 것 같은데 아마 복사라도 해 둔 모양이다. 해성 백화점의 대표인지, 탐정인지, 그것도 아니라면 사기꾼인지 알 수 없는 명성의 성격을 아는 준성은 굳이 열쇠의 복사에 대해 캐묻지 않았다.

"예나가 대영이랑 결혼한다며?"

조금 웃기다는 생각이 든 이유는, 명성 역시 정후와 비슷한 표정을 짓고 있었기 때문이다. 오랫동안 사귄 여자와 친구에게 배신을 당한 건 준성인데, 명성과 정후가 더 괴로워 보이는 게 신기했다.

"어떻게 된 거야, 대체……."

명성이 어두운 표정으로 정후의 옆에 앉았다. 준성 역시 어떻게 된 건지 모르는 건 마찬가지였기에, 명성에게 달리 해 줄 말을 찾을 수가 없었다. 그러나 명성은 준성의 대답을 기다리는 듯, 준성의 얼굴을 빤히 쳐다봤다.

무슨 말이든 해볼까 하다가 관뒀다. 마음에도 없는 말을 하며 에너지를 낭비하고 싶진 않았다. 지금 간절히 바라는 것이 하나 있다면, 어디든 누워서 자고 싶었다.

"너…… 혹시 바람이라도 피웠냐?"

"에이, 형님. 준성 형님이 그럴 사람입니까? 귀찮아서 화장실 가고 싶은 것도 참는 분인데……."

"그거야 그렇지만…… 모를 일이지. 입장에 따라선 다른 여자랑 전화만 해도 바람피운 게 될 수 있는 거니까."

"준성 형님은 그럴 분이 아니에요. 통화 버튼 누르는 게 귀찮아서 제 전화도 안 받으시잖습니까."

"하긴…… 자기 몸 에너지 관리를 무엇보다 중요하게 여기는 놈이니까."

"그러니까요. 게으른 사람은 바람 같은 거 못 핍니다. 바람피우는 게 생각할 게 얼마나 많은 일인데요."

위로를 하러 온 건지 놀리러 온 건지 모르겠다. 준성은 무의식적으로 테이블 위의 담뱃갑을 집어 들었다. 담배를 꺼내 입에 물고 불을 붙인 후에야, 재떨이가 포화 상태라는 것을 깨달았다.

"너, 오늘 얼마나 피운 거냐?"

명성이 걱정스레 물었다.

"글쎄……."

준성은 연기를 뱉어내며 중얼거렸다. 아침에 눈을 떴을 때부터 지금까지 뭘 했는지 확실하게 기억나지가 않았다. 커피를 한 잔 마셨던 것도 같고, 소파에 누워 있었던 것도 같다. 정후가 찾아왔을 때는 새 담뱃갑의 비닐을 벗겨내는 중이었다.

지금까지 의식하지 못했는데, 거실에 가득한 담배 연기 때문에 눈이 침침했다. 이런 공기에도 불만을 터뜨리지 않고 앉아 있는 명성과 정후가 신기했다.

'내가 되게 안쓰러운가 보군.'

준성은 제삼자라도 되는 듯 한걸음 떨어져 지금의 상황을 지켜봤다. 잔소리쟁이인 정후가 수북한 꽁초를 보면서도 아무 말 않는 건 확실히 신기한 일이다.

"기분 전환이나 하러 가자."

명성이 일어나며 말했다.

"그래요, 형님. 나가서 바람 좀 쐬면 기분이 나아질 거예요."

정후도 말을 보탰다.

밖에 나가서 노느니 침대에 누워서 천장을 보는 게 더 기분 전환이 될 것 같았지만, 준성의 기분을 헤아려 주는 두 사람을 무시할 수도 없는 노릇이라 결국은 느릿하게 일어났다. 일어나자마자 귀찮다는 생각이 들어서 도로 앉으려는데, 준성의 기분을 눈치챈 정후가 얼른 준성의 팔을 붙잡았다.

"형님, 나갑시다."

"특별히 기분이 나쁘진 않아."

"특별히 기분이 나쁘지 않다고 보기에는, 집 안 공기가 너무 무겁지 않습니까? 형님 표정도 죽상인데, 담배 연기까지 뿌여니까 숨쉬기도 힘듭니다. 이런 데에 오래 있으면 죽어요."

결국 정후의 잔소리가 시작됐다.

"그러니까. 나가서 맛있는 것 좀 먹고 수다도 좀 떨고, 앞으로 어떻게 할지도 얘기해 봐야지."

명성이 거들었다. 이렇게 선 채로 두 사람의 잔소리를 듣느니 나가는 게 나을 것 같아서, 어쩔 수 없이 밖으로 나왔다. 집 안의 공기가 무겁기는 무거웠던 모양이다. 밖으로 나오자 집에 있을 때보다는 숨쉬기가 한결 편했다.

"어디 갈까요?"

정후가 운전대를 잡았다.

"커피숍 가자. 예쁜 데로. 가서 파르페 어때?"

명성이 어울리지 않는 소리를 했다.

"단 건 사양이야."

준성이 딱 잘라 말했지만,

"단 걸 먹어야 기분이 나아져."

명성은 단칼에 준성의 의견을 묵살했다. 준성은 명성이 자기 기분 전환을 하려고 하는 게 분명하다고 생각했지만, 그냥 모르는 척 넘어갔다.

달리는 차창 밖으로 흘러가는 정경을 멍하니 바라봤다. 색채를 띠고 있을 게 분명한 거리의 건물들이 준성의 눈에는 무채색으로만 보였다.

2

여름방학도 얼마 남지 않았다. 뜨거운 햇살이 커다란 창문을 통해 들어와 에어컨의 찬바람을 무색하게 만들었다. 송골송골 맺힌 콧등의 땀방울을 훔치며 맞은편에 앉은 유리를 쳐다봤다. 유리는 걱정스러운 표정을 짓고 있었다.

"정말 집안에 무슨 일 있는 거 아니지?"

여름방학이 시작되면 자취생이나 기숙사생들은 기다렸다는 듯 본가로 내려간다. 하지만 시현은 갈 곳이 없기에, 계속 자취방에 남아 있었다.

대학에 들어와서 알게 된 유리는, 시현이 혼자 자취방을 지키고 있다는 것을 알게 되자 망설이지 않고 시현을 만나러 왔다. 유리의 집에서 학교까지 고속버스를 타고 3시간이나 걸린다는 것을 알기에, 시현은 유리의 마음 씀씀이가 고마웠다.

"응, 별일 없어."

"어휴, 기집애. 혼자 있을 거면 진작 연락 좀 하지. 애들 다 빠져나간 대학가가 얼마나 암울한지 뻔히 다 아는데……."

"올여름 너무 더웠잖아. 자취방에 에어컨도 없는데 괜히 부르기 좀 그렇더라고."

"꼭 자취방에서 놀아야 하는 건 아니잖아. 오늘처럼 영화도 보고 커피숍도 가고 그러면 되지."

"그것도 그러네. 그래도 영호가 자주 연락해서 쓸쓸하진 않았어."

"영호가? 방학 때 영호랑 만난 적 있어?"

유리가 눈을 동그랗게 뜨고 물었다.

"응, 몇 번 만났어. 할 일 없다고 계속 문자 보내더라고."

"아아…… 나한테는 연락 한번 없더니…….."

"내가 혼자 남아 있어서 불쌍했나 보지."

"뭐야. 최영호 걔, 너 좋아하는 거 아냐?"

"에이, 설마."

설마, 라고 말하기는 했지만 어쩌면 그렇지 않을까, 라는 기대도 있었다. 영호는 매일 저녁 시현에게 전화를 했고, 통화가 불가능할 때는 문자라도 꼬박꼬박 보냈다. 유리에게는 자세하게 말하지 않았지만, 사실 일주일에 두 번 이상은 영호를 만나왔다.

영호의 다정한 목소리와 부드러운 미소가 시현은 좋았다. 그동안 일하느라 바빠서 연애는커녕, 누군가를 남몰래 좋아하는 것조차 하지 못했는데, 처음으로 설레는 감정을 느끼는 중이다.

"하여간 이시현, 진짜 서운해. 난 나름대로 너랑 친하다고 생각했는데…… 나보다 영호랑 더 자주 연락하고, 혼자 남아 있다는 말도 안 해 주고."

유리가 입술을 비죽거렸다.

"미안해. 진짜로 네가 부담스러울까 봐 그랬어."

친구를 사귀어본 적이 없어서 어디까지 말하고, 또 어디까지 감춰야 하는 건지 알지 못했다. 자칫하면 자신의 어둠이 친구마저도 물들일까 봐 걱정스러웠다. 애써 웃는 시현을 향해 장난스럽게 눈을 흘기는 유리의 행동이 마냥 고마웠다.

"앞으로는 말해 줘. 부담스럽게 생각하지 말고. 알겠지?"

"응, 그럴게."

"나 진짜 입 무겁거든. 너랑 영호랑 사귀는 것도 아무한테도 말 안 할게."

"어휴, 사귀는 건 아니라니까."

시현의 귓불이 화끈거렸다.

딸랑.

커피숍의 문이 열리는 소리가 들렸다. 시현은 문을 등지고 있었고 유리가 문을 마주보고 있었는데, 들어오는 사람을 본 유리의 눈이 휘둥그레 커졌다.

"우와, 진짜 잘생겼다."

"뭐가?"

"방금 들어온 남자들. 셋 다 진짜 잘 생겼어."

"그래?"

시현은 한발 늦게 뒤를 돌아봤다. 훤칠한 남자 세 명이었는데, 한 남자는 시현을 등진 자리에 앉는 중이었고 두 남자는 그 맞은편의 의자를 빼고 있었다. 셋 다 허리를 굽히고 있어서 얼굴을 제대로 볼 수는 없었지만 비율이 좋다는 것만큼은 알 수 있었다. 유리가 감탄할 만큼 잘생긴 얼굴을 보고 싶었는데, 계속 쳐다보는 것도 예의가 아닌 것 같아서 다시 고개를 돌렸다.

유리는 그 잘생겼다는 남자들이 신경 쓰이는지 상체를 숙이고 화장을 고쳤다. 그 모습이 귀여워서, 시현은 작게 웃었다.

"그런데 넌 졸업하고 뭐 할 거야? 우리 과는 졸업하고 할 것도 별로 없다더라."

화장을 다 고친 유리가 물었다.

"난 커플매니저가 될 거야."

"커플매니저?"

시현의 확고한 말투에 유리는 놀란 듯했다. 커플매니저라는 직업이 흔치 않은 직업이라서 더 그런 것이리라.

"응, 커플매니저."

"그게 뭐 하는 거지?"

"그러니까…… 음…… 결혼정보회사 같은 데서 인연 맺어주고 그러는 거 있잖아."

"아아. 뚜쟁이?"

"에이, 뚜쟁이라니."

"정말 그거 하게? 신기하네. 그런 거 하고 싶다는 사람 처음

봤어."

"그렇게까지 없나?"

"없지. 적어도 내 주위엔 한 명도 없던데."

"하긴…… 내 주위에도 없긴 하네."

"글쎄. 죽일까?"

그때, 뒤에서 섬뜩한 음성이 들려왔다. 낮고 묵직한 음성. 친구들끼리 하는 장난스러운 농담이나 어중간하게 내뱉는 협박 따위가 아니었다. 진짜로 누군가를 죽일 것처럼, 깊은 어둠과 증오를 담은 음성에 소스라치게 놀라 자신도 모르게 뒤를 돌아봤다.

이번에도 보이는 건 뒷모습뿐이었다. 목덜미를 살짝 덮는 검고 곧은 머리카락, 그 아래로 보이는 넓은 어깨. 어깨 너머로 보이는 테이블에는, '죽일까.'라는 섬뜩한 말과는 어울리지 않는 화려한 파르페가 놓여 있었다. 이 커피숍의 명물인 '세숫대야 파르페'였다.

시현은 팔뚝에 소름이 돋은 걸 의식하며 다시 고개를 돌렸다.

"왜 그래?"

유리가 놀란 듯 물었다.

"아니, 그냥……."

유리는 듣지 못한 모양이다. 당장이라도 누군가를 죽일 수 있을 것 같은 무서운 목소리를.

시현은 그 음성을 잊으려 애쓰며 유리와 하던 얘기로 돌아갔다.

"결혼정보회사에 들어가서 이것저것 좀 해 보고 싶어."

"이것저것? 어차피 조건 따져서 비슷한 조건끼리 만나게 해주는 거잖아. 난 결혼정보회사에서 하는 일 영 별로더라. 사람을 너무 물건처럼 보잖아. 등급까지 다 나누고."

"응, 그래서 그걸 바꿔보고 싶어. 등급을 나누고 조건을 따지기는 해도, 결국 중요한 건 두 사람의 마음이니까…… 내가 연결한 두 사람이 마음속에서부터 진짜 사랑에 빠질 수 있게, 그렇게 해주고 싶어."

"에이, 그게 어떻게 가능해? 아무리 네가 마음을 중요하게 여겨도 회사에서 그렇게 못 하게 할 텐데."

"하게 하면 되지. 기획을 잘 짜서 사장님도 납득할 만한 그런 스토리를 만드는 거야. 그 스토리를 따라가면 그 끝엔 열렬한 사랑이 남는 거지."

"너무 꿈꾸는 거 아냐?"

유리가 핀잔을 줬지만 기분이 나쁘진 않았다. 자신이 생각하기에도 이건 '꿈'에 가까운 얘기니까. 그래서 시현은 말간 미소를 지으며 머리를 옆으로 기울였다.

"응, 난 꿈꾸는 게 좋아. 나중에, 나중에 백마 탄 기사님을 만나고 싶어. 몇 년이 지나도, 몇십 년이 지나도 나만을 바라보는 기사님. 내가 꿈을 꾸니까 다른 사람들의 꿈도 이뤄주고 싶은 거야. 그래야 내 꿈도 이룰 수 있을 것 같거든."

3

준성은 테이블을 가득 채운 커다란 그릇을 노려봤다.

누가 지었는지는 모르겠지만, '세숫대야 파르페'라는 이름은 정말 잘 붙였다. 커다란 놋쇠 그릇을 가득 채운 파르페는, 셋이 먹어도 다 못 먹을 만큼 양이 많았고 굉장히 달 것 같아 보였다. 딸기와 바나나를 타고 흐르는 초콜릿 시럽이 무섭게 보일 지경이었다.

아무렇지도 않게 스푼을 들고 초콜릿 시럽이 넘치는 파르페를 퍼먹는 두 남자가, 준성의 눈에는 접근해선 안 되는 기이한 생물체로 보였다. 아이스크림과 딸기, 그 위에 범벅된 초콜릿이 입안으로 들어가는 걸 도무지 볼 수가 없어서 시선을 돌렸다.

"맛있네요. 이런 가게는 어떻게 아셨습니까?"

"비밀이야."

명성의 대답에 정후는 눈을 가늘게 뜨고 그의 옆모습을 노려봤다.

"형님, 또 여자 바뀌셨습니까?"

"또라니. 남들이 들으면 내가 바람둥이라도 되는 줄 알겠네."

"맞잖습니까, 바람둥이."

"마음이 넓은 거야. 너무 넓어서 많은 사람들을 포용해 줄 수 있는 거지."

"그 많은 사람들이 전부 여자니까 문제죠."

"뭐야, 김정후. 그런 거였냐?"

"네?"

"이리 와라."

명성이 정후를 향해 두 팔을 벌렸다.

"너도 포용해 줄게."

"……제발요, 형님. 이러지 좀 마세요. 안 그래도 게이라고 오해받아서 힘들구만."

"알고 보면 김정후는 상남자인데 왜 게이라고 오해받는지 모르겠단 말이야."

"그러게 말입니다. 누가 봐도 남자인데 말이죠."

"하긴. 가만 보면 얼굴이 참 예쁘긴 해. 속눈썹도 길고 입술도 촉촉하고."

"아, 형님. 그런 징그러운 말 좀 하지 말라고요."

두 사람은 만나기만 하면 쉴 새 없이 수다를 떨었다. 매일 저렇게 할 얘기가 많은 게 신기할 정도였다.

준성은 다리를 꼬고 담배를 꺼냈다가, 한쪽 벽면에 '금연'이라는 두 글자가 쓰인 팻말을 보고는 도로 집어넣었다. 원래 이렇게까지 담배를 피우진 않았는데, 이틀 동안 평생 피울 담배를 다 피운 기분이 들었다.

담배를 피운다고 기분이 나아지는 건 아니다. 가슴에 들러붙은 불쾌감은 어떻게 해도 떨어져 나가지 않을 게 분명했다. 그걸 알면서도 계속 담배를 피우는 이유는, 무언가가 필요했기 때문이다. 그 무언가가 뭔지는 정확히 알 수 없지만.

"그래서 앞으로 어쩔 거냐?"

명성이 느닷없이 질문을 던졌다.

"글쎄. 죽일까?"

"그래요, 그렇게 해서 마음이 풀린다면 그래 버리세요."

정후가 부추겼다. 말도 안 되는 소리에 동의를 해 주는 정후를 향해 미소를 지어 주려 했지만, 입가의 근육이 얼어붙어 웃음이 나오지 않았다. 솔직히 웃을 기분도 아니었다.

"전 사실 대영이 형한테 더 실망했습니다."

정후가 말했다.

'아아, 그렇지. 정후는 성대영을 아주 많이 좋아했지.'

정후가 자기 일이라도 되는 듯 울 것 같은 표정을 지었던 걸

이해할 수 있었다. 사실 준성도 예나의 배신보다 대영의 배신에 더 큰 충격을 받았다. 대영은 정말이지, 그럴 놈이 아니었으니까.

"정말…… 어떻게 그런……."

정후의 얼굴이 금방이라도 눈물을 흘릴 듯 일그러졌다. 준성은 정후의 마음을 이해할 수 있었다.

'그러게. 어떻게 그런. 성대영, 그 친구가 어떻게 나한테 그런.'

테이블 위에 침묵이 내려앉았다. 준성은 작게 한숨을 쉬며 눈을 감았다. 그때, 뒤에서 목소리가 들려왔다.

"난 꿈꾸는 게 좋아. 나중에, 나중에 백마 탄 기사님을 만나고 싶어. 몇 년이 지나도, 몇십 년이 지나도 나만을 바라보는 기사님."

솜사탕처럼 달콤한 목소리는, 이 테이블의 어둠마저 몰아낼 듯 반짝거렸다. 분명 목소리일 뿐인데 눈앞에 보이는 것처럼 반짝거리는 게 신기해서, 준성은 반사적으로 뒤를 돌아봤다.

"내가 꿈을 꾸니까 다른 사람들의 꿈도 이뤄주고 싶은 거야. 그래야 내 꿈도 이룰 수 있을 것 같거든."

여자의 뒷모습이 보였다. 이쪽을 등지고 앉아 있어서 얼굴을 볼 수는 없었다. 작은 두상, 곧게 뻗은 다갈색 긴 머리카락, 가냘프게 보이는 어깨.

어째서인지 눈을 뗄 수가 없었다.

좀 더 목소리를 들려줘.

"왜 그래?"

'형 목소리 말고.'라고 생각하며, 준성은 그녀의 뒷모습에서 눈을 뗐다. 아주 잠깐이기는 하지만 뒤에서 들려오는 음성이 어둠에 물든 심장을 잠시 밝혀주었다.

준성은 다시 눈을 감았다.

목소리의 마법 효과는 그리 길지 않았다. 눈을 감자마자 끈끈한 불쾌감이 도로 들러붙었다. 어쩌면 잠시나마 사라졌다고 생각한 것부터가 착각이었는지도 모르겠다.

연인이었던 예나의 미소와 친구였던 대영의 미소가 커다란 방망이 모양이로 뭉쳐져 준성의 심장을 사정없이 두들겨댔다. 이제야 준성은 조금 울고 싶은 기분이 되었다.

"그만 가자. 영화 보여줬으니까 저녁은 내가 살게."

"오 진짜? 그럼 파스타 먹자."

뒤에서 또 목소리가 들려왔다.

준성이 느릿하게 눈을 떴을 때, 두 여자는 커피숍을 나가는 중이었다. 나풀나풀 흔들리는 결 좋은 머리카락이 문 뒤로 사라졌다.

"앞으로 뭘 해야 할지 떠올랐어."

준성은 고개를 돌려 창문 바깥을 확인했다. 팔짱을 끼고 걸어가는 두 여자의 뒷모습이 보였다. 솜사탕 같은 목소리의 여자는 의외로 키가 컸다. 어쩌면 비율이 좋아서 키가 커 보이는 걸지도 모르겠다.

준성은 그 여자를 붙잡아 부탁하고 싶었다.

목소리를 한 번 더 들려줘.

그 달착지근한 목소리를 한 번 더 들으면, 이 찐득거리는 괴로움이 모두 사라질 것만 같았다. 그러면 쉴 새 없이 담배를 찾는 손도 진정시킬 수 있겠지.

하지만 여자는 멀어졌고, 사람들 사이로 사라졌다. 준성은 그녀가 사라진 그 길을 보며 말했다.

"성대영을…… 죽고 싶게 만들어 줘야겠어."

기억 둘. 간접 키스

1

아침부터 몸이 안 좋다. 아무래도 감기에 걸린 모양이다.

시현은 지끈거리는 관자놀이를 누르며 모니터의 화면에 집중하려고 애썼다. 하지만 도저히 열을 이길 수가 없어서 의자에 머리를 기대고 눈을 감았다. 열 때문에 얼굴이 화끈거렸다.

'이따 병원에 가봐야 하나…… 내가 의료보험료를 다 냈던가?'

그렇게 의료보험증 고민을 하다 잠이 들었다.

퍼뜩 잠에서 깼을 때는, 책상 위의 전화가 시끄럽게 울리고 있었다. 다급히 전화를 받자, 수화기 너머로 준성의 나른한 음성이 들려왔다.

[점심 안 먹어?]

"점심……."

잠에서 덜 깬 멍한 눈으로 벽걸이 시계를 확인했다. 전자식 시계는 12시 10분을 알리고 있었다.

"아아…… 네, 지금 내려갈게요. 죄송합니다."

잠들기 전 마지막으로 시간을 확인했을 때가 10시 20분이었으니, 거의 2시간을 잤다. 그래도 푹 자서인지 아침보다는 상태가 나아졌다.

준성의 앞에서 아픈 내색을 할 수는 없었다. 시현은 건강관리도 능력이라고 생각했고, 아마 준성도 비슷한 생각을 할 거라고 여겼다. 몸 상태를 제대로 점검하지 않아서 회사 일에 지장을 주는 그런 직원처럼 보이고 싶진 않았다.

"어디 아파?"

열은 가라앉았지만 여전히 남아 있는 두통 때문에 평소보다 말을 하지 않았더니, 준성이 물었다.

"아니요, 괜찮아요."

"흐음."

준성은 살짝 미간을 좁혔지만 더는 캐묻지 않았다. 한 번 더 묻지 않는 준성의 게으름이 고마웠다.

"오늘은 장을 보러 갈 거예요."

"장?"

"네. 지난번에 사둔 거 다 먹었더라고요."

"어디로?"

"집 근처 마트요."

"같이 가."

"같이요?"

시현은 깜짝 놀라 준성을 쳐다봤다. 씹는 것도 귀찮아서 죽과 순두부를 즐겨 드시는 분이 장보기 같은 귀찮은 일에 동참을 하겠다니, 무슨 속셈인가 의심부터 들었다.

"왜 그렇게 봐?"

정작 시현을 놀라게 한 준성은 전혀 모르겠다는 듯 되물었다.

"사장님, 장이라는 게 뭔지 알긴 하세요?"

"응. 난 국어를 잘했거든."

"저도 못 하진 않았어요. 그리고 사장님이 장 본다는 것에 대한 사전적 의미를 조금 잘못 알고 계신 것 같은데요. 장을 본다는 건, 직접 카트나 장바구니를 들고 다니면서 먹을 것을 골라 넣고, 그것을 계산하고, 직접 들고 집으로 온다는 걸 의미해요."

"……안다니까."

"그걸 하시겠다고요? 아무도 강요하지 않았는데?"

"……자넨 대체 날 뭐라고 생각하는 거야?"

"그거야 당연히 나무늘보라고……."

"나무늘보?"

준성이 미간을 좁혔다. 시현은 아차 싶었다. 그래도 상대는 사장님이다.

"아, 아니요. 표범이라고 생각해요. 날쌔고 부지런한 표범."

"……."

"아무튼 함께 가 주신다는데 거절할 이유는 없죠. 나중에 괜히 후회하지나 마세요."

"자네 마트에서 춤이라도 춰?"

"제가 왜 마트에서 춤을 추겠어요?"

"그럼 후회 안 해."

후회할 게 분명하다고 생각했지만 시현은 그냥 고개를 끄덕였다.

둘은 말없이 점심을 먹었다. 시현은 돈가스, 준성은 늘 그렇듯 순두부찌개. 소리 내지 않고 조용히 식사를 하는 준성을 보며, '용케 질리지도 않고 드시네.'라는 생각이 들었다.

아무리 맛있는 음식이라도 일주일 내내 먹으면 물리는 법인데, 준성은 그런 기색이 없었다. 혹시 맛을 못 느끼는 건 아닌지 걱정이 될 정도였다.

"그러고 보니 오늘이 아이언맨2 개봉 날이네요."

"아이언맨?"

"네. SF 영화인데 되게 재미있거든요."

"흐음."

준성은 별로 관심 없는 듯했고, 시현 역시 준성이 관심을 보일 거라는 기대는 하지도 않았다. 시현은 조금 크게 잘린 돈가스를 반으로 쪼개며, 아이언맨1을 보러 갔던 게 벌써 3년 전의 일이라는 것을 떠올렸다.

'그땐 친구들이랑 같이 갔었지.'

그리 즐거운 기억은 아니다.

당시에 좋아했던 영호가 시현에게 영화를 보러 가자고 했고, 시현은 기쁜 마음에 흔쾌히 수락했다. 둘만의 즐거운 데이트를 꿈꾸며 설레었는데, 영화관 앞에서 기다리는 사람은 영호 혼자가 아니었다.

이 녀석한테 들키는 바람에 같이 나오게 됐네.

영호는 유리의 머리를 쥐어박는 시늉을 하며 말했고, 유리는 귀엽게 혀를 내밀며 '나만 왕따시키지 좀 마.'라고 말했다. 친근해 보이는 두 사람의 모습에 가슴이 쓰렸고, 시현, 유리, 영호 순서로 앉은 좌석 배치도 마음에 들지 않았다.

영호한테 그만 꼬리 쳐.

영화가 끝나고 나와 화장실에 갔을 때, 유리가 거울에 비친 시현을 노려보며 말했다.

넌 네 아빠한테 그런 일을 당하고도 남자가 그렇게 좋니?

시현의 사정을 아는 유리는 사람들이 많은 화장실에서 목소리도 줄이지 않고 그런 이야기를 했다. 주위에 있던 사람들이 시현을 향해 묘한 눈빛을 던지던 게 생생하게 떠올랐다.
'그런 일도 있었지.'
갑자기 울적해졌기에, 시현은 입가의 근육을 당겨 표정을 밝게 하려 애썼다.

괜찮아진 줄 알았는데, 퇴근 시간이 가까워질 무렵 다시 열이 나기 시작했다. 참기 힘들 만큼 두통이 심해져서 퇴근 전에 약국에 가서 두통약을 사 먹었다. 두통은 가라앉았지만 열 때문에 몽롱했다.
아무 생각 없이 1층 버튼을 누르고 내려갔다가, 준성과 함께 장을 보기로 했던 게 기억나서 다시 사장실로 향했다. 준성은 비서실에서 시현을 기다리고 있었다. 정후는 퇴근했는지 보이지 않았다.

"늦었어."

"십 분 늦었어요."

"그것도 늦은 거야. 왜 퇴근 시간을 안 지켜?"

"일을 많이 해서 죄송합니다."

"알면 됐어."

준성과 함께 회사를 나왔다. 준성이 택시를 잡았다.

"S 시네마 앞으로 가주세요."

멍하니 앉아 있던 시현은 택시가 출발하고 약간의 시간이
흐른 후에야 목적지가 마트가 아니라는 걸 깨달았다.

"S 시네마요?"

"응."

"거기서 약속 있으세요?"

"아이언맨2 개봉이라며."

"그거야 그렇긴 한데……."

"좋아하는 영화 아니야?"

"좋아하는 영화죠."

"응."

역시나 이 남자의 대화 방식은 따라잡기 힘들다.

"응이라니요? 영화…… 보시게요?"

"응. 예매해뒀어."

"예매를요? 사장님이 직접?"

"아니, 김 비서가."

"아아. 그런데 왜……?"

"자네가 재미있다니까 같이 보고 싶어서."

몽롱했던 느낌이 싹 사라졌다.

"그럼 저 때문에 일부러요?"

"응."

"1편 내용도 모르시잖아요."

"자네가 얘기해 줘."

가슴에 뭉클하게 다가오는 이 따뜻한 덩어리를 뭐라고 표현해야 좋을지 알 수 없었다. 감동이라고 해야 할까, 애정이라고 해야 할까, 그것도 아니라면 일종의 사랑이라고 해야 하는 걸까?

지나가는 듯한 말을 기억해 줄지 몰랐다. 무시해도 될 것을 일부러 챙겨줄지 몰랐다.

기대하지 않았던 배려가 가슴을 따스하게 적셔, 시현은 열이 난다는 것도 잊고 신이 나서 아이언맨 1편의 내용을 이야기했다. 준성은 정면을 응시한 채로 시현의 목소리를 듣고 있었다. 긴 줄거리를 지루해하지 않고 듣는 그의 옆모습이 보기 좋았다.

유명한 영화의 개봉 날이라 그런지 영화관에는 사람이 많았다. 준성이 들어갔을 때, 그 많은 사람들이 일제히 같은 반응을 보였다. 준성에게 쏟아지는 선망의 눈빛.

남자고 여자고 할 것 없이 예술품을 바라보듯 응시하는 시선에 시현은 괜히 우쭐해졌다. 물론 그 우쭐함은 '사귀는 것도 아닌데, 뭔 놈의 우쭐!'이라는 생각에 금세 사라졌지만.

발권기에 가서 예매한 표를 찾고 팝콘과 콜라를 샀다. 영화가 시작하기까지 30분 정도 시간이 남아서 빈 대기석을 찾았다. 마침 근처에 있던 한 자리가 비어서 자신도 모르게 준성의 소매를 잡아끌었다.

"사장님, 앉으세요."

"자네가 앉아."

"에이, 사장님이 연장자시잖아요. 관절도 안 좋으실 텐데."

"자네는…… 하아. 아니야."

"얼른 앉으세요."

시현이 닦달하자, 준성이 어쩔 수 없다는 듯 빈자리에 앉았다. 옆에 앉아 있던 여자가 얼굴을 붉히며 자기 친구에게 뭐라고 속닥거렸다. 준성이 시현을 올려다봤다.

"자네도 앉아."

"자리 없어요."

"여기 있잖아."

라며, 준성이 자신의 허벅지를 툭툭 두드렸다. 시현은 어이가 없어서 눈을 크게 떴고, 시현이 무방비한 틈을 노려 준성이 시현의 손목을 잡아끌었다. 준성의 힘에 못 이겨 준성의 허벅지에 털썩 앉아버린 시현은, 동상처럼 굳어 꼼짝도 하지 못했다.

'이게 뭔 일이래?

사장님의 무릎에 앉다니!

태어나서 처음으로 남자의 무릎에 앉아 봤다. 물론 준성은 게이이니까 동성을 대하듯 별 의미 없이 시현을 앉힌 것일 테지만, 시현의 마음은 이 일을 별 의미 없이 받아들이기가 힘들었다.

'사장님, 안 돼요! 전 사장님을 동성처럼 생각하지 않는다고요!'

준성의 허벅지는 단단하고 견고해서, 시현의 무게가 쏠리는데도 전혀 움직이지 않았다. 온몸이 심장이라도 된 듯 쿵쿵 뛰어서, 시현은 심장 소리가 준성의 귀에까지 닿을까 걱정이 되었다. 그래서 숨을 멈췄지만 심장이 뛰는 속도는 줄어들지 않았다. 아니, 오히려 거세졌다.

준성에게 등만 보이고 있어서 다행이었다. 그러지 않았다면 새빨갛게 달아오른 얼굴을 들켰을 것이다. 안 그래도 열이 나서 얼굴이 빨간데.

"편하게 앉아."

허리를 세운 채로 굳어 있었더니, 준성이 느릿하게 말했다.

'어떻게 편하게 앉아요! 어떻게 편하게 앉냐고요!'

시현은 비명을 지르고 싶었다.

"시현아."

이런 곳에서 들을 줄 몰랐던 목소리에 시현은 퍼뜩 정신을 차렸다.

"뭐 하는 거야?"

바로 앞에 영호가 서 있었다.

"아…… 영호야."

시현은 한순간 마법에서 풀린 듯 벌떡 일어났다.

"여, 영화 보러 왔어?"

부끄러운 모습을 들켰다는 생각에 말이 잘 나오지 않았다. 얼굴의 화끈거림이 가라앉질 않았다.

"응, 아이언맨 개봉해서…… 너도 영화 보러 온 거?"

"응. 그렇지, 뭐. 혼자 왔어?"

"아아…… 유리랑……."

"그래? 그럼 얼른 가 봐."

"유리가 화장실 가서……."

"나 왔어. 뭐야, 이시현이야?"

보고 싶지 않은 얼굴이 나타났다. 시현은 쓴웃음을 지었다.

유리는 도끼눈을 하고 시현을 노려보며, 보란 듯이 영호의 팔짱을 끼었다.

"혼자 영화 보러 왔나 봐? 하긴…… 친구가 없으니……."

유리의 독설이 그리 큰 상처로 다가오진 않았다. 다만 준성에게 이런 모습을 보이는 것이 부끄러웠다.

"둘이 좋은 사이가 됐나 봐?"

애써 아무렇지도 않은 척 묻는 말에 유리가 웃었다.

"응, 우리 좋은 사이야. 옛날에도 그랬고."

"아니, 그런 건 아니고……."

영호가 어색하게 웃으며 유리에게 붙잡힌 팔을 빼내려 했지만, 유리가 꽉 붙들고 놔주지 않았다.

"왜 이래? 우리 벌써 일 년이 넘었잖아."

"난 그냥 생각해 보겠다고 한 거지."

"그게 사귄다는 거지, 뭐. 안 그래, 이시현?"

유리가 '안 그렇다고 대답만 해 봐. 네 비밀을 낱낱이 까발릴 테니까.'라는 표정으로 시현을 쳐다봤다.

"그야……."

대답하려는데 영호가 선수를 치며 말했다.

"근데 시현이 너, 어디 아픈 거 아냐? 얼굴이 너무 빨간데……."

걱정스러운 음성과 함께 영호의 손이 시현의 얼굴을 향해 다가왔다.

"건드리지 마."

영호의 손이 볼에 닿기 전, 준성이 영호의 손을 쳐 냈다. 어느새 시현의 옆으로 온 준성은 시현의 어깨를 감싸듯 보듬었다.

"함부로 여자 몸에 손을 대는 건 매너가 아닌데."

낮게 가라앉은 음성이 영호를 질책했다. 시현은 준성의 행동에 놀라 눈을 동그랗게 뜨고 그를 올려다봤다. 준성은 기분이 상한 듯, 입술을 얇게 펴고 영호를 노려보고 있었다.

준성이 있는 줄 몰랐던 유리는 분하다는 표정으로 얼굴을 붉혔다.

"그쪽도 함부로 여자 몸에 손댔잖아요."

영호가 짜증스럽게 대꾸했다.

"난 함부로가 아니야. 이 여잔 내 거거든."

"뭐요?"

"뭐야?"

"제가요?"

영호와 유리와 시현이 동시에 외쳤다. 준성이 천천히 고개를 돌려 시현을 내려다봤다. 검고 깊은 눈동자와 마주치자, 시현은 숨을 쉴 수 없었다. 그의 눈동자는 정말이지, 볼 때마다 숨이 멎을 만큼 아름다웠다.

"자네, 내 거 아니었어?"

시현은 눈을 크게 뜨고 준성의 생각을 가늠하기 위해 노력했다.

'사장님이 왜 이러시지? 얘들이 밉살맞아서 내 편들어 주려고 하시나? 하지만 내 거라니…… 내가 사장님 거라니!'

도와주기 위해 한 말일 테지만, 그래도 가슴이 콩닥거리는 건 어쩔 수 없었다.

'하긴…… 따지고 보면, 난 로운의 사원이니까 사장님 게 맞긴 하지.'

시현은 어떻게든 쿵쿵 뛰는 심장을 진정시키려고 노력하며 고개를 끄덕였다.

"그렇죠. 전 사장님 거죠."

준성이 빙그레 미소를 지으며 영호를 돌아봤다.

"그것 봐. 나랑 자넨 위치가 달라."

승리감이 묻어나오는 어조였다.

"뭐야, 기가 막혀서…… 가자, 영호야."

유리가 입술을 비쭉거리며 영호를 잡아끌었다. 영호는 기분 나쁜 듯 준성을 노려보고는 유리와 함께 그곳을 떠났다.

"감사해요, 사장님."

두 사람이 보이지 않게 된 후, 시현이 말했다.

"뭐가?"

"절 도와주신 거요."

"딱히 도와준 건 아닌데."

"그래도요. 정말 감사해요."

"자넨 이상한 걸 고마워하네. 옷 사줬을 때는 화내더니."

"그거랑 이건 다르죠."

"난 정말 자네가 무슨 생각을 하는지 알 수가 없어."

"그건 제가 할 말이거든요."

시간이 되어 상영관에 입장했다. 입장하는 도중에 영호, 그리고 유리와 마주쳤지만, 두 사람은 시현을 모르는 척 스쳐 지나갔다.

자리는 맨 뒷줄이었다. 팔걸이를 사이에 두고 나란히 앉았다.

아이언맨은 참 좋아하는 영화인데 시현은 영화에 집중할 수가 없었다. 바로 옆에 앉아 있는 준성의 존재감이 영화를 볼 수 없게 만들었다.

회사 사장실에서 단둘이 점심을 먹은 게 한두 번이 아닌데도, 여기가 데이트의 명소 영화관이라는 생각 때문인지 나란히 앉아 있는 느낌이 평소와 달랐다. 상영관을 꽉 채운 사람들이 그저 배경인 듯 느껴졌다. 이 영화관 안에 준성과 단둘만 남은, 그런 기분이 들었다.

온몸이 신경이 준성의 움직임에 반응했다. 준성은 거의 움직이지 않았지만, 가끔 콜라를 마시기 위해 팔을 움직일 때마다 시현의 심장이 철렁거렸다.

'영화 보자, 영화.'

시현은 영화에 집중하려고 애썼다. 입안이 바싹바싹 탔다.

무의식적으로 콜라를 찾던 손이, 마찬가지로 콜라를 찾던 준성의 손과 부딪쳤다. 그 순간, 전기가 통한 듯 찌르르한 느낌이 들었다. 둘 다 컵에 손가락 끝을 댄 채로 굳어 버렸다. 준성도 시현도 손등을 부딪친 채 움직이지 않았다.

신경이 모조리 손등에 모인 듯, 손등에 닿은 그의 살결이 뜨겁게 느껴졌다. 숨을 쉴 수 없었다.

멈춰 있던 준성의 손이 움직여 컵을 잡은 것은 그렇게 손을 부딪친 채로 10분쯤 지났을 때였다. 준성은 컵을 들어 시현의 입가에 가져다주었다. 눈앞에서 멈춘 빨대에 반사적으로 입술을 댄 시현은, 시원한 콜라를 한 모금 빨아들이며 생각했다.

'이거…… 간접 키스 아냐?'

그렇게 생각하고 나자 영화에 집중하는 것을 아예 포기해야 했다. 안 그래도 열에 들떠 있던 몸이 점점 더 뜨거워져서, 정신을 차리기가 힘들었다.

시현이 빨대에서 입술을 떼자, 준성이 그대로 가지고 가 콜라를 마셨다. 시현은 자신의 입술이 닿았던 빨대를 사용하는 준성을 보고 싶었지만, 고개를 돌릴 수가 없었다.

심장이 터질 것 같았다.

준성은 콜라를 마시며 생각했다.

'간접 키스만 두 번째군.'

지난번에 찜질방에 함께 갔을 때, 자신의 입술이 닿았던 냉커피를 시현이 마시는 걸 보며 '간접 키스'라고 생각했던 바보 같은 순간이 떠올랐다.

'이런 걸로 흥분하는 꼴이라니.'

시현의 입술이 닿았던 빨대에 입술을 댄 것뿐인데, 심장이 쿵쿵 울렸다. 첫사랑을 하는 수줍은 소년 같은 이런 모습이 우스울 지경이었다.

시현이 보고 싶어 했던 아이언맨은 재미있었지만, 온 신경이 시현에게로 향해 있어서 영화에 집중하기가 힘들었다. 시현의 숨소리, 작은 움직임이 커다란 해일처럼 준성을 몰아붙였다. 준성은 시현이 아닌 다른 것을 받아들일 겨를이 없었다.

영화가 시작된 지 한 시간쯤 지났을 때 어깨에 툭, 시현의 머리가 떨어졌다. 어깨를 타고 열기가 전해졌다.

'아까부터 아파 보이더니.'

오늘 낮에 점심을 먹을 때부터 시현이 아프다는 것을 알고 있었다. 시현은 내색하지 않으려 했지만, 매일 시현의 상태를 점검하는 준성은 금방 눈치챘다. 아픈 것마저 감추고 일하려는 시현이 안쓰럽기도 하고 약간 괘씸하기도 해서 일부러 모르는 척을 했는데, 시현은 고집스러울 정도로 아프다는 것을 알리지 않았다. 솔직하게 아프다고 말해 주면 밤을 새워서라도 병간호를 해 줄 수 있는데.

시현의 머리카락이 준성의 목덜미를 간질였다. 준성은 고개를 돌려 시현을 바라봤다. 감은 눈 위로 길게 늘어진 속눈썹이 스크린에서 비춰 오는 빛을 받아 반짝반짝 빛났다. 준성은 시선을 움직여 중앙에 오뚝하게 자리 잡은 코를 지나 도톰한 입술에서 시선을 멈췄다. 열 때문인지 약간 건조해진 입술. 만지고 싶다는 생각에 손을 올렸다가, 그녀의 입술에 닿기 전 얼른 거둬들였다.

허락도 없이 만지려고 하다니, 최악이다.

'이래서야 변태에 범죄자랑 뭐가 달라.'

준성은 작게 한숨을 쉬었다.

가슴은 끊임없이 그녀를 원하는데, 도저히 다가갈 수가 없었다. 자칫 잘못 건드렸다가 부서질까 봐, 혹은 윤예나처럼 매몰차게 떠나가 버릴까 봐 터질 것 같은 마음을 전할 수가 없었다.

준성은 간신히 시현에게서 눈을 떼고 다시 정면으로 고개를 돌렸다. 스크린 안의 아이언맨은 적에게 무차별하게 당하고 있었다.

한 시간쯤 지나 영화가 끝난 후에도, 시현은 일어날 생각을 하지 않았다. 관람객이 모두 나간 후, 아르바이트생이 들어와 자리를 점검하기 시작했다. 다가온 아르바이트생이 무어라 말하려 하기에, 준성은 검지로 자신의 입술을 누르며 조용히 해 달라는 시늉을 했다. 준성의 기세에 눌린 건지, 아르바이트생은 모르는 척 두 사람을 지나갔다.

다음 영화가 시작하려는지, 새로운 관람객들이 들어오기 시작했다. 준성은 난감했다.

'깨워야 하나?'

하지만 힘든 숨을 몰아쉬며 잠든 시현을 깨우기가 어려웠다. 그때, 한 커플이 준성이 있는 자리로 다가왔다.

"여기 저희 자린데요."

죄송하지만 양보해달라고 말하려는데, 시현이 잠에서 깼다.

"아…… 죄송합니다."

습관적으로 사과한 시현이 주섬주섬 일어났다. 준성도 따라 일어나 비틀거리는 시현의 팔을 잡아 부축했다.

"괜찮아?"

"네, 제가 잠이 들었나 봐요. 창피하게."

"어디 아파?"

"아뇨, 괜찮아요."

"거짓말쟁이."

"정말요."

하지만 옷 한 장 너머로도 열이 난다는 게 느껴졌다.

"응급실에 가자."

"정말 괜찮아요."

"이봐, 자넨……."

"진짜예요, 사장님."

준성은 시현이 왜 이렇게 고집을 부리는 건지 알 수 없었다. 아파한다고 화를 낼 사람도 없는데.

"그럼 일단 있어 봐. 김 비서 부를게."

"버스타고 가면……."

"사장 명령이야."

준성은 영화관 로비에 있는 의자에 억지로 시현을 앉히고 정후에게 전화를 걸었다. 시현이 아픈 것 같으니 편한 차를 몰고 오라고 시켰다. 전화를 끊고 돌아보자, 시현은 꾸벅꾸벅 졸고 있었다. 준성은 옆에 앉아 허벅지를 툭툭 두드렸고, 시현은 열 때문에 정신이 없는지 준성의 말에 순순히 따라 의자에 길게 누워 준성의 허벅지를 베고 눈을 감았다.

"잘못……했어요……."

정후가 곧 도착하겠다 싶을 때쯤, 시현이 흐느꼈다.

"제발…… 때리지 마세요…… 잘못했어요…… 흐…… 웃…… 제발…… 제발 이러지…… 마세요……."

흐느낌이 섞인 애원, 볼을 타고 흘러내려 허벅지를 적시는 눈물이 아팠다. 너무 아파서, 준성도 울고 싶어졌다. 몸이 아파 비틀거릴 때는 울지도, 찡그리지도 않았으면서 잠이 들자마자 얼굴을 일그러뜨리고 우는 시현의 모습에 심장이 저몄다.

"때리지 않아."

준성은 시현이 깨지 않도록 작게 속삭이며, 땀에 젖은 시현의 머리를 쓰다듬었다.

"자네는 잘못한 거 없어. 그러니까 울지 마."

2

병원 냄새가 났다.

눈을 뜬 시현은 하얀 천장을 보며 몇 번이나 눈을 끔뻑거렸다. 한참을 그러다 고개를 돌리자, 준성이 보였다. 준성은 침대 옆에 있는 작은 간이 의자에 다리를 꼬고 앉아 인상을 잔뜩 찡그리고 있었다.

"사장님!"

시현은 벌떡 상체를 일으키고 준성을 바라봤다. 어제의 일이 떠올랐다. 많이 아팠고 영화를 봤고 더 아파졌고, 상영관을 나와 준성과 무슨 무슨 이야기를 했고. 그리고 어느 순간부터 기억이 사라졌다. 아마도 열 때문에 정신을 잃었나 보다.

그다음에 벌어진 일이 짐작이 됐다. 정후가 온다고 했던 것 같으니 두 사람이 시현을 병원으로 옮겼을 것이다.

"아, 제가 아파서……."

거기까지 말한 시현은, 자신이 어제 아프지 않다고 고집을 부렸던 걸 떠올리고 입을 다물었다. 준성이 느릿하게 일어났다.

"자네는 많이 아팠어."

"……죄송해요."

"독감이래. 독감이면 쉬어야지."

"……네."

"앞으로는 아플 때 고집부리지 말고 아프다고 해. 아프지 않은 척하다가 쓰러지는 모습을 보는 건 그리 즐겁지 않아."

"네, 죄송합니다."

"그리고…… 아냐. 됐어. 오늘, 내일은 쉬고 모레 출근해."

"네."

지금은 몸이 많이 나아졌지만, 고집부리다가 기절한 전적이 있으니 괜찮다고 말할 수가 없었다. 창문으로 햇살이 들어오는 걸로 봐서 하루가 지난 것 같다.

"저, 사장님."

"응."

"계속 여기 계셨어요?"

"응."

"밤새도록이요?"

"응. 좀 더 자. 난 가볼게."

준성이 병실 문고리를 잡았다.

"저, 사장님."

"응?"

준성이 고개만 돌려 시현을 쳐다봤다. 준성의 표정을 본 시현은 깜짝 놀랐지만, 놀란 내색을 감추며 말했다.

"저…… 감사합니다."

"아냐. 쉬어."

준성이 가볍게 대꾸하고 병실을 나갔다.

1인 병실은 조용하고 아늑했다.

시현은 다시 침대에 누워 고개를 돌렸다. 준성이 밤새도록 앉아 있었을, 불편한 간이 의자가 눈에 들어왔다. 정장을 입은 채로 저 의자에 한참 앉아 있으려면 많이 힘들었으리라. 그런데도 준성은 그런 기색을 조금도 보이지 않았다.

쓰러진 시현을 걱정해 주었을 그를 떠올리자, 시현은 가슴이 뭉클해졌다. 무뚝뚝한 얼굴에 걱정스러운 표정을 드러내지는 않고, 조용히 시현의 잠든 얼굴을 쳐다봤을 것이다. 밤새도록, 꼼짝도 하지 않고.

시현은 의자에 남아 있는 준성의 잔상을 바라보며 병실을 나가기 전, 준성의 표정을 떠올렸다.

'그런데, 사장님은…… 왜 그렇게 울 것 같은 표정이었지?'

"스왈로우 나이츠 신입 기사 엔디미온 키리안,
『SKT 개정판』으로 다시 돌아왔습니다!
미온이라고 불러 주세요."

매권 호화 부록
미공개 외전,
컬러 일러스트 등 수
록!

dream
books
드림북스

Noblesse

노블레스

손제호 장편소설
Son Je ho popular literature

극화 사상 최대 조회수를 자랑하는
네이버 화요웹툰 노블레스의 소설판!

손제호 장편소설 『노블레스』

사립 예란고교에 온 의문의 전학생.
그 정체는 820년 만에 깨어난 노블레스!

dream
books
드림북스